달콤한 인생

달콤한 인생

초판 1쇄 발행 | 2016년 11월 16일

지은이 김성한
발행인 이대식

주간 이지형 **편집** 김화영 나은심 손성원
마케팅 김혜진 배성진 박중혁 **관리** 홍필례
디자인 모리스

주소 서울시 종로구 평창길 329(우편번호 03003)
문의전화 02-394-1037(편집) 02-394-1047(마케팅)
팩스 02-394-1029
홈페이지 www.saeumbook.co.kr
전자우편 saeum98@hanmail.net
블로그 blog.naver.com/saeumpub
페이스북 facebook.com/saeumbooks

발행처 (주)새움출판사
출판등록 1998년 8월 28일(제10-1633호)

ISBN 979-11-87192-23-7 03810

달콤한 인생

김성한 장편소설

새움

차례

PROLOGUE

꿈이었으면 싶었지만 분명 꿈은 아니었다.

'이렇게 잔인한 꿈을 꾸어본 적이라도 있었던가.'

새벽 비가 휩쓸고 간 4월의 주택가.

가로등 불빛 아래서 그는 한 남자를 노려보고 있었다. 이 지루한 눈싸움이 곧 자신의 승리로 끝날 것임을 그는 확신했다. 이 사실이 지금 그를 미치게 만들고 있었다.

아스팔트에 누운 남자는 날카롭게 베인 목에서 끊임없이 피를 뿜어냈다. 남자의 의지와 상관없이 샘솟는 피는 바닥으로 흘러 붉은 웅덩이를 만들어냈다. 남자는 죽어가는 와중에도 소리 내지 못하는 입술을 연신 뻐끔거리며 숨을 찾았다.

'뭐? 어떻게 해줄까? 살려달라고? 나도 그러고 싶어. 할 수만 있다면 내 목숨과도 바꿔주고 싶다고. 그러니까 제발 날 좀 그만 괴롭히란 말이야.'

남자의 얼굴은 눈에 띄게 창백해졌다. 문득 허공을 향해 올라가던 남자의 오른손이 툭 소리를 내며 바닥으로 떨어졌다. 그것으로 끝이었다. 남자는 결국 목숨을 잃었다.

그는 기대고 있던 벤츠 뒷바퀴에서 몸을 일으켜 얼른 자수를 해야 한다고 생각했다. 마음속 악마가 뱀의 혓바닥으로 자신을 유혹하기 전에, 그 달콤한 꼬임에 넘어가 7년으로 막을 수 있는 형량이 10년, 15년으로 불어나기 전에……. 하지만 차가운 머리와는 달리 풀려버린 다리에는 힘이 들어가질 않았다.

그는 고개를 돌려 자신의 2층 보금자리를 바라보았다. 침실에서 잠들어 있을 아내와 그녀를 엄마라고 부르게 될 배 속의 아이가 눈에 보이는 듯했다. 그리고 자수 후에 자신이 겪게 될 인생도. 그는 고개를 저어 악몽 같은 인생을 털어냈다. 다리에 서서히 힘이 들어가기 시작했다.

'하나님, 이 모든 일들이 당신의 계획임을 알고 있습니다. 분명 제가 알지 못하는 이유가 있을 테지요. 허나 제게 중요한 것은 지금 이곳에 당신과 나 외에는 아무도 없다는 사실입니다.'

그는 조수석에 벗어둔 정장 안주머니에서 손수건을 꺼냈다. 실체 없는 목소리가 이제부터 해야 할 일을 일러주고 있었다. 그는 주위를 살펴 목격자가 없음을 확인했다. 그리고 피 묻은 흉기에서 지문을 지워냈다. 몇 분에 걸쳐 흉기에서 범인의 흔적을 완벽하게 지워낸 그는 흡족한 표정을 지었다. 귓가에서는 낯익은 목소리가 두 번째 해야 할 일을 말해주고 있었다.

그러나 그는 그 지시를 따를 수 없었다.

등 뒤로 들려오는 발자국 소리가 어느새 무시할 수 없을 만큼 가까이 다가와 있었다.

I

"이제 그만 일어나. 난 준비 다 했단 말이야."

싱그러운 목소리에 눈을 떴지만 몸이 움직이지 않았다.

눈앞에는 어느새 외출 준비를 마친 아내가 전신거울에 뒤태를 비춰보고 있었다.

'가위에 눌린 걸까…….'

소파에 몸이 반쯤 파묻힌 상우는 손가락을 움직여보려는 노력 대신, 아내가 모델 같은 포즈를 취하고 있는 모습을 조금 더 바라보기로 했다.

프릴장식이 달린 하늘색 원피스와 엉덩이를 살짝 덮는 하얀색 스웨터가 늘씬한 허리 라인을 돋보이게 했다. 아내가 화사한 미소를 지으며 턴을 할 때마다 어깨를 살짝 덮은 머리카락이 살포시 공중에 떴다가 가라앉기를 반복했다. 가벼워 보이는 몸놀림이 휴일 오전 외출에 대한 기대감을 고스란히 반영하고 있었다.

상우는 그녀가 들뜬 이유를 충분히 이해할 수 있었다. 부부가 함께하는 일상적인 일요일을 두 달 만에야 맞이하는 사람이라면 누구라도 설렐 수밖에 없을 것이다.

9주 전. 아직은 날씨가 제법 쌀쌀하던 수요일. 잠시 화장실을 다녀오는 사이 책상 위에 두고 간 휴대폰에는 일곱 통의 부재중 전화와 네 개의 메시지가 도착해 있었다. 상우는 불안감을 지우지 못하고 차례대로 메시지를 확인했다.

여보 바빠? 전화를 안 받네. 급하게 할 말이 있으니깐 얼른 연락 줘. _오후 6시 23분

뭐 하느라 아직 전화 안 받는 거야? 메시지 확인하는 대로 전화해. _오후 6시 26분

상우 씨. 나 점점 지쳐가. 하지만 내가 참지 못하고 이 중요한 소식을 문자로 알리는 일은 없을 거야. 난 그렇게 참을성 없는 여자가 아니란 것만 알아둬. _오후 6시 28분

나 임신했어. _오후 6시 32분

순간 상우의 귓속에서 이명이 울렸다. 드디어 아빠가 된다. 서른여섯 살. 결혼 오 년 만에 이루어지는 꿈이었다. 상우는 곧바

로 아내에게 전화를 걸었다. 신호가 한 번을 채 울리기도 전에 아내가 전화를 받았다. 상우는 흥분을 참지 못하고 소리쳤다.

"여보! 이제 우리가 아빠가 되는 거야!"

아내는 못 말리겠다는 듯 웃었다.

"당신이 아빠가 되는 거야. 나는 엄마가 될 테고."

상우는 이미 사무실 밖으로 뛰쳐나가고 있었다. 회사 근처 꽃집에서 양팔을 벌려 겨우 안을 수 있을 만큼의 장미와 소국 다발을 샀다. 가슴이 너무 벅차올라 운전대를 잡을 수 없어 택시를 잡았다.

집에 도착하자 벨을 누르기도 전에 쿵쾅거리는 소리가 울리더니 현관문이 열렸다. 상우는 꽃다발을 내던지고 아내를 끌어안았다. 긴 포옹은 진한 키스로 이어졌다. 오랫동안 기다렸던 소식을 마주한 부부의 얼굴은 희열로 상기되어 있었다.

"3주차래. 지금부터 시작이야. 당신도 많이 달라져야 해."

"이제부터 당신과 더 많은 시간을 함께할 거라고 약속할게."

그러나 이튿날, 그 사건이 찾아왔다.

피고인은 평범한 고등학생이었다. 문제는 아파트에서 투신자살한 급우의 유서에서 그의 이름이 발견되었다는 것이었다. 피고인의 아버지가 시의원이라는 점, 게다가 그가 '학교 폭력 방지 및 학생인권에 관한 조례'를 발의한 전력이 있다는 점에서 사건은 언론의 집중 조명을 받았다.

시의원과 학생은 1심에서 패소한 뒤 상우를 찾아왔다. 학생이 못마땅한 얼굴로 아버지의 손에 이끌려 사무실을 찾아오던 날, 상우는 진실을 봤다.

'이 자식은 분명 살인자다. 사회의 암 덩어리다.'

그렇지만 상우는 암세포를 절제해내는 것은 의사가 할 일이지 알량한 정의감을 가진 변호사의 사명이 아니라는 것을 잘 알고 있었다. 상우가 할 일은 높은 수임료를 받아 챙기고, 그 대가로 이 어린 살인자를 법의 사각지대로 안전하게 숨겨주는 것이었다.

기초생활수급자의 자식이 쓴 유서로부터 시의원의 장남을 지켜내는 데 상우는 꼬박 9주의 밤과 낮을 쏟아부었다. 판사가 판사봉을 내리치던 순간 암세포의 숙주는 "이겼다!"라고 외치며 두 손을 번쩍 들었고, 그의 아들은 들릴락말락한 목소리로 "씨발, 그 새끼 때문에 좆 되는 줄 알았네."라고 중얼거렸다.

그날 법정을 빠져나가던 상우는 아들을 잃고 재판에서도 진 부모의 하염없는 눈물을 똑똑히 보았다. 마음이 아렸다. 원고석에 앉아 흘리는 부모의 눈물이 피고 측 변호사의 가슴으로 떨어졌다. 그러나 상우는 고개를 저어 눈물을 털어냈다.

잠시 감상에 젖는 것은 괜찮지만 절대로 잊어서는 안 된다. 자신이 타고 다니는 A클래스 벤츠는 눈물이 아니라 휘발유를 먹고 달린다는 사실을. 그리고 휘발유 값은 언제나 돈으로 지불되어야 한다는 사실을.

소파에 앉은 상우에게 아내가 다가왔다.

"세상에, 이마에 땀 좀 봐. 안 좋은 꿈이라도 꾼 거야?"

아내가 걱정스러운 눈빛으로 헝클어진 상우의 머리를 쓸어 넘겼다.

"최악으로 끔찍한 꿈이었어."

"어떤 꿈이었길래…… 괜찮아?"

아내의 얼굴에 그림자가 드리워졌다. 상우는 아내의 걱정을 덜어주기 위해 큼직한 미소를 지었다.

"그럼. 지금은 기분이 한결 나아졌어."

아내는 상우의 목에 팔을 두르며 무릎 위에 올라앉았다.

"오늘은 그냥 집에서 쉴까? 당신 얼굴이 많이 안돼 보여."

"그 정도야?"

"응. 꼭 병원에서 이제 막 퇴원한 환자 같아."

"그래도, 당신이 많이 기대했을 텐데……."

상우가 아내의 눈치를 슬쩍 보며 말꼬리를 흐렸다.

"알잖아. 나는 집에서도 잘 놀 수 있어. 밀린 드라마 재방송도 보고, 내일 가져갈 캐리어 짐도 덜 쌌고. 아직 할 일이 많아."

'캐리어? 내일? 아내가 대학 친구들과 싱가포르로 여행가기로 했던 월요일이 벌써 내일이었나?'

상우는 이대로 쉬는 것도 나쁘지 않겠다고 생각했지만 찜찜함으로 찌든 폐가 신선한 공기를 요구하고 있었다. 게다가 아내의 실망스러워하는 얼굴을 보는 것도 곤혹스러운 일이었다. 상우는 이마에 맺힌 땀방울을 닦아내며 자리에서 일어섰다.

"황금 같은 일요일 오전을 이렇게 허비할 수는 없지."

변호사 부부의 2층 주택은 서울 외곽의 부촌에 자리 잡고 있었다. 쾌적한 도로를 따라 은행나무가 심어진 미국 교외풍의 동네였다. 넓고 곧게 뻗은 도로와 양옆으로 늘어선 복층 주택들, 마당 앞에 즐비한 외제차들. 이 모든 것이 동네의 가로수에서 이름을 따온 '은행나무길'을 설명하기에 모자람이 없었다.

부부가 이곳으로 이사 온 것은 삼 년 전이었다. 연봉이 폭등할 조짐을 보이자 상우가 가장 먼저 아내에게 제안한 것은 닭장 같은 삼십 평대의 아파트에서 탈출하는 것이었다. 아내는 아이 없는 부부가 살기에 네 개의 침실과 세 개의 화장실이 있는 2층 집은 사치라는 이유로 반대했다.

"당신은 사치라고 부르지만, 나는 지금 우리 미래를 이야기하는 중이라고. 나중에 아이가 태어났을 때를 생각해봐. 어디가 우리 아이에게 더 나은 환경이겠어?"

아내는 고심 끝에 대답했다.

"좋아, 한번 구경은 해볼게."

집을 구경한 3주 뒤, 부부는 새로운 집으로 이사했다.

이사 온 첫날밤 부부는 전쟁 같은 섹스를 치렀다. 삼십대 초반의 젊은 부부가 2층 주택 한 채를 온전히 소유한다는 것은, 아래층의 할머니를 배려해 왔던 정중한 섹스와의 작별을 의미했다. 침대 스프링이 나가고 탁상등이 떨어져 전구가 산산조각 났지만 휴전은 없었다. 격렬했던 전쟁을 끝낸 뒤 상우가 숨을 헐떡이며 말했다.

"더 튼튼한 침대가 필요해."

"동감이야."

4월 중순의 완연한 봄 날씨는 더할 나위 없이 청량하고 포근했다. 내일로 예고돼 있는 비 소식이 믿기지 않을 정도였다.

두 사람은 호수공원을 가로질러 카페거리에 도착했다. 거리 전체가 빵 굽는 냄새와 고소한 커피 향으로 가득 차 있었다. 브런치를 먹기 위해 일부러 아침을 굶고 나온 사람들로 거리는 붐볐다.

길가에 늘어선 카페들 중 부부는 '솜니움'이라는 이름의 카페를 가장 좋아했다. 솜니움은 라틴어로 꿈을 의미했다. 상우는 입구에 적힌 '오랫동안 꿈을 그려온 이는 마침내 그 꿈을 닮아 간다.'는 앙드레 말로의 말을 좋아했고, 아내는 목재로 된 인테리어와 은은하게 풍기는 나무 향을 좋아했다.

마침 노천에 테이블 하나가 비어 있었다. 차광막 그늘 아래서 시원한 바람을 즐기기에 적당한 자리였다. 부부는 자리에 앉아 음식을 주문했다.

"일요일 오전에 이런 자리에 앉게 되다니, 운이 좋군."

"그렇게 생각해? 운이 좋았다고?"

아내가 테이블 의자를 당겨 앉으며 장난꾸러기 같은 웃음을 지었다.

"여긴 주말 예약은 받지 않는 걸로 유명하잖아. 게다가 우린 석 달 만에야 오는 건데."

"당신은 그렇지. 난 여기 사흘 만이라고."

상우가 놀라 물었다.

"언제 그렇게 자주 왔어? 유진 씨랑 같이 온 거야?"

유진은 아내가 요가 학원에서 만나 자매처럼 지내는 두 살 위의 언니였다. 그녀는 상우가 야근에 시달리고 있는 사이 여러모로 아내를 챙겨준 고마운 사람이었다. 있는지도 몰랐던 임산부용 철분제를 사다준 것도 그녀였고, 지난달 아내가 갑자기 쓰러졌을 때 병원까지 데려다준 것도 그녀였다. 상우는 아직 만나보지 못했지만 아내는 '오래 만나온 것같이 편안한 사람'이라는 말로 그녀를 설명했다. 그런데 아내의 대답은 의외였다.

"아니. 유진 씨랑은 여기 와본 적 없어."

아내가 고개를 돌려 거리를 바라봤다. 거리에는 아이를 목말 태운 가족이 지나가고 있었다. 아이의 고사리 같은 손은 캐릭터 모양의 헬륨풍선을 꼭 쥐고 있었다.

"당신은 왜 유진 씨라고 불러? 언니라고 부르는 게 더 편하지 않아?"

"내가 그랬나? 배고파서 제정신이 아닌가 봐."

아내가 배시시 웃으며 대답했다.

테이블 위에 올려둔 상우의 핸드폰이 요란스럽게 울었다. 번호를 확인한 상우는 핸드폰을 손에 들고 잠시 망설였다. 그 모습을 본 아내는 신경 쓰지 말고 전화를 받으라는 의미의 손짓을 했다. 상우는 손으로 입을 가리고 소곤거렸다.

"지금은 집사람이랑 밖에 나와 있어서요. 급한 일이 아니시라면 제가 잠시 뒤에 다시 연락드리겠습니다. 그 일 때문이라면 내일 저녁에야 가능할 것 같습니다. 예, 알겠습니다. 내일 뵙도록 하겠습니다."

"누구야? 클라이언트?"

전화를 끊자마자 아내가 물었다.

"골칫거리야. 미망인인데 상속문제로 날 얼마나 괴롭히는지 몰라. 시간 날 때마다 전화해서 보채는데 아주 진이 다 빠진다니까."

아내가 입술을 오물거리며 무슨 말을 하려 했다.

"왜? 무슨 할 얘기 있어?"

"아니……. 아무것도 아니야."

✢

식사를 마친 뒤 상우는 아내와 함께 영화관을 찾았다.

일요일을 맞은 영화관은 사람들로 북적거렸다. 상우가 표를 구매하고 매점에서 주문한 팝콘을 받아 돌아서려는 순간, 우악스러운 손이 느닷없이 상우의 어깨를 잡아챘다.

"아저씨."

어눌한 발음이 상우의 심장을 철렁 내려앉혔다. 눈썹 위의 상처가 이제 막 찢어진 것처럼 후끈거렸다. 뒤를 돌아보지는 않았지만 상우는 예의 없는 불청객의 정체를 정확히 알 수 있었다. 함병호, 이십대 초반, 과한 체중, 낮은 지능, 다운증후군 환자.

하마터면 팝콘을 바닥에 쏟을 뻔 했던 상우는 쌍욕을 퍼붓고 싶은 충동을 겨우 억누르고 애써 인자한 미소를 지으며 고개를 돌렸다. 병호가 자신의 집에서 세 블록 떨어진 곳에 살고 있는, 전 여당 대표이자 강력한 차기 대권주자인 5선 국회의원 함상진의 아들이라는 점이 첫 번째 이유였고, 보통 부모들은 다운증후군인 아들을 혼자 영화관에 보내지 않는다는 것이 두 번째 이유였다.

역시나 순박한 웃음을 흘리고 있는 병호의 등 뒤로 오십대 후반의 여인이 걸어오고 있었다.

"병호가 심한 장난을 친 건 아닌지 모르겠어요."

병호의 엄마인 혜영이었다. 그녀는 발목을 덮는 치마와 보라색 재킷을 입고 있었다. 가슴에 달린 금색 브로치가 그녀의 우아함을 더욱 돋보이게 했다.

혜영이 아내를 발견하고 활짝 웃으며 손인사를 했다. 혜영은 이웃 중에서도 유달리 아내를 좋아했다. 임신 소식을 듣고 집으로 꽃바구니를 보내올 정도였다. 장차 영부인이 될 사람의 애정을 아내가 독차지한 데는 상우의 공이 컸다.

이사를 오고 나서 상우는 매주 일요일마다 아내의 손을 붙들고 호수공원에 나갔다. 아내는 전에 없던 라이프스타일이라며 반겼지만 상우에게는 또 다른 꿍꿍이가 있었다. 산책이 5주차를 맞았던 그날, 상우는 드디어 사냥감을 포착했다. 빽빽한 인파 사이로 가족과 함께 공원을 거닐던 함상진을 찾아내자 상우의 심장은 요동치기 시작했다.

은행나무길을 따라 자리한 마흔세 가구에는 교수와 의사, 변호사와 기업오너 등이 살고 있었지만 최고의 스타는 단연 함상진이었다. 당 대표에서 물러난 후로 정치활동의 전면에 나서지는 않고 있었지만, 상우가 판단하기에 그는 야망을 접은 것이 아니라 대권을 노리기 위해 잠시 몸을 낮춘 것으로 보였다.

함상진과 첫 대면을 한 상우는 전에 없던 긴장감을 느꼈다. 혀로 먹고사는 변호사의 온갖 미사여구에도 상진은 한 치의 흔들림이 없는 굳은 태도를 유지했다. 전입 인사로 위장한 자기어필이 점점 한계에 봉착하는 사이, 조급함을 느낀 상우는 전략을 바꿔 아이스크림콘을 먹고 있던 병호에게로 관심을 돌렸다.

"네가 병호구나. 이런, 조심해서 먹어야지. 하얀 옷에 흘리면……."

상우가 불룩하게 튀어나온 병호의 가슴 언저리에 손을 가져다대는 순간 "안 돼!"라고 외치는 찢어질 듯한 비명소리가 들렸다.

정신이 들었을 때 상우는 병원 침대에 누워 있었다. 이마를 열한 바늘 꿰맸다. 의사는 뇌진탕이 염려되니 며칠 더 입원해 있을 것을 권유했다.

아내와 혜영은 상우가 입원한 사흘 동안 단 일 분도 상우를 혼자 내버려두지 않았다. 혜영은 병호가 당분 섭취 후에 일시적으로 흥분증상을 보인다고 했다. 때문에 사탕이나 초콜릿의 섭취를 매주 두 번, 수요일과 일요일로 극히 제한하고 있다고도 말했다.

"그리고 병호는 가슴 언저리 접촉에 무척 민감하게 반응해요."

매끄러운 얼굴에 흉터가 남은 것은 두고두고 아팠지만 그날의 사건으로 얻은 것에는 비할 바가 아니었다. 아내와 혜영은 갈등 없는 고부 사이만큼이나 가까워졌고, 상진은 풋내기 변호사를 향해 더 이상 거만한 표정을 짓지 않았다. 또한 상우는 병호의 유일한 친구가 되었다. 아마도 혜영에게 세뇌에 가까운 교육을 받은 탓이겠지만.

병호가 아무것도 모른다는 목소리로 "아저씨."라고 부를 때마다 머리칼이 쭈뼛 서는 기분은 정말이지 더러웠다. 하지만 권력자의 상냥한 미소는 모든 것을 감내하게 만들고도 남았다. 끝을 모르고 치솟고 있는 상진의 지지율도 참 좋았다.

“어때요, 요즘? 입덧은 없어요?”

혜영이 아내에게 물었다. 아내는 수줍은 얼굴로 대답했다.

“다행히 얌전하려나 봐요.”

“우리 병호 때는 어찌나 유난스러웠는지. 세상 그런 고생은 해본 적이 없는 것 같아요.”

상우가 혜영에게 물었다.

“사모님은 어떤 영화를 보러 오셨습니까?”

“만화영화를 보러 왔어요. 병호가 꼭 보러 가겠다고 해서요.”

‘애니메이션? 저 거구가? 하긴 정신연령은 일곱 살에 머물러 있으니.’

“이번에 개봉한 건데 인기가 많다는 이야기를 들었습니다.”

“저도 변호사님이 멋지게 한 건 해냈다는 이야기를 전해 들었어요.”

상우는 잠시 어리둥절했지만, 이번에 승소한 시의원이 함상진의 보좌관 출신이라는 사실을 곧 기억해냈다.

“저희 자문변호사가 그러더군요. 박 변호사님 경력에 그 정도 승률은 흔치 않다고.”

감전 같은 희열이 상우의 온몸을 휘감았다.

“언젠가 변호사님한테 도움을 청할 일이 있을지도 모르니 미리 잘 부탁드려요.”

“설마 두 분께 그런 일이 있겠습니까.”

“아이고, 어쩌다가 우리 동네 유명인사들이 한자리에 모여

계셨습니까. 이게 누구야? 우리 병호도 와 있었구나."

어디선가 초대하지 않은 쇳소리가 끼어들어 좋았던 분위기를 갈기갈기 찢어놓았다. 셔츠 사이로 뱃살을 드러낸 남자가 뒤뚱거리며 달려왔다. 은행나무길의 주민인 김종걸이었다. 훈훈한 대화를 주고받던 이들이 뿔뿔이 흩어지는 데는 일 분도 채 걸리지 않았다.

차는 백화점 앞 사거리에서 두 번째 신호를 받고 있었다.

"뭐? 우리 병호라고? 제정신으로 어떻게 그런 말을 할 수가 있지?"

운전대를 잡은 상우의 양손에 힘이 잔뜩 들어갔다.

김종걸은 상우와 띠 동갑인 임대업자였다. 그의 달력은 오직 건물 매입과 임대 수입과 명도 소송만으로 바쁘게 짜여 있었다. 교양 없이 생긴 얼굴은 탐욕으로 가득했고, 목에는 가래가 들러 언제나 쇳소리가 났다.

'그따위 버러지가 내 사냥감에 눈독을 들인단 말이지.'

"무슨 일 있었어?"

열이 오른 상우는 입술을 꽉 깨물었다.

"지난주에 내가 야근 때문에 새벽 늦게 들어온 날 기억해? 두 시쯤 집 앞에 차를 세우는데 트레이닝복을 입은 병호가 뛰어가는 게 보이더라고."

"자주 있는 일이니깐."

"그때 내 뒤로 지나가던 김 사장 차가 병호와 마주친 거야. 그 사람은 내가 차 안에 있는 것도 모르고 소리치더군. '이 시간에 그런 어두운 옷을 입고 조깅이라니. 죽고 싶어 환장한 거야?'라고."

"병호를 걱정해서 한 말일 거야."

아내가 김종걸을 변호했지만 상우는 아랑곳하지 않고 이야기를 계속했다.

"더 기가 막힌 건 다음 말이었어. '내가 니 애비였으면, 너 같은 장애인이 나다니지 못하게 방문을 걸어 잠갔을 텐데. 내 아들로 태어나지 않은 걸 고맙게 생각해.'라고."

"설마…… 당신이 잘못 기억하고 있는 건 아니고?"

생각을 더듬던 상우는 순순히 기억의 오류를 인정했다.

"맞아. 장애인이 아니라 병신새끼라고 했어. 아주 확실하게 기억나."

아내는 놀라서 한동안 말을 잃었다. 상우는 그녀가 회복할 수 있게 잠시 시간의 여유를 두었다가 조심스럽게 말했다.

"하지만 김종걸 사장 말에도 일리는 있어."

"그게 무슨 말이야?"

"물론 나는 김종걸 그 사람이 마음에 들지 않아. 하지만 병호를 자유롭게 풀어둬서는 안 된다는 것에는 완전하게 동의해. 내 흉터를 봐. 의원님이나 사모님도 큰일이 일어나기 전에 결단을 내릴 필요가 있어."

"그 사람 말대로 방문이라도 걸어 잠그라는 거야?"

"그렇게까지는 아니어도…… 병호를 위한 방법은 많잖아. 시설이라든가……."

"상우 씨, 반대로 생각을 해야지. 그분들은 그런 병호를 자유롭게 둘 수 있을 만한 곳을 찾아 이사를 오셨던 거라고."

"사모님께 들은 이야기야?"

"응. 며칠 전에 카페에서 얼핏."

아내는 미소를 지으며 상우의 기분을 풀어주려는 듯 큐브 모양의 초콜릿을 입에 넣어주었다. 변론 전에 긴장을 덜어줄 용도로 항상 차 안에 비치해두는 것이었다. 크레파스를 씹는 듯 오도독 하는 소리가 차 안에 울렸다.

집에 도착한 상우는 침대 위로 쓰러졌다. 몇 달간의 강행군으로 이미 체력이 바닥난 상태였다. 언제 다시 올지 모를 평범한 일요일 오후를 잠으로 허비하고 싶은 생각은 없었지만, 무겁게 짓누르는 눈꺼풀을 이겨내기는 여간 어려운 일이 아니었다.

다시 눈을 떴을 때 창밖은 이미 어둑했다. 허기를 느낀 상우는 음식 냄새에 이끌려 주방으로 내려갔다. 아내가 얼굴이 퉁퉁 부은 상우를 보고 재미있다는 듯이 웃었다.

"이제 일어났어?"

아내는 홍당무가 그려진 앞치마를 두르고 로제파스타를 막 접시에 담아내고 있었다.

"괜히 잤나 봐. 몸이 더 무거워졌어. 오늘 밤에 잠들 수 있을까 걱정이야."

상우는 끈적거리는 하품을 하면서 음식이 담긴 접시들을 TV 앞 테이블로 옮겼다.

뻐꾸기시계가 저녁 8시를 알렸다. 아내가 그 소리를 듣고 조르르 달려와 드라마를 틀었다. 상우도 포크로 파스타를 돌돌 감으며 드라마를 시청했다.

재벌과 출생의 비밀, 여주인공보다 예쁘지만 사랑받지 못하는 악역, 실과 바늘처럼 이어지는 삼각관계, 협잡과 음모, 통쾌한 복수. 진부한 클리셰들로 도배된 칠십 분짜리 가족드라마였다. 상우는 전에도 이런 드라마는 태교에 좋지 않을 거라고 경고했지만, 그때마다 아내는 나름의 논리로 항변했다.

"드라마는 삶의 축소판이야. 우리 아이가 살아가게 될 세상을 먼저 보여주는 거라고. 일종의 선행학습인 셈이지."

상우가 왼손에 접시를 받쳐 들고 파스타를 꾸역꾸역 목구멍으로 밀어 넣는 동안에도 아내는 몇 번이나 "어머."라든가, "세상에." 같은 감탄사를 연발했다.

"내일 몇 시 비행기야?"

상우가 깨끗이 비운 접시를 내려놓으며 물었다.

"저녁 여덟 시. 인천. 공항버스. 다섯 시 출발."

아내는 드라마에서 눈을 떼지 못한 채 간결하게 대답했다.

"공항까지 데려다줄 수도 있어. 한동안 바쁜 일이 없어 일찍 퇴근할 수 있을 것 같아."

"공항 리무진 있는데 뭣하러."

"당신 빈자리가 크게 느껴질 거야."

TV에서 눈을 뗀 아내가 고양이처럼 촉촉한 눈망울로 상우를 바라봤다.

"금방이야. 삼박 사일."

"당신 없이는 긴 시간이야."

아내가 양팔로 상우를 끌어안았다.

"나 없는 동안 끼니 거르지 말고 밥 잘 챙겨 먹어. 돌아오자마자 몸무게 확인할 거니깐 그렇게 알고 있어."

"자주 연락할게."

목에 두른 손에 살며시 힘이 들어갔다.

"나 없다고 딴생각하면 안 돼."

상우는 사레가 들려 기침이 나오려는 것을 간신히 참아냈다.

'뭘 알고 하는 소린가?'

+

월요일 아침부터 사무실 책상 위에는 손가락 세 마디 정도 높이의 서류가 층층이 쌓여 있었다. 멀뚱멀뚱 바라보던 상우가 눈을 비벼봤지만 달라지는 것은 없었다. 옆에 서 있던 비서 연수가 애써 밝은 표정을 지으며 연유를 설명했다.

"지난주에 만나보셨던 클라이언트 기억하세요? 과수원 부지 일부가 고속도로사업 예정부지로 편입되면서……."

"보상금 증액 청구소송에 관해 상담하셨던 칠십대 고객 말씀이군요. 위원회로부터 재결서를 송달받았던 게 지난달 아니었나요? 아직 시간 여유가 한 달은 더 남아 있을 텐데요."

"저도 그런 줄 알았는데, 그분께 착오가 있었던 모양이에요. 지난달 송달받은 재결서는 사업인정재결서가 아니라, 이미 이의 신청을 거친 재결서라는군요."

상우는 작게 한숨을 내쉬었다.

"그 말은 곧, 제척기간이 60일이 아니라 30일이라는 것과……."

"변호사님께 진한 커피가 필요하다는 뜻이죠."

상우가 심히 감동받았다는 표정을 지었다. '날 이만큼 아는 사람은 당신뿐이에요.'라는 의미였다.

상우가 몸담은 로펌 '현답(賢答)'은 사자성어 그대로 우문(愚問)을 가진 이들이 답을 찾아 돈을 싸들고 찾아오는 곳이었다.

삼십 년 전 세 명의 변호사가 뜻을 모아 '이 사회의 정의로운 빛'을 표방하며 설립했던 작은 로펌은 어느새 수백 명의 변호사와 변리사, 법무사, 회계사가 똘똘 뭉쳐 돈을 긁어모으는 업계 2위의 초대형 로펌으로 성장했다. 그사이 두 명의 창립멤버가 각각 은퇴와 작고로 회사를 떠남에 따라 홀로 남은 박정훈 변호사가 카리스마 오너로서 무소불위의 지배력을 행사하고 있었다.

살인적인 업무량에다가 돈만 주면 악마의 변호인석에도 앉는다는 악평이 자자했지만, 매달 통장에 꽂히는 월급과 명함을 내밀 때 뒤따르는 존경의 눈빛은 어떠한 단점들도 상쇄시키기에 충분했다. 수많은 법조계 인재들이 판·검사 임용을 포기하면서까지 현답에 입사하고 싶어 했다.

상우가 입사한 첫 주 금요일, 박정훈 변호사는 전통대로 신입 변호사들에게 술잔을 돌렸다. 맥주로 가볍게 시작한 술자리가 세 시간 넘게 이어졌을 때, 얼큰하게 취한 정훈이 초점을 잃은 눈으로 일장연설을 시작했다.

"이제부터 모두가 자네들을 부러워할 거야. 자부심에 가슴이 한껏 부풀어 올라도 좋아. 그렇지만 진짜 변호사 생활은 3층부터 시작하는 거니 유념들 하게. 제군들이 실력을 인정받고 더 높은 연봉을 받으며 더 높은 층수에 오를수록 직업윤리가 어쩌니 영혼 없는 변호사니 하는 말들을 자주 듣게 될 테지만, 그런 시기와 질투에 일일이 신경 쓸 것 없어. 군들은 지금부터 내가 하는 말만 기억하고 믿으면 되는 거야."

정훈은 젓가락으로 유리잔을 두드리며 시선을 집중시켰다.

"내가 하고자 하는 말은, 더 높은 층수에는 더 달콤한 인생이 기다리고 있다는 거야. 모두가 부러워하는 삶과 성공이 바로 그 곳에 있는 거지. 내 말이 거짓인지 의심되면 어디 한번 올라와 보라고. 난 지금까지 그래왔던 것처럼 7층에서 군들을 기다리고 있을 테니."

시계가 정오를 알렸다. 동시에 말끔하게 정장을 차려입은 남자가 상우의 방문을 열었다. 대학교 선배이자 현답의 변호사 선배인 진수였다. 그는 말없이 상우에게 손목의 시계를 톡톡 가리켜 보였다. 상우는 서류 더미를 가리키며 난감하다는 표정을 지었다. 진수는 알겠다는 듯 고개를 끄덕이고는 문을 닫았다.

상우는 오전부터 오후까지 서류를 칠백 페이지가량 읽어 내려갔다. 그러던 중 아내로부터 메시지가 왔다. 'DELAYED'로 가득 찬 공항 전광판 사진 한 장.

이 시간부로 전 항공편 지연이래.

상우는 책상에서 일어나 창밖을 살폈다. 굵은 빗방울이 강풍을 타고 비스듬하게 내리꽂히고 있었다. 창문은 간간이 스산한 소리를 내면서 흔들렸다. 얼마 지나지 않아 빗방울이 제법 굵어졌고 바람도 세차게 불기 시작했다. 상우는 아내의 근심을 덜어주기로 했다.

지연일 뿐이야. 가벼운 봄비니까 너무 신경 쓸 것 없어. 여기는 바람도 안 불어.

메시지를 보낸 뒤 상우는 서류를 덮고 사무실을 나섰다. 저녁식사 대신 이른 퇴근을 선택한 상우는 회사에서 삼십 분 거리에 있는 정비소를 찾았다.

상우는 노란 머리를 한 직원에게 차를 맡기고 반대편의 처마 밑으로 갔다. 교복을 입고 야마하 오토바이를 탄 고등학생과 한창 재미있게 떠들던 노란 머리는 즐거운 시간을 방해받은 게 못내 짜증난다는 표정을 지었다.

상우가 처마 한편에 기대서자 정비하고 있던 쉐보레 차량 밑에서 한 사내가 기어 나왔다. 기름때 묻은 그의 얼굴에는 언제나처럼 진심이 느껴지지 않는 떨떠름한 웃음이 걸려 있었다.

"담배?"

그가 목에 두른 수건으로 이마를 닦으며 다가왔다. 상우는 조용히 고개를 저었다.

그가 입에 문 담배에 불을 붙이자 내리깔리는 습기를 거스르며 하얀 연기가 피어올랐다. 물비린내, 기름 냄새, 니코틴 연기, 봄비의 운치가 한데 뒤섞여 묘한 분위기를 자아내고 있었다.

어느덧 담배가 필터까지 타들어가는 동안에도 둘 사이의 어색한 침묵은 자리를 비키지 않았다.

"비가 많이 오네."

그가 짤막한 담배를 튕겨내며 어색함을 깨보려 시도했다.

"그러게……."

시도가 실패했다.

"바람도 제법인데."

"그러니까……."

또다시 흐르는 정적.

"이래서 비행기가 뜨기나 할지……."

"지금 우리 집사람 걱정해주는 거야? 네가 어떻게 알고?"

그가 대수롭지 않게 대답했다.

"뭘 어떻게 알아. 네가 몇 번이나 말해놓고서는."

"그랬나……."

그는 양손으로 바지에 묻은 먼지를 털어냈다. 기름 냄새가 확 올라왔다. 그는 때 묻은 녹색 티셔츠와 가슴에 주머니가 달린 멜빵 청바지를 입고 있었다. 하지만 후줄근한 옷차림도 그의 온몸에서 뿜어져 나오는 남성적인 매력을 가리지는 못했다. 날렵한 턱선과 짙은 눈썹, 얼굴에 정교하게 그려 넣은 듯한 기름때가 어우러져 마치 제임스 딘을 연상케 했다.

그의 열 배쯤 되는 수입과 비교도 되지 않는 사회적 지위를 가지고 있었지만 상우는 가끔 그를 부러워하곤 했다. 그의 훤칠한 키와 다부진 골격은 노력으로도 얻을 수 없는 것이었다. 그러나 동경에 가까운 상우의 감정에도 불구하고 두 사람의 관계는 그리 좋지 못했다. 거부감의 원인은 상우 스스로도 잘 알고 있었다.

'아내가 고등학생 시절 만났던 남자를 달갑게 여길 사람은 어디에도 없으니까.'

이경준. 상우와 아내까지 셋은 모두 고등학교 동창이었지만 적어도 상우와 경준은 정기적으로 만나기에 껄끄러운 사이임에는 틀림없었다. 그럼에도 상우는 이 불편한 관계를 꾸준히 이어오고 있었다. 열등감과 부러움으로 설명되던 경준에 대한 감정이 어느 순간 우월감으로 변했기 때문이었다.

'나는 변호사가 됐어. 여자애들 비명에 둘러싸여 골을 넣고 손을 흔들던 넌 고작 이런 카센터에서 일을 해. 네가 일주일마다 한 번씩 작업복을 갈아입을 때 나는 맞춤정장을 입어. 넌 카센터의 벽시계를 보지만 난 손목의 롤렉스로 시간을 확인해. 보라고. 아내가 선택한 것은 나야. 너의 전성기는 이미 끝난 지 오래지만 나는 그렇지 않아. 나에게는 오늘보다 찬란한 내일이 기다리고 있어.'

이 우월감이란 한 달에 두 번씩 바쁜 시간을 쪼개 잊지 않고 달려올 정도로 달달했다. 필요 이상으로 자주 갈아치우는 엔진오일 값이 아무렇지도 않을 만큼 감미로웠다.

"참, 만나는 여자 있다고 했었지?"

이번에는 상우가 어색함을 깰 차례였다.

"내가 그 이야기를 너한테 한 적이 있었나?"

"그렇지 않으면 내가 어떻게 알고 있겠어. 뭐하는 사람이야?"

괜찮은 화두를 던졌다고 생각한 상우는 틈을 주지 않고 질문을 퍼부었다. 어디서 만났어? 얼마나 됐어? 이름은 뭐야?

"얼마 안 됐어. 두 달쯤 됐으려나."

경준이 좀처럼 보기 드문 얼굴을 했다.

"나이도 있는데 이번에는 결혼까지 생각해야지."

"나야 당장이라도 결혼하고 싶은데, 급하게 서두르지 않으려고. 천천히 만나다 보면 좋은 소식 있겠지."

"한창 좋을 때인 건 알겠는데, 그렇다고 너무 무리하지는 마."

"무슨 뜻이야?"

상우가 손가락으로 눈 밑을 가리켰다. 경준의 눈 밑에는 진한 다크서클이 자리 잡고 있었다.

"누가 보면 섹스 처음 해보는 고등학생인 줄 알겠어."

경준이 멋쩍은 웃음을 지었다.

"아, 이거. 그런 거 아니야. 요즘 밤마다 하는 일이 좀 있어서……."

"부업으로 대리운전이라도 하는 거야? 돈도 중요하지만 건강부터 챙겨야지. 푼돈 좀 벌겠다고 무리하다가 몸 망가지면 그게 무슨 소용이야."

상우가 걱정 밑에 냉소를 깔았다.

"걱정해주는 건 고마운데 내 몸은 내가 알아서 관리해."

"열 내지 마. 충고를 해주려던 것뿐이야."

"……."

"부탁하신 엔진 오일이랑 에어컨 필터 교체 끝났어요."

험악해지려는 분위기를 뚫고 노란 머리가 다가왔다. 작년 봄부터 경준의 밑에서 일하기 시작한 놈이었다. 이름은 들을 때마다 까먹었다. 형준? 준형? 준영? 스물두어 살 남짓일까. 다섯 번쯤 탈색한 머리색만큼이나 껄렁거리는 게 원체 상우의 마음에 들지 않았다. 경준에게 직원을 바꾸는 게 좋을 거라고 몇 번이나 충고했지만, 그때마다 경준은 "저래도 제법 괜찮은 녀석이야."라며 들은 척도 하지 않았다.

잠깐 기다리라는 말로 양해를 구한 경준은 벤츠 안으로 허리를 숙이고 들어가 좌석이며 발판 곳곳의 청소를 해주었다. 잠시 후 경준은 작은 쓰레기 조각들을 들고 차 밖으로 나왔다.

별미 같은 유희를 마친 상우는 아메리칸 익스프레스 카드로 계산을 마치고 차에 올라탔다.

도로는 헤드라이트를 켜야 할 정도로 어둑했다. 비바람이 더욱 거세지고 있었다. 횡단보도를 건너는 사람들은 어떻게든 비에 젖지 않으려고 하나같이 우산을 앞으로 기울여 썼다. 그들을 바라보며 삼거리에서 신호를 기다리는 동안 상우는 아내에게 전화를 걸었다.

"이제 퇴근하는 길이야?"

요동치는 날씨와는 다르게 아내의 목소리는 청량했다. 뒤로는 깔깔거리는 아내 친구들의 웃음소리가 들려왔다.

"클라이언트 만나러 가는 길이야. 공항 쪽은 날씨가 어때? 여전히 그대로야?"

"아까랑은 또 달라졌어."

"다행이네."

상우는 안도의 한숨을 내쉬었다.

"더 심해졌어. 태풍 한가운데 있는 것 같아."

안도의 한숨이 태풍에 휩쓸려갔다. 상우는 뻔한 말들로 아내의 걱정을 덜어주려 했지만 그럴 필요는 없었다. 핸드폰 너머로 유쾌한 목소리가 아내를 찾았고, 아내는 꼬마 같은 목소리로 인사를 하며 친구들 사이로 사라졌다.

삼거리의 신호등이 바뀌었다. 왼쪽은 집으로 가는 길이다. 정체를 고려해도 삼십 분이면 집에 도착해 따뜻한 물로 목욕을 하고, 기네스 한 잔을 벗 삼아 차분하게 월요일과의 이별을 준비할 수 있을 것이다.

상우는 핸들을 크게 오른쪽으로 돌리고 액셀을 밟았다.

오늘의 목적지는 집이 아니다. 오늘은 아내가 집에 들어오지 않는 날이니까.

오피스텔 복도는 텅 비어 있었다. 하지만 상우는 엘리베이터에서 내려 주위를 둘러본 뒤 최대한 발소리를 죽이고 다가가 1606호의 벨을 눌렀다. 잠시 뒤 문이 반쯤 열리고 안쪽에서 튀어나온 새하얀 팔이 낚싯바늘처럼 상우의 몸을 순식간에 낚아채 들어갔다.

상우는 깊이를 가늠할 수 없는 진한 키스에 빠져들었다. 상우의 손이 여자의 얇은 티셔츠 위로 브래지어 후크를 찾아 더듬거렸다. 아무것도 걸리는 게 없음을 확인하고 상우는 젖을 듯이 티셔츠를 벗겨 올렸다. 그사이 여자는 한 손을 이용해 남자의 벨트를 능숙하게 풀어냈다. 잡아먹을 듯이 서로의 입술을 탐하던 두 사람이 비틀거리며 침대 위로 쓰러졌을 때 여자는 이미 교태 섞인 신음을 내지르고 있었다.

✢

남자가 여자를 처음 만난 것은 지난가을이었다. 성매매 혐의로 기소되었던 중견 사업가가 항소심에서 승리한 그날, 사업가는 자신을 위해 고생한 변호사에게 색다른 경험을 선물해주기로 마음먹었다. 그는 상우를 간판이 없는 지하 술집으로 데려갔다.

상우의 파트너로 지목된 긴 염색 머리의 여자는 스스로를 '승혜'라고 소개했다. 그녀의 주된 임무는 상우의 무릎에 올라타 쉴 새 없이 양주잔을 채워주고, 입안으로 과일을 배달하고, 끊임없이 싸구려 웃음소리를 내는 것이었다.

일이 어떻게 돌아가고 있는지 알아차린 상우는 오 초마다 아내의 얼굴을 떠올리며 자제력을 잃지 않으려 애썼다.

정신을 차렸을 때 상우는 여자의 하얀 배 위에 올라타 있었고, 여자는 생전 처음 들어보는 하이 톤의 신음을 지르고 있었다. 얼른 멈춰야 한다고 생각했지만 허리는 좀처럼 말을 듣지 않았다.

새벽 세 시. 초췌한 모습의 상우가 밖으로 나왔을 때, 기다리고 있던 사업가는 의미를 알 수 없는 음흉한 웃음을 지으며 상우를 24시간 영업하는 돼지갈비집으로 데려갔다. 상우는 손을 내저었지만 그가 한 말을 무시할 수는 없었다.

"그럼 집에라도 가시려고? 그 냄새를 풍기면서?"

캐러멜 색소가 듬뿍 들어간 돼지갈비가 불판 위에서 까맣게 타들어갔다. 동공이 하얗게 뜬 사업가는 익숙한 솜씨로 고기를 뒤집으며 인생의 지혜를 전해주었다.

"오늘 같은 날은 이렇게 돼지갈비집에서 마무리를 해야 합니다. 갈비 양념 냄새가 다른 냄새들까지 싹 다 지워주거든요."

21년산 양주 냄새, 술집 여자의 살결 냄새, 낯선 향수 냄새와 지독하게 풍기는 배신의 향기…….

상우는 그날 집에 돌아와 한순간도 잠에 들지 못했다. 죄책감이 목을 졸랐다. 술에 취해 제정신이 아니었다는 변명은 조금의 위안도 되지 못했다. 가장 뜨거운 분노를 불러일으킨 것은 여태껏 맛보지 못했던 절정을 아내가 아닌 다른 여자에게서 맛보았으며, 마음속 깊은 곳에서는 조금 전에 맛본 쾌락을 쉴 새 없이 되새김질하고 있다는 사실이었다.

상우는 아내의 투명한 눈을 피해 아침 일찍 출근했다. 커피를 연거푸 세 잔이나 마시고서야 술이 깼다. 반쯤 정신이 들었을 때 가장 먼저 떠오른 것은 얄궂게도 인생에서 단 몇 시간을 함께한 여자의 얼굴이었다. 아찔한 색기를 담은 웃음소리가 하루 종일 사무실에 메아리쳤다.

"변호사님은 중독된다는 게 어떤 기분인지 모를 거예요."

그날 오후, 구치소에서 접견한 마약중독자가 고개를 푹 숙이며 말했다.

상우는 승혜라는 이름의 여자를 떠올렸다. 빚어놓은 것 같은 몸매, 가는 체로 걸러낸 듯한 피부, 절정의 순간에 부들거리며 활처럼 휘어지는 허리, 온몸이 성감대로 이루어져 있는 것 같은 교태.

상우가 대답했다.

"아니요, 저도 잘 알고 있습니다."

상우는 결국 그날 밤 다시 승혜를 찾았다. 야근을 핑계 삼아 사랑하는 아내를 기만하고 있다는 괴로움도 승혜의 애교 섞인 콧소리 앞에서는 좀처럼 기를 펴지 못했다. 두려움, 걱정, 죄책감도 그녀를 안고 있는 동안만은 잠시 잊을 수 있었다.

열 번째로 그녀를 안던 날, 먼저 특별한 제안을 한 쪽은 승혜였다. 변호사 월급의 오분의 일을 내어주는 대가로 제공되는 월 4회의 만남과 서로의 사생활에 일절 관여하지 않겠다는 조건이 포함된 계약. 일탈이 가져다주는 스릴감에 중독되어 있던 상우가 이를 거절할 리 없었다.

구두계약이 성립하던 날 승혜가 상우의 귀에 속삭였다.

"이 정도면 오빠는 날 거저먹는 거야."

승혜와의 만남은 대부분 가장 안전하다고 여겨지는 그녀의 오피스텔에서 이루어졌다. 하지만 시간이 흐를수록 때와 장소는 경계를 무너뜨리고 일상으로 대범하게 침범해 들어왔다. 한강 둔치에 주차해둔 차 안에서 관계를 가지기도 했고, 아내의 부재를 틈타 집 안으로 승혜를 끌어들여 스릴을 즐기기도 했다.

가슴이 철렁 내려앉는 일도 있었다. 승혜의 긴 머리카락이 차 안에서 뒹군다거나, 휴지로 말아놓은 콘돔을 깜빡하는 일이 그것이었다. 다행히 아내가 먼저 발견하는 일은 없었다. 그것들을 발견하고 치울 때마다 상우는 안도의 한숨을 내쉬었다.

부적절한 관계가 육 개월째 이어지고 있었다. 아내의 임신 이후 상우는 몇 번이나 계약 해지를 다짐해봤지만 번번이 욕구에 가로막혀 실패로 끝났다. 오늘이라고 예외는 아니었다.

절정의 순간을 떠나보낸 승혜가 가쁜 숨을 몰아쉬며 상우의 허리 위에서 내려왔다.

"뭐 좀 마실래?"

실오라기 하나 걸치지 않은 여체가 전단지로 가득 덮인 냉장고로 걸어가 맥주캔을 꺼냈다. 탄산이 터지는 청량한 소리가 갈증을 자극했지만 상우는 사양했다.

"어제 전화한 건 정말 멍청한 짓이었어. 집사람이랑 같이 있었다고. 하마터면……."

"하마터면이 걱정되면 날 만나지 말았어야지. 안 그래?"

승혜가 야릇한 눈빛으로 상우를 약올렸다.

"쳇."

"너무 오랫동안 안 오길래 궁금해서 전화한 거야. 이번엔 왜 이렇게 오랜만에 왔어?"

"바빴어. 그동안 굵직한 사건을 세 개나 맡았거든."

'아내가 임신을 했어. 내가 아빠가 된단 말이야.'

섹스 직후의 허망함과 맞닥뜨린 상우는 지금이야말로 승혜의 나체에게 안녕을 고할 적절한 시점이라고 생각했다. 하지만 벌거벗은 남자가 섹스를 마친 지 일 분도 지나지 않아, 여자의 집에서 그녀의 이불을 덮은 채, 일방적으로 이별을 선언하는 것은 차마 예의가 아니라고 여겨졌다.

승혜가 의자 위에 벗어둔 민소매 티셔츠를 걸치고 침대에 누워 상우의 어깨에 살며시 기댔다.

"안 그래도 오빠 기사 읽었어."

"신문도 읽어?"

승혜가 고개를 젖히고 깔깔거렸다.

"방금 농담한 거야? 그냥 인터넷 쇼핑하다가 오빠 이름 발견하고 클릭해본 거지. 국회의원 아들 구해냈다며?"

"시의원이겠지."

"둘이 다른 거야?"

차이점을 설명해주려던 상우는 불현듯 상대가 다름 아닌 승혜임을 깨달았다.

"아아. 같은 거야, 같은 거."

승혜가 '그것 봐.'라는 표정으로 이야기를 계속했다.

"기사에서 그러던데. 오빠는 가장 유능한 변호사 중 한 명이라고. 몸값이 그렇게 비싸다면서? 아무래도 내가 손해 보는 장사를 하고 있는 건 아닌지 모르겠어."

우쭐해진 상우가 물었다.

"또 뭐래?"

"물불 안 가리고 사건을 맡는다고."

의기양양해져 있던 상우의 얼굴이 순식간에 붉으락푸르락 변했다.

상우는 그 말의 의미를 잘 알고 있었다. 업계 2위 초대형 로펌의 문을 두드리는 사람들은 극히 한정적이다. 돈이 많거나, 권력을 가지고 있거나. 그 말은 결국 변호사 박상우는 가진 자들의 입만을 대변한다는 비난의 완곡한 표현일 뿐이었다.

남자의 기분을 알아차리는 데 천부적 재능을 가진 승혜가 상우의 불편한 심기를 눈치채고 간드러지는 콧소리를 냈다.

"난 그런 말 신경 안 써. 오빠가 유명하기만 하면 난 뭐라도 좋아. 능력을 가진 남자만큼 섹시한 건 또 없어."

부드러운 손이 남자의 가슴을 더듬다가 점점 아래로 향했다. 상우는 지금 그럴 기분이 아니라며 거부하고 싶었지만 아랫도리는 솔직했다. 방 안은 다시 뜨거운 공기와 신음소리로 가득 찼다.

관계를 마친 뒤 승혜는 욕실로 들어갔다. '쏴아아' 하는 물소리가 들리고 얼마 뒤 자욱한 습기 사이로 타월을 두른 승혜가 모습을 드러냈다.

"이따 우리 집으로 갈래?"

"아, 와이프가 여행 간다고 했었지?"

"칫. 모르는 사람이 없네."

"내일 회사는 어쩌려고."

"그런 건 걱정 마."

승혜는 화장대에 앉아 맨몸에 샤넬 향수를 뿌리고 헤어드라이어로 머리를 말렸다. 젖은 머리카락 사이로 손가락을 집어 넣고 고개를 움직일 때마다 목에 걸린 보석이 빛을 받아 반짝거렸다. 얼마 전에 생일을 맞아 상우가 선물한 목걸이였다. 화장대 거울로 그 모습을 훔쳐보던 상우는 승혜에게 중국음식 배달을 부탁하고 다시 침대에 누웠다.

두 사람은 천 쪼가리 한 장씩만 몸에 걸치고 침대 위를 뒹굴면서 시간을 죽였다. 삼류 SF영화에 채널을 맞추고 배달음식으로 배를 채웠다. 때때로 죄책감이 찾아왔지만 '뭐 어때. 이제 곧 정리할 관계인데.'라는 생각은 그 불편한 감정조차 잊게 만들었다.

열한 시가 되었다. 평소라면 승혜를 집에 들이기에는 이른 시간이었지만 비가 몰고 온 어둠을 믿어보기로 했다. 상우는 침대에서 일어나 슬슬 옷을 챙겨 입었다.

셔츠를 바지 안으로 밀어 넣고 벨트를 차려는데 핸드폰이 울어댔다. 아내였다. 승혜가 본능적으로 눈치를 채고 숨을 죽였다.

상우는 최대한 태연한 목소리로 전화를 받았다.

"아직도 지연이야?"

아내는 울상이 된 목소리로 투덜거렸다.

"지연이면 다행이게. 결국 결항이야. 한 달이나 기다려온 여행이었는데 너무 속상해. 바로 집으로 돌아갈 거야."

상우는 다급하게 아내를 찾았지만 이미 뚜뚜거리는 신호음만 남아 있었다. 통화를 엿듣던 승혜는 마치 '그렇다네.'라고 말하는 듯한 표정으로 어깨를 으쓱거렸다.

"미안해. 일이 이렇게 될 줄은 몰랐어."

"괜찮아. 나도 별로 내키지 않았는걸."

"다음에 다시……."

"다음에 이야기해."

승혜는 옷장에서 파자마를 꺼내 몸에 걸쳤다. 그 모습을 보며 잠시 고민에 빠졌던 상우는 골반에 아슬아슬하게 걸쳐 있던 바지를 내리고 승혜를 밀어 침대에 눕혔다.

"또?"

+

은행나무길의 새벽은 고요했다. 몇 군데 불이 켜진 집을 제외하고는 아침을 준비하느라 다들 일찍 잠자리에 든 듯했다.

검정색 벤츠가 미끄러지듯 집 앞에 도착했을 때 상우는 이미 녹초가 되어 있었다. 얼른 푹신한 침대 속으로 파고들고 싶은 생각에 주차를 하는 손과 발이 성마르게 움직였다.

그때 앞바퀴 쪽에서 뭔가 '퍽' 하고 깨지는 소리가 들려왔다.

'젠장.'

차에서 내린 상우는 짜증난 얼굴로 운전석 앞바퀴를 확인했다. 깨진 맥주병 조각이 흩어져 있었다. 상우는 파편들을 치울까 잠시 고민했지만 곧 그러지 않기로 했다. 가로등 불빛만을 의지해 파편들을 만지다가 손에 상처를 입지 않을 자신이 없었다. 날이 밝는 대로 빗자루를 가지고 나와 정리하면 될 일이었다.

조수석에 벗어뒀던 정장 윗도리를 꺼내드는데 익숙한 냄새가 상우의 코를 자극했다. 승혜의 샤넬 향수, 침대보와 살결 그리고 격렬한 정사 뒤의 땀 냄새. 이미 셔츠와 손에도 같은 냄새가 배어 있었다.

집 안의 불은 모조리 꺼져 있었지만 상우는 아내가 잠들어 있을 거라 확신할 수 없었다. 공항까지의 거리를 고려해보면 아내가 집에 도착한 지 삼십 분도 지나지 않았을 것이 확실했다. 선잠이 들었던 아내가 소리를 듣고 깬다면? 그리고 배신의 향기를 맡게 된다면?

'굳이 위험한 도박을 할 필요는 없지.'

상우는 다시 운전석으로 들어가 손에 잡히는 대로 초콜릿 서너 개를 입안에 던져 넣었다. 시트를 뒤로 눕히고 기지개를 켰다. 짧은 시간에 격렬하게 나눈 섹스의 후폭풍이 거세게 몰려왔다. 뼈마디가 녹아내리는 것 같았고 하품이 끊임없이 이어졌다. 저절로 눈이 감겨오는 도중에도 상우는 초콜릿 가글을 멈추지 않았다. 달착지근한 카카오 향이 입안 구석구석 진하게 배어들수록 배신의 향기는 옅어질 테니까.

손목시계로 시간을 확인했다. 번쩍거리는 롤렉스가 새벽 1시 12분을 알렸다. 상우는 늘어지게 하품을 하면서 눈을 감았다.

'딱 삼십 분만 누웠다가 일어나는 거야.'

초콜릿을 녹이던 혓바닥이 자신도 모르는 사이에 조금씩 느려지고 있었다.

'몇 시지? 얼마나 잠들었던 거야……'

잠에서 깬 상우는 쉽사리 몸을 움직일 수 없었다. 씨름선수가 올라타 짓누르는 것처럼 몸이 무거웠다. 다행히 창밖은 아직 어두웠고 비도 그쳐 있었다. 손목을 들어 시계를 봤지만 잠이 덜 깬 눈은 시침과 분침을 분간해내지 못했다. 허리를 앞으로 숙여 가로등 불빛을 받아 겨우 시간을 확인할 수 있었다.

4시 7분.

'맙소사, 세 시간이나 자다니! 이젠 향수 냄새가 아니라 외박 변명을 준비해야 할 시간이잖아, 이 멍청한 자식!'

상우가 급하게 윗도리를 집어 드는데 운전석 유리창에 검은 그늘이 일렁였다. 고개를 돌려 창밖을 확인했지만 윈도우 틴팅 때문에 아무것도 보이지 않았다. 유리창에 손바닥을 대고 그림자를 만들어 다시 밖을 확인하자 그제야 또렷하게 알아볼 수 있었다.

반대편에서 자신과 같은 방법으로 안쪽을 들여다보고 있는 눈동자를.

두 사람의 눈이 얇은 창문 하나를 사이에 두고 서로를 주시하고 있었다. 상우는 소스라치게 놀라 허둥지둥 도어락을 확인했다. 도어락이 잠긴 것을 확인하자마자 이번에는 문손잡이를 잡아당기는 소리가 들려왔다.

딸깍 딸깍.

제대로 미친놈이 분명했다. 주인이 들어앉아 있는 차 안을 엿보는 것도 모자라 이제는 당당하게 문을 열려고 하다니. 상우는 크게 숨을 들이마시며 마음을 가라앉혔다.

'당황할 것 없어. 좀도둑일 뿐이야. 제풀에 지쳐 돌아갈 때까지 얌전히 앉아 기다리기만 하면 돼.'

하지만 몸뚱이는 이미 거칠게 차문을 열어젖히고 있었다.

"당신 뭐야!"

상우는 고함을 지르며 남자의 어깨를 밀쳐냈다. 점퍼 안으로 호리호리한 어깨가 만져졌다. 몸이 밀쳐지자 깊게 눌러쓴 검은 MLB 모자 아래로 하얗고 앳된 얼굴이 반쯤 드러났다. 이를 드러낸 그의 미소가 가로등 불빛 아래 기괴하게 일렁였다. 흠칫한 상우는 섣부르게 차 밖으로 뛰쳐나온 것을 후회했지만 이제 와서 다시 차문을 열고 들어갈 수도 없는 노릇이었다.

상우는 아랫배에 힘을 꽉 주고 호기롭게 소리쳤다.

"당신 뭔데 남의 차를 기웃거려?"

검은 모자는 히죽거리는 얼굴로 상우를 무시하고 벤츠로 향했다. 그러고는 마치 자신의 차라도 되는 양 당당하게 문을 열고 안을 살폈다.

"어? 없네?"

"없긴 뭐가 없어, 이 새끼야!"

상우는 남자의 점퍼 뒷덜미를 잡아 차에서 끌어냈다. 아스팔트 바닥에 내팽개쳐진 남자는 한동안 얼이 빠진 표정으로 고개를 두리번거리더니, 이내 바닥에서 일어나 손을 털며 몸을 돌렸다.

상대가 먼저 등을 보였다. 기세가 오른 상우는 성큼성큼 큰 보폭으로 따라가 뒤통수를 시원하게 후려갈겼다. 그 충격으로 벗겨진 모자가 바닥에 굴러떨어졌다.

"어딜 도망가! 좀도둑 새끼가 어디서 내가 두 눈을 시퍼렇게 뜨고 있는데……."

순간 검은 모자가 뒤를 돌아보는가 싶더니 상우의 등짝에 찌릿한 충격이 느껴졌다. 남자는 상우가 몸을 일으킬 새도 없이 재빠른 몸놀림으로 상우의 가슴팍에 올라탔다. 아스팔트의 습기가 등을 간지럽혔지만 상우는 꼼짝도 할 수 없었다.

"당신 같은 꼰대들은 말이 너무 많아. 귀찮아서 상대를 안 해주면 무서워서 도망가는 줄이나 알고. 안 그래?"

앳된 얼굴과 잘 어울리는 미성이 상우를 조롱했다. 상우는 남자의 엉덩이에 깔린 채 물 밖으로 나온 물고기처럼 몸을 파닥거렸다.

"당장 비켜! 그렇지 않으면 후회하게 될 줄 알아!"

남자는 우습다는 듯 상우의 볼을 장난스레 꼬집었다.

"한심하게 말로만 그러지 말고 정말 후회하게 만들어보는 건 어때?"

상우는 온몸을 비틀며 저항했다. 그러나 다리는 아스팔트를 긁으며 알 수 없는 춤을 췄고, 양팔은 헤엄을 치듯 허우적거렸다. 팔이 바닥을 내리치는 바람에 시계 유리가 둔탁한 소리를 내며 깨졌다. 칠백만 원이 날아가는 소리였다.

자다 일어난 변호사는 난데없이 새파랗게 어린놈에게 깔려 치욕을 맛보게 되었다. 자존심은 이미 종잇장처럼 구겨졌다. 눈가에서 뜨거운 것이 그렁거렸다. 가슴이 눌려 숨이 막혔고 눈앞이 아득해져갔다. 그때 아등거리는 손에 누가 쥐어주기라도 하듯이 차갑고 딱딱한 물체가 부드럽게 잡혀 들어왔다.

'안 돼. 이건 너무 위험해.'

그러나 몸뚱이는 또 제멋대로 움직였다. 깜짝 놀란 남자는 황급히 몸을 뒤로 젖혔고 날카롭게 깨진 병은 가까스로 목을 스쳤다. 그런데 그 순간, 남자의 목에서 분수 같은 피가 터지면서 누워 있던 상우의 얼굴과 셔츠를 흠뻑 적셨다.

남자는 '이게 무슨 엿 같은 상황이지.'라는 표정을 지었다. 두 사람은 그 흔한 탄식조차 내뱉지 않았다.

마침내 남자가 부들거리는 손으로 입을 가리고 쿨럭이며 기침을 했다. 그때마다 목에 새로 생긴 구멍에서 검붉은 피가 펌프처럼 뿜어져 나왔다.

남자는 곧 현실을 인지했다. 그는 복수를 원했다. 자신과 다르게 매끈한 상우의 목을 향해 살의가 담긴 손을 뻗었다. 상우는 반사적으로 양팔을 들어 얼굴을 가렸다. 잠깐의 실랑이 끝에 '투둑' 하고 시계가 끌러지는 소리가 나더니 남자는 썩은 통나무처럼 '픽' 하고 쓰러져 나가떨어졌다.

바닥에 드러누운 남자는 좀처럼 움직이질 못했다. 호흡이 힘에 부친 듯 거친 숨소리를 냈다. 느릿하게 고개를 움직이며 입을 뻐끔거렸다. 그럴 때마다 상처가 벌어져 젖은 수건을 짜내는 것처럼 피가 새어나왔다. 목에서 샘솟는 피가 아스팔트 바닥 위에 붉은 웅덩이를 만들어내고 있었다.

상우는 손으로 바닥을 밀어내며 뒤로 물러났다. 그러나 얼마 가지 못해 벤츠의 은색 휠이 등 뒤를 차갑게 막아섰다. 온몸이 사시나무 떨듯 떨렸다. 얼른 도망가야 한다는 생각뿐이었지만 다리에 힘이 들어가질 않았다.

'응급차를 불러야 할까? 그래, 좋은 생각이야. 사이렌 소리로 온 동네를 다 깨우고 싶다면……. 벤츠 뒷자리는 어때? 아니, 어떤 방법으로도 살아 있는 상태로는 병원에 도착하지 못할 거야.

병원에 도착할 때쯤 목적지는 응급실이 아니라 영안실이야!'

두 가지 의견이 기각되는 동안 남자의 출혈은 눈에 띄게 줄어들어 있었다. 더 이상 흘릴 피가 몸속에 남아 있지 않다는 신호였다. 하지만 상우는 망연자실하게 앉아 있는 것 외에 무엇을 해야 할지 알 수 없었다. 이런 무기력함은 태어나서 처음 맞이해보는 낯선 것이었다. 그저 차가운 휠에 등을 기대고 사람이 죽어가는 모습을 바라보고만 있었다.

핏기를 잃은 남자의 손이 문득 허공을 향하는가 싶더니 반도 올라가지 못하고 바닥에 내리꽂혔다.

그것으로 끝이었다. 남자는 결국 목숨을 잃었다.

상우는 부들거리는 몸을 끌고 시체로 기어가 상처를 살폈다. 동맥이 예리하게 베여 있는 게 자신이 했다는 걸 믿을 수 없을 만큼 정확한 솜씨였다. 한 가지 다행스러운 점은 이 상황을 해결할 수 있는 방법을 알고 있다는 것이었다.

'침착해. 당황하지 말고 병으로 내 목을 그어.'

상우는 떨리는 손으로 병을 목에 가져다댔다. 한번 피 맛을 본 유리병의 싸늘함이 등줄기를 타고 흘렀다. 상우는 숨을 멈췄다.

'그어!'

하지만 손은 움직이지 않았다. 삶에 대한 한 줌 미련이 손목을 붙잡고 놓아주지 않았다. 결국 병을 내려놓은 상우는 거친 숨을 몰아쉬며 고개를 돌려 자신의 2층 보금자리를 바라봤다.

침실에서 잠들어 있을 아내와 그녀를 엄마라고 부르게 될 배 속의 아이가 보이는 듯했다. 그리고 자수 후에 자신이 겪게 될 인생도.

'자비를 모르는 기자들의 관심, 주민들의 냉소, 날이 선 비난의 말들. 검사는 과연 내가 주장하는 정당방위를 순순히 인정해줄까?'

"정당방위? 방금 정당방위라고 하셨습니까? 제 귀를 도저히 믿을 수가 없군요. 그렇다면 변호사인 우리 피고인이 직접 한번 말씀해보시겠습니까? 형법 제21조의 정당방위가 성립하기 위한 요건이 무엇인지."

"위법성이 조각(阻却)되기 위한 정당방위의 요건으로는 현재의 부당한 침해가 있을 것, 자신 또는 타인의 법익에 대한 방위일 것, 그리고 행위에 대한 상당한 이유가 있을 것……입니다."

검사가 재판장석을 바라보며 어깨를 으쓱거린다.

"그렇다는군요."

'취소된 변호사 자격증으로 구할 수 있는 직업은 무엇이 있을까? 살인 전과를 가지고 살 수 있는 인생은? 일 년을 꼬박 일해 지금의 한 달 월급을 벌 수 있겠지. 지금의 반의반도 안 되는 크기의 마당이 없는 집으로 이사를 가게 되겠지. 도로 위를 달리는 벤츠를 우수에 젖은 눈으로 바라보게 되겠지. 한 손에는 아이의 손을 잡고, 한 손에는 교통카드를 들고 만원 버스에 올라 숨이 턱턱 막히는 삶을 살게 되겠지.'

'현답' 로고가 진하게 박힌 로펌 명함이, 부가세 별도를 신경 쓰지 않던 주문이, 걱정을 모르는 아내의 웃음소리가, 화려하고 빛났던 모든 것들이 아스라이 눈앞에서 멀어져가고 있었다.

상우는 고개를 들어 하늘을 올려다봤다. 볼에 묻은 핏방울 하나가 목을 타고 흘러내렸다. 한 사람의 인생이 무너지는 이 순간에도 밤하늘을 가득 수놓은 별들은 영롱하게 반짝이고 있었다. 상우는 그 모습 그대로 일 분의 시간을 흘려보냈다. 눈앞에서 일어난 살인을 머리가 받아들이는 데까지 걸린 시간이었다.

'부촌에서 일어난 변호사의 살인사건이라……. 언론이 좋아하겠군. 적어도 한 달은 기삿거리 고민을 하지 않아도 될 테니. 어떤 변호사도 내 사건을 맡으려고 하지 않겠지. 법대 동기들에게 사정하면서 변호를 구걸하게 될 거야. 그러다가 결국은 얼굴에 짜증과 피곤함만 가득한 국선에게 내 운명을 맡기게 되겠지. 검사는 날 살인죄로 기소하고 12년을 구형할 거야. 형법 제250조는 나 같은 놈에게 써먹으라고 있는 조항이니까. 그럼 난 정당방위를 주장…… 아니 정당방위를 주장해달라고 국선에게 알려줘야 할지도 몰라. 그럼 국선은 바짝 말린 행주 같은 얼굴을 찌푸리며 자기가 알아서 하겠다며 투덜거리겠지. 정당방위…… 알아. 조각되고 말 거야. 그럼 운이 좋아봤자 십 년. 출소하고 나면 열 살 먹은 아이는 아내 등 뒤에 숨어서 고개만 내밀고 나를 벌레처럼 쳐다볼 테지. 아내와도 한동안 서먹서먹할 거야. 그 공백의 시간 동안 잃어버린 것들을 만회하는 데 얼마

나 긴 세월이 필요할까…….'

순간 상우는 자신이 엄청난 착각을 하고 있다는 사실을 깨달았다.

'아니, 박상우. 정신 차려! 출소하면 아내와 아이가 기다리고 있을 거라고? 살인자의 꿈치고는 너무 과분하군. 게다가 십 년 후에 출소하고 나면 내가 뭘 할 수 있지? 등록이 취소된 변호사 자격증으로 어떤 직업을 구할 수 있겠어. 고작해야 남이 살 집을 짓고, 남이 쓸 물건을 나르고, 하루에 열 시간씩 계산대 앞에 서서 남이 사는 라면과 생리대의 바코드를 찍고……. 아니, 안 돼. 이런 삶을 살 수는 없어. 절대로 견뎌내지 못할 거야. 내가 원하는 건 온전한 나의 삶이지 다른 누군가를 위한 삶이 아니야!'

이제 생각은 한 가지로 정리되고 있었다. 명확해진 목표가 상우의 다리에 힘을 불어넣었다.

왜 하필이면 맥주병이 그 자리에 있었던 건지, 죽은 저 녀석은 누군지, 왜 자신은 멍청하게도 세 시간이나 잠들었던 건지, 그리고 다른 수만 가지의 일들이 한 치의 오차도 없이 이 새벽에 정확히 맞물려 이런 일이 벌어져야만 했는지, 상우는 누구를 붙잡고서라도 따져 물어보고 싶었지만 지금은 때가 아니었다. 당장 이 구렁텅이에서 발을 빼내는 게 우선이었다.

"발을 빼겠다고 하셨습니까? 당신이 저지른 이 끔찍한 살인사건에서요? 꿈도 야무지군요."

조롱 섞인 검사의 목소리가 상우의 귀에 들려왔다.

'그래, 난 여기서 도망칠 거야. 이 작은 실수 때문에 지금 내가 누리는 인생을 포기하는 것이야말로 살인보다 더 잔인한 것 아닌가?'

상우는 두 손으로 얼굴을 쓰다듬으며 결의를 다졌다.

'무엇부터 시작해야 하지?'

우선은 CCTV.

은행나무길의 CCTV는 우범지역에서 그러하듯 거미줄처럼 촘촘하게 설치되어 있지 않았다. 대한민국에서 가장 부유하고 안전한 동네의 주민들은 흑백의 CCTV가 아니라 일 년마다 계약을 갱신하는 보안업체를 신뢰했다. 그것은 상우의 집도 마찬가지였다. CCTV는 주택가보다는 사람들이 가장 붐비는 곳에 설치되어 있었다. 남쪽으로 이백 미터쯤 떨어진 호수공원의 입구와 북쪽으로 백오십 미터쯤 떨어진 사거리가 그곳이다. 즉 살인은 CCTV의 완벽한 사각지대에서 일어난 셈이었다.

경찰 감식반은 남자가 살해된 시간을 어렵지 않게 유추해낼 수 있을 것이고, 공원 입구 CCTV는 상우의 차가 세 시간 전에 지나갔음을 증명해줄 것이다. 경찰이 조금만 정상적인 사고를 할 수 있다면 변호사가 자신의 집 앞에서 사람을 죽이기 위해 세 시간을 기다렸다고 생각하지는 않을 것이다.

다음은 목격자.

현장에는 두 사람이 있었다. 한 사람은 이번 사건과 관련해 세상에서 가장 믿을 수 있는 사람이었다. 바로 박상우 자신이니까. 그렇다면 나머지 한 명은? 그 사람은 상우 자신보다 더 신뢰할 수 있었다. 죽은 자는 말이 없는 법이니까.

이제 현장에 있지 않은 목격자를 찾아야 할 차례였다. 상우는 숨을 고르며 주위를 둘러봤다. 아직은 이른 시간이라 거의 모든 집들의 불이 꺼져 있었다. 단 한 집만을 제외하고는.

바로 맞은편 집이었다. 얼마 전 중소기업 사장인 남편이 자사 제품을 홍보하는 홈쇼핑 모델과 바람이 나면서 이혼한 뒤로는 사십대 여자 혼자 살고 있는 집이었다. 집 앞에 재활용 쓰레기로 빈 와인병이 나오기 시작한 것도 그때쯤부터였다.

불은 1층에만 켜져 있었고 짙은 색 커튼으로 덮여 안을 볼 수 없었다. 상우의 머릿속이 복잡해졌다.

'언제부터 불이 켜져 있었던 거지? 어디서부터 얼마나 봤을까?'

무의식적으로 맞은편 집으로 향하던 상우는 걸음을 멈추고 이성적으로 생각하기로 했다.

'커튼 사이로 살인사건을 목격했다면, 집에 혼자 있는 사십대 여자가 할 수 있는 생각과 행동은 뭐가 있을까? 아마 겁에 잔뜩 질려서는 다른 집들처럼 불을 끄는 게 우선이겠지. 신고는 그 후의 선택사항일 테고.'

이 두 가지는 아직 아무것도 일어나지 않았다. 어차피 앞집의 문을 두드린다고 해서 할 수 있는 것도 없었다. 얼른 흔적을 지우고 현장에서 사라지는 게 바람직했다.

상우는 조심스럽게 운전석 문을 열고 정장 안주머니에 넣어 둔 아이보리 색 손수건과 조수석의 생수통을 꺼냈다. 그리고 손수건을 물에 적신 뒤 방금 손을 댔던 문손잡이에서 피로 물든 지문을 닦아냈다. 다음에는 병을 집어 들었다. 손수건을 얇게 펴 들고 병목에서부터 조심스럽게 닦아나갔다. 쌀쌀한 새벽 공기 탓에 벌써 피의 점도가 높아져 있었다. 상우는 꼼꼼하게 흉기에서 자신의 흔적을 지워냈다. 병을 적당한 자리에 내려놓은 상우는 평온함을 느꼈다. 현장에서 자신의 흔적이 하나씩 지워지고 있다는 사실에 벌써부터 안전해지는 기분이 들었다. 이제 남은 것은 보는 눈을 피해 집으로 들어가 피 묻은 옷가지를 처리하고 샤워기 밑에서 시간을 보내는 일이었다. 귓가에서 실체 없는 목소리가 어서 서두르라고 재촉했다.

그러나 상우는 그 지시를 따를 수 없었다.

등 뒤로 들려오는 발자국 소리가 어느새 무시할 수 없을 만큼 가까이 다가와 있었다.

상우는 헛웃음이 났다.

'이 끔찍한 사건에서 발을 빼낼 수 있다는 꿈에 빠져든 지 몇 분이나 지났지?'

상우는 손수건으로 피 묻은 얼굴을 닦아냈다. 흘러나온 셔츠를 바지 안으로 집어 넣었다. 옆으로 뒤틀린 벨트도 다시 메고 헝클어진 머리도 손가락으로 빗어 넘겼다. 그럭저럭 말끔해진 모습이 된 상우는 뒤로 돌아 첫 번째 목격자가 자신을 발견하기를 기다렸다.

거친 숨소리가 바로 십 미터 앞까지 다가왔다. 실루엣이나 숨소리로 미루어보건대 여자는 아닌 것 같았다. 그림자가 상우를 확인하고는 발걸음을 늦췄다. 들어 올린 손이 하얀색 후드를 뒤로 젖혔다. 감춰져 있던 얼굴이 모습을 드러내는 순간 상우는 숨이 멎는 것만 같았다.

"벼…… 병호니?"

"아저씨, 헤……."

그 순간 어떤 생각 하나가 상우의 머릿속을 스쳐지나갔다. 아주 더럽고 추잡한 생각이었다.

✣

포르투나는 행운을 관장하는 고대 로마의 여신이다. 그녀는 이마에 단 하나의 머리카락만을 가지고 있다. 이 행운의 여신을 만난다면 적절한 때 이마의 머리카락을 손에 쥐어 행운을 붙잡아야 한다. 잠시만 망설여도 포르투나는 지나갈 것이고, 그 후엔 붙잡으려고 아무리 손을 뻗어도 맨들맨들한 뒤통수에 손이 미끄러져 다가온 행운을 놓치고 말 것이다.

바로 그 포르투나가 상우의 눈앞에 다가와 있었다.

'침착하자. 어차피 시체는 차에 가려져 있다. 성급하게 달려

들었다가는 병호가 놀라 도망가버릴 거야. 이런 행운은 다시 오지 않아.'

"초콜릿…… 먹을래?"

병호는 입이 찢어질 듯 웃음을 지으며 고개를 끄덕거렸다.

상우는 차문을 열고 초콜릿 통을 꺼냈다. 뚜껑을 열어 큐브 모양의 초콜릿 몇 개를 꺼내자 병호의 얼굴에 희열이 맴돌았다. 병호가 손을 내밀었다. 상우는 그 손을 향해 손수건으로 감싼 피 묻은 병을 내밀었다.

"잠깐만 들어줄래?"

병호는 상우에게 들릴 만큼 큰 소리로 군침을 삼켰다. 그러나 묘한 눈빛으로 초콜릿과 병을 번갈아 쳐다보면서 쉽게 걸려들지 않았다.

"왜 그래, 병호야. 초콜릿 안 먹고 싶어?"

상우는 초콜릿 몇 알을 입에 넣고 일부러 오도독 소리를 내며 씹었다. 자극은 성공적이었다. 병호가 다급하게 오른손을 내밀었다. 상우는 선심 쓰듯 그에게 병을 쥐여 줬다. 병을 몇 번 돌려가며 병호의 지문을 충분히 묻힌 뒤 상우는 약속대로 초콜릿 몇 알을 건네주었다.

병호는 초콜릿을 씹어 삼키지 않고 혀로 음미했다. 일종의 미식가다운 태도였다. 그러나 곧 마치 흡착기가 달린 듯 믿을 수 없을 정도의 속도로 입안을 비워냈고, 다시 상우에게 손을 내밀었다. 묵직했던 초콜릿 통은 금세 바닥을 드러냈다.

"오늘은 여기까지."

초콜릿 통 뚜껑을 닫은 상우는 손에 묻은 피를 병호의 하얀 후드티에 골고루 묻혀 닦았다. 가슴 언저리는 최대한 피했다. 병호는 어리둥절한 표정으로 그 모습을 지켜봤지만 별다른 저항은 하지 않았다.

"병호야, 오늘 있었던 일은 우리 둘만의 비밀로 하자. 누군가 알게 되면 아저씨는 더 이상 네게 초콜릿을 주지 못하게 될 거야. 그건 너도 싫지?"

병호가 고개를 끄덕였다. 상우는 만족스러운 표정으로 병호의 머리를 쓰다듬었다. 손가락 사이로 곱슬거리는 머리카락 한 올이 걸렸다.

이제 볼일은 모두 끝났다. 곧 런닝화를 신은 '얼리버드'들이 모습을 드러낼 시간이었다. 당분을 섭취한 병호의 숨소리도 묘하게 거칠어지고 있었다. 상우는 몸을 돌려 병호에게 길을 터줬다. 병호는 다시 육중한 몸을 움직일 채비를 했다.

"잠깐만 기다려."

상우는 바닥에 떨어진 검은 모자를 주워 병호의 머리에 씌워주었다. 모자의 새로운 주인은 잠시 어색한 듯 모자챙을 몇 번 올려다보았지만 곧 마음에 들었는지 웃음을 지었다. 상우에게 손을 흔들고 뛰어가던 병호는 잠깐 주춤거리는 듯싶더니 이내 아무 일도 없었다는 듯 공원 방향으로 사라졌다.

병호가 시야에서 완전히 사라지지자 상우는 손에 쥔 곱슬머리한 올을 병에 붙였다. 피가 이미 찐득하게 굳었으니 머리카락은 쉽게 떨어지지 않을 것이다. 경찰이 올 때까지, 이 증거가 국과수에 넘어갈 때까지.

병호의 지문과 머리카락이 발견된 흉기. 병호는 CCTV의 사각지대 삼백오십 미터를 이동하는 데 이십 분이 넘는 시간이 걸렸고, 그 옷에는 피해자의 피가 묻어 있다. 게다가 피해자의 모자를 전리품인 양 챙겨갔다. 이 모든 정황이 의미하는 바는 한 가지다.

병호가 사람을 죽였다.

등줄기를 타고 짜릿한 느낌이 올라왔다. 나락으로 추락하고 있던 인생을 멋진 임기응변으로 구해냈다. 상대를 알 수 없는 승리감이 상우의 온몸을 휘감았다.

갑자기 상우는 머리가 쭈뼛거리는 것을 느꼈다.

상우는 빠르게 고개를 돌리며 주변을 살폈다. 거리는 여전히 조용했고 앞집의 커튼도 빈틈없이 닫힌 그대로였다. 그런데 주변을 살피던 상우의 눈이 한곳에 고정되었다. 삼십 미터쯤 떨어진 곳에 주차된 은색 랜드로버.

바늘처럼 날카로워진 육감이 랜드로버의 짙은 그림자 속에 누군가 숨어서 자신을 주시하고 있다고 말했다. 상우는 자세를 낮추고 랜드로버 쪽으로 다가갔다. 심장이 쿵쾅거리는 소리에 귀가 멍멍할 정도였다.

상우가 랜드로버 보닛에 다다랐을 때 차 뒤편에서 고양이

한 마리가 튀어나왔다. 고양이는 멈칫하며 밝게 빛나는 안광으로 살인자를 노려보더니 날카로운 울음소리와 함께 뒤로 달아났다.

상우는 가슴을 쓸어내리며 돌아섰다. 허락된 새벽의 시간이 끝나가고 있었다. 다음번에 누군가를 마주치게 된다면 병호나 고양이 따위로 그치지는 않을 것이었다.

번쩍.

현관문을 두 뼘 정도 열었을 뿐인데 센서등이 머리 위에서 살인자를 환하게 비췄다. 상우는 망치를 찾아들고 센서등을 깨버리고 싶은 충동을 간신히 억눌렀다.

상우는 뒤꿈치를 들고 살금살금 주방으로 갔다. 그곳에는 1층 베란다로 향하는 좁은 통로가 나 있었고 통로 끝에는 한 평 남짓한 창고가 있었다. 아내는 그 방을 '비밀의 방'이라 불렀다. 창고 안은 잡동사니들과 상우의 지난 취미도구들로 가득했다. 고등학교 때까지 쳤던 야마하의 클래식 기타, 잠시 라운딩을 나갈 때 사용했던 골프채 세트, 선배 진수를 따라 샀다가 작년부터 사용하지 않아 먼지가 쌓인 낚시용품 등등.

창고 문을 연 상우는 바닥을 뒤져 검은 봉지 하나를 찾아냈다. 그리고 입고 있던 옷가지들을 모조리 벗어 그 안에 쑤셔 넣었다. 양말과 속옷까지 벗어 넣고 봉지의 매듭을 두 번 묶어 낚시가방 안에 숨겼다. 낚시가방은 아내의 손길이 가장 닿지 않는 물건이었다. 몇 번을 더 생각해봤지만 집 안에서 이 이상 안전한 곳은 없었다.

이제 몸을 씻을 차례였다. 어둠에 익숙해진 눈이 욕실까지 향하는 길을 어렵지 않게 찾아냈다. 상우는 알몸인 채로 숨소리를 죽이며 걸었다. 손바닥은 아직까지 끈적거렸다. 욕실 앞에 도착한 상우는 팔꿈치로 조명 스위치를 켰다. 밝은 욕실 불빛이 다시 살인자의 눈을 찔렀다. 상우는 실눈을 뜨고 샤워기의 온수를 틀었다.

온몸을 타고 흘러내리던 빨간 핏물은 시간이 지날수록 옅어졌다. 피가 엉겨 붙은 머리는 두 번의 샴푸와 한 번의 린스 후에 다시 평소처럼 찰랑거렸다.

샤워를 마친 상우는 조심스레 거울 앞에 섰다. 어제까지만 해도 사람들의 무죄를 주장하던 변호사 대신 흐르는 물로 피를 씻어낸 살인자가 서 있었다. 병호한테 한 짓을 생각하면 더 이상 우발적인 살인자도 아니었다.

'이젠 돌이킬 수 없어.'

병호를 끌어들인 것은 일종의 도박이었다. 십의 자리가 1로 시작하는 검사의 구형이 병호의 손을 빌린 순간 숫자가 바뀐다. 십의 자리가 2로 시작하거나, 아예 제로가 되거나.

상우는 발꿈치를 들고 계단을 올랐다. 2층으로 올라가 아주 천천히 침실 문을 열었다. 아내는 넓은 침대에 혼자 잠들어 있었다.

옷가지를 걸쳐 입은 상우는 조심스레 창가로 다가갔다.

'어쩌면 모든 것이 꿈일지도 몰라. 난 악몽을 꾼 게 분명해. 이 커튼을 젖히면 창밖은 평소처럼…… 우라질.'

모든 것이 그 자리에 있었다. 깨진 맥주병, 피 웅덩이, 시체, 잔혹한 살인현장.

그리고 그 옆을 지나가는 한 사람.

녹색과 검은색이 섞인 카모무늬 우의를 입은 남자가 현장을 지나가고 있었다. 예상보다 이른 첫 번째 목격자의 출현에 상우의 신경이 곤두섰다. 하지만 다행히 그는 아무것도 보지 못한 듯 일정하게 느린 속도로 현장으로부터 멀어져갔다. 상우는 안도의 한숨을 내쉬었다. 그때 우의가 걸음을 멈추고 커튼 사이의 상우를 정확히 노려봤다. 상우는 반사적으로 커튼 뒤로 숨었다.

거칠어진 숨을 겨우 가다듬은 상우는 커튼을 몇 센티미터 정도 열어 다시 밖을 내다봤다. 하지만 남자는 이미 종적을 감추고 난 뒤였다.

'내가 잘못 본 걸까?'

다리가 풀려 더 이상 서 있을 수 없었다. 상우는 조심스럽게 침대에 누웠다. 침대 스프링이 움직이며 아내가 잠시 몸을 뒤척였지만 잠을 깨지는 않았다. 그녀 역시 고단한 하루였으리라.

휴대폰으로 시간을 확인했다. 눈부시게 밝은 액정이 오전 4시 54분을 알렸다.

상우는 47분 동안 일어난 일을 도저히 믿을 수 없었다. 축구

전반전이 끝날 시간에 사람을 죽였고, 다른 사람에게 뒤집어씌웠다.

도무지 잠이 오지 않을 것 같았지만 상우는 눈을 감았다.

✛

"피고인 박상우는 공소 사실을 전부 인정하는 바입니까?"

검사가 뒤돌아선 채 상우에게 질문했다.

"아니야……. 내가 죽인 게 아니야."

"새로 설치된 210만 화소의 CCTV, 맞은편 집의 목격자, 함병호 군의 진술 그리고 현장에서 발견된 지문까지. 모두 동일인의 범행을 증언하고 있는데 피고인만 부인하고 있군요. 과연 누가 거짓말을 하고 있는 걸까요? 피고인? 아니면 피고인을 제외한 모든 증거?"

"정당방위였어. 그 자식이 먼저……."

"방금 전까지는 죽이지 않았다고 발뺌을 하더니. 이제는 정당방위를 주장하는 겁니까? 그럼 어디 한번 들어보도록 하죠. 피해자가 피고인에게 어떤 방법으로 위해를 가했습니까? 칼? 총? 아니면 부인을 인질로 잡고 협박이라도 했습니까?"

피고인 박상우가 수치심에 몸을 부르르 떨며 대답했다.

"그 자식은…… 내 위에 올라탔어."

"그러고는?"

"날 조롱했어."

법정 곳곳에서 터져 나오는 탄식.

"그게 다가 아니야! 그 새끼는 날 모욕했다고! 날 엉덩이로 깔아뭉개고 내 자존심을 짓밟았어. 그 기분이 얼마나 더럽고 비참했는지 안 당해본 사람은 몰라!"

검사는 그 말을 기다렸다는 듯 몸을 돌렸다.

"그래서 죽였습니까? 그러고는 지금 정당방위를 주장하는 겁니까! 피고인은 제발 정신 차리세요. 당신이 한 짓은 명확한 살인이지 정당방위가 아닙니다."

결정타를 먹인 검사는 득의만만한 얼굴로 웃음을 지었다.

'가식적인 웃음, 여유 있는 척하는 표정. 네놈인 줄 알고 있었어. 넌 그렇게 느릿느릿한 말투로 혀를 놀리는 걸 좋아하지. 그런 행동이 사람들에게 신뢰감을 준다는 걸 알고 있으니까. 법정 안의 신사처럼 행동하지만 네가 상대 변호사와 다른 검사들을 얼마나 얕보고 있는지 난 알고 있어. 판사라고 다를 바는 없지. 〈존경하는 재판장님〉은 네가 가장 자주 하는 거짓말이니까. 안 그래? 박상우, 이 개만도 못한 자식아.'

검사 박상우가 예의 깔보는 듯한 미소를 지으며 피고인석으로 걸어온다. 콧김을 내뿜으며 부들거리는 상우를 향해 느릿하게 손을 뻗는다. 상우는 고개를 돌려 가증스러운 손길을 피하고 싶지만 몸은 굳은 것처럼 움직일 수 없다. 어느새 눈앞까지 다가온 검사의 손이 부드럽게 상우의 머릿결을 쓸어 넘기며 말을 한다.

“여보, 괜찮아? 땀 좀 봐…….”

눈을 뜨자 걱정스러워하는 아내의 얼굴이 희미하게 보였다. 온몸이 흠뻑 젖어 있었다. 상우는 한 팔을 들어 이마와 눈을 가렸다.

“조금 덥네. 몇 시야?”

아내가 탁자 위의 시계를 보고 대답했다.

“5시 27분.”

‘맙소사. 삼십 분 동안 무슨 꿈을 꾼 거람.’

“언제 왔어?”

아내가 손바닥으로 상우 이마의 땀을 닦아내며 물었다.

“당신 잠들자마자.”

“열두 시 반?”

“아니. 한 시 조금 넘어서.”

‘그 시간에 CCTV에 찍혔거든.’

“자느라 온 줄도 몰랐어. 너무 피곤했나 봐.”

아내는 침대 옆 테이블에서 마른 수건을 가져와 목을 닦아 주었다.

“알아. 세상모르고 자기에 일부러 안 깨웠어.”

“고마워. 그런데 당신 정말 괜찮아?”

“아주 좋아. 땀을 흘리고 났더니 오히려 개운해진 것 같아. 이번 주는 사우나에 안 가도 되겠는걸.”

상우가 한쪽 팔로 몸을 밀어내며 침대에서 빠져나왔다.

"어디 가?"

"잠이 안 와. 서재에 가 있을게."

상우는 커피를 타 들고 서재로 갔다. 과한 섹스와 예정에 없던 살인, 높은 스트레스와 부족한 잠. 이 모든 것이 머리를 쪼아대며 두통을 유발하고 있었다. 상우는 얼굴을 찡그리며 커피 한 모금을 삼켰다. 밍밍했다. 지칠 대로 지친 몸이 더욱 진한 농도의 카페인을 요구하고 있었다.

창밖은 조금 밝아졌다는 것만 제외하면 마지막으로 본 모습 그대로였다. 높은 곳에서 내려다보고 있자니 조금 전 집 앞에서 있었던 일들이 영화 필름처럼 다시 돌아가기 시작했다.

새벽 한 시를 조금 넘은 시각. 벤츠 한 대가 주차를 하다가 맥주병을 깬다. 운전자는 짜증을 내며 앞바퀴를 확인한다. 집으로 들어가려다 말고 옷 냄새를 맡는가 싶더니 다시 차 안으로 들어간다. 그러고는 세 시간을 내리 잔다. 어디선가 검은 모자가 다가와 차량 안을 살핀다.

왜? 왜는 알 수 없다.

멍청한 운전자 자식이 문을 열고 나와 의기양양하게 검은 모자에게 시비를 걸다 신나게 털린다. 운전자가 아등바등한다. 손에 잡히는 것이 무엇인지 생각도 하지 않고 휘두른다. 그게 무엇인지 깨닫는다. 하지만 이미 늦었다. 검은 모자의 목에서 분수가 터져 나온다.

후회한다. 누가? 둘 다. 검은 모자는 예상치 못한 죽음 때문에. 살아남은 자는 이제부터 자신이 겪게 될 일 때문에.

그는 병을 목에 가져다 대다가 포기한다. 손수건을 꺼내 지문을 지운다. 등 뒤로 흰색 후드가 다가온다.

"병호니?"

"아저씨?"

아저씨는 병호의 지문을 빌리고 보상으로 초콜릿을 준다. 초콜릿을 먹은 병호는 어디론가 달려가고 남은 아저씨는 랜드로버를 주시한다. 랜드로버 뒤에서 고양이가 튀어나온다.

그가 집으로 들어간 뒤 카모무늬 우의를 입은 사람이 현장을 지나치지만 아무것도 보지 못한다.

상우는 머릿속의 비디오를 몇 번이나 되돌려 봤지만 무언가 놓치고 있다는 생각에서 헤어 나올 수 없었다.

'그게 뭘까? 마지막 순간 느낀 인기척의 정체? 카모무늬 우의의 시선? 아니야. 이런 불투명한 의문이 아니야. 뭔가 결정적인 것을 놓치고 있어.'

천천히 기억을 더듬으며 불안감의 근원을 찾아봤지만 끝내 그것은 손에 잡히지 않았다. 어느덧 서재의 괘종시계가 5시 50분을 가리키고 있었다. 컵에 반쯤 남은 커피는 이미 차갑게 식은 지 오래였다. 그러나 상우의 눈은 여전히 커튼의 아주 조그마한 틈 사이로 창밖을 예의 주시하고 있었다.

얼마쯤 지났을까? 액자 속 그림처럼 멈춰 있던 거리에 움직임이 일어나기 시작했다.

저 멀리서 핑크색 민소매 탑을 입은 여자가 뛰어오는 모습이 눈에 들어왔다. 허벅지의 반을 겨우 덮는 타이즈, 보형물이 부자연스럽게 출렁거리는 가슴. 아직 몇 블록은 떨어져 있었지만 상우는 그녀가 누구인지 정확히 알 수 있었다. 양미경. 삼십대 초반의 요가강사.

그녀는 영화관 로비에서 만난 김종걸만큼이나 이 동네에 어울리지 않는 사람이었다. 그녀가 빠듯한 요가강사의 월급으로 아우디의 리스비를 감당하고 이 동네의 삶을 유지할 수 있는 것은 인생에서 가장 중요한 일을 멋지게 해낸 덕분이었다.

'부모를 잘 만났지.'

그녀가 첫 번째 목격자의 타이틀을 향해 달려오고 있었다.

상우는 터질 것 같은 심장을 부여잡고 기다렸다. 시체는 절묘하게 벤츠에 가려져 있어 미경이 이대로만 달린다면 보지 못하고 지나칠 것이었다. 예상대로 그녀는 부드럽게 현장을 지나쳤다.

그때 두 블록 떨어진 대학교수의 집에서 차고 문이 열리고 회색 렉서스가 빠져나왔다. 그러나 렉서스 역시 한번 멈추는 일 없이 미끄러지듯이 나아갔다. 상우는 들고 있던 커피잔을 책상 위에 내려놓으며 이마의 식은땀을 닦았다. 이로써 마음의 평화는 잠시 연장되었다.

갑자기 '퍽' 하는 요란한 소리가 들렸다. 렉서스가 우유팩을 밟으면서 폭탄이 터지는 듯한 소리를 낸 것이었다.

조깅을 멈춘 미경이 귀에서 하얀색 이어폰을 빼내며 뒤를 돌아봤다. 그리고 잠시 뒤, 온 동네를 깨우는 4옥타브의 비명이 은행나무길에 울려 퍼졌다.

그 순간 상우의 머리를 어지럽히고 있던 불안감의 형체가 명확하게 드러났다.

'시계!'

바로 옆 침실에서 또 다른 비명소리가 들려왔다. 곧이어 복도를 뛰어오는 발소리가 들리고 문이 거칠게 열렸다. 아내는 경악한 표정으로 가쁜 호흡을 내쉬고 있었다.

상우는 아내와 창밖을 빠르게 번갈아 확인했다. 미경은 그 자리에 주저앉아 시체에서 눈을 떼지 못한 채 한 손으로 입을 가리고 울먹거리고 있었다. 차에서 내린 교수는 영문도 모른 채 그녀를 향해 달려가고 있었다.

"여보! 창밖에……."

아내의 얼굴은 이미 핏기를 잃은 상태였다.

"알아. 나도 지금 봤어."

문을 박차고 나가려는 상우의 손목을 아내가 붙잡았다. 그녀는 자신을 두고 나가려는 남편의 행동에 크게 당황했다.

"여보, 어디 가려고? 나는……."

'미안해, 여보. 시체의 손에 내 시계가 있어.'

"잠깐이면 돼. 아주 잠깐. 혼자 있을 수 있지?"

아내는 쉽사리 움직여지지 않는 고개를 겨우 끄덕거렸다. 문을 나선 상우는 이미 계단 위를 날고 있었다. 현관문 손잡이를 돌리려는데 손목에 길게 세 줄로 난 상처가 눈에 들어왔다.

"양미경 씨. 그날 아침 피고인의 왼쪽 손목에서 생긴 지 얼마 되지 않은 듯한 선명한 상처를 보셨다고 하셨습니까? 가령 시계가 억지로 풀려나면서 생긴 것 같은?"

상우는 빨래 건조대에서 긴팔 셔츠를 집어 들어 몸에 걸쳤다. 셔츠가 손목을 확실하게 덮는 것을 확인하자 비로소 마음이 놓였다.

상우가 다시 시체를 마주하게 되었을 때 현장에는 목격자가 한 명 늘어 있었다. 노란색 유니폼을 입은 우유 배달 아주머니가 미경 옆에 주저앉아 있었고, 교수는 미경 쪽으로 확연히 몸이 기울어진 상태로 두 사람을 진정시키고 있었다.

"어떻게 된 거죠?"

상우가 시치미를 떼고 물었다.

"사람이 죽어 있어요."

교수가 대답했다.

"우선 여자분들을 다른 곳으로 옮기는 게 좋겠어요."

상우의 말이 끝나기가 무섭게 교수가 미경의 어깨 사이로 머리를 들이밀고 허리에 손을 둘렀다. 우유 배달 아주머니는 꼼짝없이 상우의 몫이었다.

두 여인을 부축해 현장에서 멀찌감치 떨어진 장소로 옮기고 난 뒤, 상우는 교수에게 아직 숨이 붙어 있을지도 모르니 119와 경찰에 연락하라는 지시를 내렸다. 교수는 고개를 끄덕거리며 핸드폰을 찾아 들었다. 상우는 세 사람의 주의가 현장에서 멀어진 것을 확인하고 다시 현장으로 돌아왔다.

상우는 일이 단단히 잘못되었음을 깨달았다.

시체의 손에는 아무것도 없었다.

경찰차와 구급차가 도착하는 데는 오 분도 걸리지 않았다. 하지만 상우를 놀라게 만든 것은 십 분도 지나지 않아 도착한 방송국 차량들이었다.

노란 폴리스 라인이 설치되는 동안 기자들의 시선은 끔찍한 현장을 처음으로 목격한 미녀에게 집중되었다. 어느새 안정을 되찾은 그녀도 언론의 관심을 즐길 모든 준비를 끝마쳤다. 어디선가 구겨진 파란색 셔츠를 입은 기자가 다가와 상우의 입에도 마이크를 들이밀었지만 상우는 정중하게 거절했다.

"죄송합니다. 충격이 너무 커서 지금은 아무런 말도 할 수가 없습니다."

정확한 진실이었다. 상우는 지금 사라져버린 시계의 행방 때문에 도무지 정신을 차릴 수가 없었다. 경찰들 몰래 바닥 어딘가에 떨어져 있을지도 모를 시계를 찾아다녔지만 흔적조차 발견할 수 없었다.

'대체 어디로 사라진 걸까?'

의심 가능한 범위의 인물들이 떠올랐다.

'병호? 고양이? 앞집의 이혼녀? 기각. 카모무늬 우의? 시체의 손에서 시계를 가져갔다고? 범인으로 몰릴 수 있는 위험을 무릅쓰고서? 돈 때문에?'

시체의 점퍼 안주머니에서 지갑을 찾아 꺼내는 경찰의 모습이 보였다. 지갑에는 손도 대지 않았다. 또다시 기각. 그럼 자신이 모르는 또 다른 누군가가 사건에 개입된 것일까? 아무것도 확신할 수 없었지만 한 가지만은 분명했다.

상황이 최악으로 치닫고 있었다.

✣

"밖은 어때?"

아내는 초조하게 손톱을 물어뜯고 있었다.

"아수라장이야. 경찰에 기자들까지 몰려들었고, 구경꾼들까지 나오기 시작했어."

"그 사람 죽은 거야? 아는 사람이야?"

"아니. 처음 보는 얼굴이야."

아내는 힘겹게 소파로 걸어가 쓰러지듯이 주저앉아 다시 손톱을 뜯었다. 상우는 아내의 입에서 손을 떼어내고 커튼을 닫았다. 상우가 따뜻하게 데운 물을 건네자 아내는 잔을 입에 대고 입술을 적셨다.

"어떻게 죽은 거야? 피가 많이 보이던데."

"깨진 맥주병에 목이 베였어."

상우가 바로 말을 덧붙였다.

"경찰들이 하는 얘기를 들었거든."

"불길해……. 이런 말 하면 안 되는 건 알지만, 왜 하필 우리 집 앞에서……."

'내가 죽였으니까.'

"당신은 그 시간에 어디 있었어?"

"당신 옆에 누워 있었잖아."

상우는 아내가 끼어들 틈을 주지 않고 바로 덧붙였다.

"경찰들 말로는 죽은 지 두 시간 정도밖에 안 됐대."

아니다. 경찰들은 아무것도 모른다. 하지만 아내는 경찰들이 모르는 사실을 남편이 알고 있다는 것을 모른다. 상우는 아내를 끌어안고 "모든 것이 금방 괜찮아질 거야."라는 말로 다독였다. 그러나 자신마저 속이지는 못했다. 초조했다. 상우의 머릿속에는 한 가지 생각뿐이었다.

'시계.'

그때 벨소리가 울렸다. 만류에도 불구하고 아내가 따라 나왔다. 현관 앞에는 구겨진 경찰복을 입은 사십대 남자와 하얀 가운을 걸친 여자가 서 있었다. 남자는 감지 않은 곱슬머리가 춤을 추고 있었고, 여자의 입에는 마스크가 걸려 있었다.

경찰이 부부를 향해 검은색 벤츠의 차주가 맞는지 물어왔다. 그렇다고 대답하는 상우의 입가에 미세한 경련이 일어났다. 상우는 자신의 얼굴이 어떻게 보일지 걱정되었지만, 이 상황에서 침착을 유지하는 모습이 더 이상하게 보일 거라는 생각이 들자 비로소 마음이 놓였다.

경찰이 턱 밑을 긁으며 말을 꺼냈다.

"사건과 관련해서 한 가지 여쭤보려고 하는데요."

'뭐? 당신이 죽였습니까? 이 시계를 본 적이 있습니까?'

상우는 식은땀에 찬 머리를 벅벅 긁고 싶었지만 주먹을 꽉 쥐고 간신히 참아냈다.

경찰이 눈짓을 하자 하얀 가운이 지퍼로 잠금 처리된 투명한 비닐팩을 들어보였다. 그 안에는 상우가 익히 잘 알고 있는 물건이 들어 있었다.

"혹시 이 병조각을 보신 적이 있습니까?"

상우의 팔짱을 끼고 있던 아내의 손에 힘이 들어갔다. 이를 알아차린 경찰이 가벼운 미소를 지으며 설명했다.

"별다른 게 아니라 동일한 병으로 의심되는 파편들이 차량 밑에서 발견되어서요."

"아, 기억이 나는군요. 어제 주차할 때 앞바퀴로 유리병을 깼어요. 운전석 바퀴였나? 내려서 바로 치울까 하다가, 맨손인데다 너무 어두워서 포기했습니다."

"왼쪽 앞바퀴 맞습니다. 시간은 언제쯤이었는지 기억나세요?"

"새벽 한 시 조금 넘어서였을 겁니다."

"혹시 차량 블랙박스를 참고할 수 있을까요? 사건현장 가까이 주차된 차는 저 벤츠밖에 없더군요."

상우는 흠칫했지만 곧 안도했다.

"드릴 수야 있습니다만, 주행 중에만 녹화가 되는 거라 별 도움이 되지는 못할 겁니다."

경찰은 아쉽다는 듯 입맛을 다셨다.

"그러면 근처에서 수상한 사람을 목격하신 일은 없습니까?"

"물론 있습니다."

상우가 손가락으로 현장을 가리켰다.

"저기에 누워 있군요."

"다른 사람은……."

"전혀요."

"알겠습니다. 협조 감사드립니다."

경찰과 하얀 가운이 돌아섰다.

"이걸로 끝인가요?"

아내가 돌아서는 경찰의 발걸음을 붙잡았다.

"저녁때쯤 형사들이 다시 방문할 겁니다. 그때도 협조 부탁드리겠습니다. 그리고 오늘은 다른 차량으로 출근하셔야 할 겁니다. 폴리스 라인 안쪽으로 본인의 차량이 들어가 있는 것 보셨죠?"

볼일을 마친 경찰이 다시 현장으로 돌아갔다.

"오늘 출근하는 건 아니지?"

아내가 상우의 한쪽 팔에 매달려 애처로운 눈빛으로 물었다.

"미안해. 오늘 처리해야 할 급한 일이 산더미야."

"이틀 전에 말했잖아. 한동안은 바쁜 일 없을 거라고."

"그렇지만 변호사라는 직업이 하루하루가 다른 거 알잖아."

"그럼 나보고 혼자 집에 있으라는 거야?"

"미안해."

아내의 목소리가 높아졌다.

"난 지금 이 상황을 믿을 수가 없어. 집 앞에서 사람이 죽었고 낯선 사람들이 마당을 돌아다녀. 당신이랑 이렇게 같이 있어도 불안하고 무서운데 혼자서 당신이 돌아올 때까지 기다리라니. 어떻게 이렇게 무책임할 수 있어. 내가 임산부라는 건 알고나 있는 거야?"

물론 알고 있었다. 그렇지만 남편으로서 남아 있기 위해서는 오히려 이곳에 머무를 수 없었다. 집 앞에서는 자신의 흔적을 찾아내기 위해 경찰들과 기자들이 눈에 불을 켜고 돌아다니고 있었다. 게다가 이곳에 더 머물렀다가는 심장이 터져버릴 것 같았다.

"이렇게 하자. 오늘 최대한 일찍 퇴근할게. 저녁 먹기 전에는 돌아올 수 있을 거야. 그동안 혼자 있기가 무서우면 유진 씨를 불러서 같이 있는 건 어때? 아니면 유진 씨네 집에 오후 동안 머물고 있어. 퇴근길에 데리러 갈게."

아내는 눈물이 그렁그렁한 눈으로 무슨 말을 하려 했지만 결국 아무 말도 하지 않았다.

"그렇게 할 수 있지?"

"……알겠어. 대신 조금만 더 있다 가."

상우는 연수에게 전화를 걸어 조금 늦을 거라고 전했다.

아내는 결국 밥을 한 순갈도 뜨지 못하고 침대에 누웠다. 상우는 침실의 창문을 닫고 커튼을 단단히 친 뒤 1층으로 내려가 아내가 좋아하는 비발디를 적당한 볼륨으로 켰다.

현관을 나서면서 상우는 자신의 선택이 옳았다고 생각했다. 일 처리가 엉성했다면 오늘을 넘기지 못하고 등 뒤로 수갑이 채워질 것이다. 최악의 수를 가정하자면 집보다는 회사가 낫다. 회사에는 적어도 기절하며 바닥에 쓰러질 아내는 없으니까.

상우는 차고 안에 있는 아내의 회색 SUV를 몰고 나갈까 잠시 고민했지만 결국 택시를 타기로 했다. 아내가 유진 씨를 찾아갈지도 모를 일이었다.

회사에 도착한 상우가 3층에 들어서자마자 수십 개의 시선이 일제히 그를 향했다. 어리둥절해하던 상우의 시선이 3층 홀에 걸린 세 개의 TV로 향했다. 긴박한 기자의 목소리, 모자이크 처리가 된 사체, 핏물이 보이는 잔혹한 현장을 배경으로 상우의 집이 보였다. 폴리스 라인 안쪽에서 눈에 익은 벤츠도 보였다.

상우는 불쾌감을 감추지 않고 홀 전체를 노려봤다. 법무사와 회계사 몇 명이 시선을 피해 황급히 고개를 돌렸다. 홀을 훑던 독기 어린 눈빛이 왁스를 잔뜩 발라 머리를 뒤로 넘긴 한 사무장에게서 멈췄다. 그는 상우가 등장할 때부터 유일하게 시선 한 번 주지 않은 채 어색하게 TV만 바라보고 있었다. 그는 지난달에 업무에 관한 서류를 상우의 집으로 배달한 적이 있었다.

'당신은 언젠가 그 가벼운 입을 후회하게 될 거야.'

사무실 문을 열자 연수가 걱정스러운 얼굴로 다가왔다.

"아무 말 안 해도 돼요. 이미 다 알고 있어요. 제가 스타가 되었다죠."

"걱정하시는 분들이 많아요."

"그럼 TV를 꺼뒀어야죠."

"……."

"미안해요. 신경이 너무 날카로운 상태예요. 그렇다고 연수 씨한테 짜증을 낼 건 아니었는데."

"저는 괜찮아요. 그것보다…… 사모님이 집에 혼자 계실 텐데 괜찮으시겠어요?"

연수에게는 할 일이 넘쳐난다는 거짓말을 할 수 없었다. 그녀는 상우의 모든 업무와 스케줄을 꿰고 있었다.

"아내가 혼자 있는 게 편하다고 해서요. 그리고 제가 관련된 것도 아닌데 크게 신경 쓸 일도 아니죠."

연수가 어쩔 줄 몰라 하는 표정을 지었다.

"필요하신 게 있으면 무엇이든 말씀하세요."

"지독할 정도로 진한 커피 한 잔 부탁할게요."

잠시 뒤 연수는 아메리카노를 흰 머그잔에 담아왔다. 커피는 밍밍했다. 피로와 스트레스에 절은 몸과 마음을 만족시키기에는 부족했다. 상우는 할 수만 있다면 카페인 링거라도 맞고 싶은 심정이었다. 지난 새벽부터 시작된 두통도 여전했다. 도무지 행방을 알 수 없는 시계에 대한 걱정이 머리를 망치로 내려치고 있었다.

얼마 마시지도 않았는데 흰 잔 아래에 깔린 원두 찌꺼기가 모습을 드러냈다. 상우는 잠시 잔을 바라보다가 바닥에 내던졌다. 대리석 바닥에 부딪힌 잔이 요란한 소리를 내며 산산조각 났다. 연수가 놀란 얼굴로 상우의 방문을 열었다.

"손에서 미끄러졌어요."

상우는 연수에게 빗자루와 쓰레받기를 가져다 달라고 부탁했다. 연수가 방을 나가자 상우는 적당한 크기의 파편조각 하나를 주워들었다. 그러고는 손목의 상처부위에 대고 같은 방향으로 긁었다. 불과 몇 시간의 간격을 두고 생긴 두 개의 상처는 분간하기 어려울 정도로 비슷해 보였다.

빗자루를 들고 들어오는 연수에게 상우가 손목을 내밀었다.

"귀찮게 해서 미안해요. 이젠 다른 게 필요할 것 같아요."

연수는 황급히 비서실에 마련된 구급상자를 가져와 엉성하지만 세심한 손길로 상처를 소독하고 붕대를 감았다.

이로써 한 가지 걱정은 덜었다. 없어진 시계를 묻는 이들에게 붕대를 감은 손목을 보이며 "여기다가 시계를 찰 수는 없잖아?"라고 당당하게 말해줄 수 있게 되었다.

그때 밖에서 웅성거리는 소리가 들리는가 싶더니 멋진 정장을 차려입은 두 사람이 방문을 열고 들어왔다. 6층의 선배 변호사와 문형대였다.

형대는 상우와 법대 시절부터 동기였다. 하지만 상우는 그를 가까이하지 않았다. 어찌나 성격이 천박하고 악랄한지 오죽하면 그의 별명은 히로시마에 투하된 원자폭탄에서 따온 '리틀보이'였다. 게다가 그는 무능했다. 그해 연수원을 졸업한 1,016명 중에서 뒤에서 4등을 한 형대가 현답에 들어올 수 있었던 이유는 오로지 그의 삼촌이 회사의 창립 멤버였기 때문이었다.

6층의 변호사가 사무실을 찬찬히 훑었다. 상우는 연수에게 맡겨두었던 손목을 얼른 빼내 셔츠로 가렸다.

"별일 없나, 박 변호사?"

상우는 그 말의 의미를 파악하기 힘들었다. 집 앞에서 일어난 사건에 대해 묻는 걸까? 엉망이 된 사무실? 아니면 황급히 감춘 손목의 상처? 상우는 이 세 가지 의문의 대답을 모두 포함한 답변을 내놓기로 했다.

"작은 사고가 있었지만 거의 정리를 끝마치던 참입니다."

형대가 끼어들었다.

"사무실 꼴이 왜 이래? 무슨 일이 있었던 거야?"

"작은 사고였다고 한 말 못 들었어?"

"자살 시도라도 한 거야?"

"컵이 손에서 미끄러진 것뿐이야."

"수전증?"

보다 못한 6층의 변호사가 대화를 중지시켰다.

"박 군은 조금 쉬는 게 좋겠어. 인천에는 문 변호사와 다녀오도록 하지."

그때서야 상우는 오늘로 예정되어 있던 중요한 일과를 떠올렸다. 선배 변호사를 모시고 인천에 가서 로스쿨 졸업예정자의 부모님을 만나기로 되어 있었다.

'그게 벌써 오늘이었나. 그것도 까먹고 있었다니.'

상우는 자리에서 일어났다. 인천은 범죄 현장에서 더 멀어질 수 있는 기회였다.

"아닙니다. 제가 모시도록 하겠습니다. 운전하는 데는 전혀 지장이 없습니다."

"박 군에게는 휴식이 필요해 보여."

"괜찮습니다. 금방 준비를……."

"그 손으로는 운전도 불편할 테니 쉬도록 해."

"하지만……."

"운전은 문 변호사에게 맡기도록 하지."

이쯤 되면 차라리 명령이었다. 리틀 보이가 의기양양한 미소를 지었다. 상우가 한 번 더 고집을 부리려 했지만 6층의 변호사는 헛기침 소리와 함께 사무실을 나섰다.

✢

상우는 거울 앞에 섰다. 눈가에 피어나고 있는 다크 서클, 거칠어진 피부. 멍한 눈동자에는 한 점의 활력도 찾아볼 수 없었다. 대한민국 평균이라 불리던 체격은 오늘따라 유난히도 왜소해 보였고 게다가 왼쪽 어깨 위에는 딱따구리 한 마리가 앉아 사정없이 머리를 쪼고 있었다. 상우는 책상 서랍에서 아스피린을 꺼내 삼켰다. 하얀 알약이 딱따구리를 몰아내는 데는 꽤 긴 시간이 필요했다.

창밖을 내려다봤다. 어차피 3층이다. 아무리 잘 뛰어내려도 죽지는 못한다. 상우는 쓸데없는 생각을 하지 말자고 자신을 다독였다. 하지만 한번 떠오른 생각은 계속해서 꼬리를 물었다. 날카로운 칼과 왼손의 동맥, 죽기 알맞게 오른 한강의 수온과 마포대교, 서울 시내에 널리고 널린 20층 아파트의 옥상, 졸피뎀 한 통, 번개탄의 매캐한 연기. 모두 다 지금의 문제점들을 한 방에 해결해줄 수 있는 것들이었다. 상우는 세차게 고개를 저었지만 이미 거머리처럼 달라붙은 생각은 좀처럼 쉽게 떨쳐지지 않았다.

상우는 지금 자신이 처한 상황을 정확히 진단해낼 수 있었다. 어제까지만 하더라도 인생은 살 만했다. 아침에 눈을 뜨는 침대, 아내가 차려주는 밥상, 푹신한 가죽 시트와 진한 커피 향기. 생각해보면 고객들의 클레임도 썩 나쁘지만은 않았던 것 같았다. 어제까지의 일이다. 지금은 모든 것이 달라져 있었다.

상우는 하나님이 일을 하는 방식이 마음에 들지 않았다. 여태껏 귀중한 것들을 놓치고 있었던 점은 상우 스스로도 인정하는 바였다. 다만 나태함에 대한 교정이 이런 잔인한 방식으로 이루어져서는 안 됐다. 다른 방법도 얼마든지 있었다. 무단횡단을 하다가 클랙슨을 울리는 트럭이 아슬아슬하게 비켜간다거나, 건물 위에서 떨어진 벽돌이 간발의 차이로 피해간다거나. 하지만 신은 가장 극단적인 방법을 선택했다. 이유는 알 수 없다. 그저 인고의 세월 동안 쌓인 스트레스를 풀 유희가 필요했는지도 모른다.

이제 남은 것은 차가운 수갑과 기자들의 플래시 세례, 사람들의 경멸스러운 눈빛뿐이다. 그리고 절망에 빠져 자신을 바라보는 아내의 모습.

'머리가 어서 하얗게 세기만을 고대하게 되겠지. 그때쯤에야 출소를 할 테니까. 운이 좋아 잡히지 않는다 해도 언제 들통날지 모른다는 두려움이 평생 그림자처럼 따라붙을 거야. 그런 삶을 내가 감당할 수 있을까?'

껌딱지처럼 들러붙어 있던 생각이 점점 머리를 가득 채웠다. 상우는 지갑을 열어봤다. 번개탄을 수백 장도 넘게 살 수 있는 돈이 빼곡하게 들어 있었다. 실패하면 다시 수백 장을 살 수도 있었다. 아니면 한강 다리를 찾아가면 된다. 다리 위에 서서 일렁이는 수면 위를 한번 내려다보고, 사랑하는 사람들과 행복했던 순간들을 떠올리고, 크게 심호흡을 하고, 눈을 딱 감고 뛰어내리면 모든 게 끝. 그럼 이 숨통을 죄어오는 감정들과도 안녕.

'수면 위로 떨어지는 몇 초 동안 해방감을 느낄 수 있겠지. 그러다가 아내의 모습이 떠오를 거야. 배 속에 있는 아이도 함께.'

아내가 분만실에 혼자 들어가는 모습이 떠올랐다. 눈도 뜨지 못한 아이를 품에 안고 서럽게 우는 소리가 들려왔다. 아빠라는 단어를 배울 때 아이는 생소함을 느낄 것이다. 아내는 곧 새로운 남자를 만나고, 아이의 성이 바뀌고, 쭈뼛거리며 새 아빠를 자신의 아빠로 받아들이는 연습을 하고. 그러다가 새로운 아이가 태어나면…….

'내 아이가 사랑받을 수 있을까?'

해방감. 이 얼마나 이기적인 감정이란 말인가. 상우는 해방감 뒷면의 책임감을 발견해냈다. 조금만 용기를 내면 소중한 사람들의 행복을 지켜낼 수 있다. 마땅히 그들이 누렸어야 할 삶이다.

상우는 다시 책상에 앉았다. 오후 내내 사무실에서 한 발자국도 나가지 않았다. 점심도 거른 채 뉴스에서 시선을 떼지 않았다.

부촌에서 발견된 시체는 사람들의 관심을 집중시키기에 좋은 사건이었다. 새로운 기사들이 실시간으로 쏟아졌다. 상우는 삼십 분마다 안약을 넣어가며 모든 기사들을 꼼꼼하게 읽었다. 신문, 라디오, TV 뉴스, 인터넷 기사를 가리지 않고 보고, 듣고, 읽었다.

상우가 죽인 남자의 이름은 한민수였고 나이는 열여덟 살이라고 했다. 잦은 교내폭력으로 인해 몇 번의 정학을 먹은 뒤 퇴학을 앞두고 있고, 몇몇 친구들을 제외하고는 교우관계가 원만하지 못했다고 했다. 지난 새벽에 현장으로 향하는 모습이 찍힌 CCTV의 모습도 공개되었다. 살해된 십대 소년 앞에서 기자들의 폭로는 자비를 몰랐다. 민수의 어머니가 일하는 식당 주방에 찾아가 녹화 버튼을 눌렀고, 알코올중독자인 아버지에게서 인터뷰를 따내기 위해 술을 사들고 찾아갔다.

어떤 방송사에서는 그가 살해된 원인을 평소에 원한을 샀던 몇몇 불량배들에게서 찾았지만 어느 인터넷 기사는 폭력적인 게임 탓으로 돌리기도 했다. 이 사건의 유일한 목격자이자 당사자인 상우는 스크롤을 내릴 때마다 실소를 멈출 수 없었다. 기자들이 경쟁적으로 자극적인 기사를 써내려가며 진실을 외면하는 동안 상우는 점점 더 안전해지고 있다는 느낌을 받았다.

하지만 어느 기사에서도 정작 상우가 기다리는 소식은 나타나지 않고 있었다. 감식반에서 수거해 간 병에서 분명히 지문이 발견되었을 텐데 경찰은 잠잠하기만 했다. 상우는 어렴풋이 그 이유를 짐작할 수 있었다. 모르지는 않지만 조용하다는 것. 그것은 범인을 발표하기에는 신중을 요구하고 있는 상황임을 의미했다.

'가령, 국회의원의 아들 같은?'

오후 세 시가 지났을 때 책상 위에는 일회용 종이컵들이 수두룩하게 쌓여 있었다. 상우는 깨진 머그잔까지 합쳐 그날의 여섯 번째 커피를 연수에게 부탁했다. 이번에는 에스프레소에 물을 아주 조금만 부어달라고 주문했다. 커피는 탄 맛에 가까웠지만 카페인 농도는 알맞았다.

야간 행군을 마친 군인처럼 소파 위에 널브러져서 두 번째 안약통의 포장을 뜯고 있는데 4층에서 진수가 찾아왔다. 진수는 걱정스러운 얼굴로 안부를 물었다. 상우는 짐짓 여유 있는 척하며 농담을 던졌다.

"뭘 그렇게 신경 써? 내가 죽인 것도 아닌데."

진수는 바람이나 쐬러 나가자고 했지만, 상우는 할 일이 많다면서 거절했다. 진수는 잠시 더 머물다가 필요할 때는 언제든지 사무실로 찾아오라는 말을 남기고 돌아갔다. 다시 혼자 남겨진 상우는 집으로 전화를 걸었다. 아내는 유진 씨 집에 가 있는지 전화를 받지 않았다. 다시 핸드폰으로 전화를 걸었다. 이번에는 신호가 다섯 번 울리고 통화가 연결됐다.

"나야."

"알아."

"어디야?"

"집."

아내의 목소리는 무미건조했다.

"별일 없어? 방금 집으로 전화했는데 안 받길래."

"화장실에는 전화기가 없으니깐."

아내의 목소리가 한결같은 냉랭함을 유지했다. 아직 화가 풀리지 않은 것 같았다.

"혼자 두고 나와서 미안해."

"괜찮아. 당신이 그렇게 열심히 일한 덕에 우리가 굶어 죽지 않는 거니깐."

"기한이 오늘까지인 사건 때문에 어쩔 수가 없었어. 이 일만 아니었으면 나도……."

"알아. 때로는 나보다 중요한 일이 있을 수도 있다는 거."

"이해해주는 거야? 고마워."

"당신한테는 그런 일이 일주일에 스무 번씩 생긴다는 게 문제지만."

아내의 말 한 마디 한 마디마다 뼈가 숨어 있었다.

"이런 내 마음도 편치 않다는 걸 알아줘."

"그래? 정작 난 괜찮아졌는데 당신 마음이 불편하다니. 이제는 내가 미안하다고 해야 하는 거야?"

"여보, 정말 미안해……."

다시 한 번 사과했지만 이미 전화가 끊어지고 난 후였다.

오후 여섯 시가 지나자 새로운 기사는 더 이상 읽을 것이 남아 있지 않았다. 상우는 가방을 챙겨들고 사무실을 나섰다.

무작정 회사를 빠져나오기는 했지만 상우는 집 앞을 배회하고 있을 경찰들과 마주치고 싶지 않았다. 고민 끝에 상우는 진수 선배를 따라 들르곤 했던 실탄 사격장으로 향했다.

사격장 내부는 화요일 저녁임에도 빈자리를 찾아볼 수 없었다. 안면을 튼 주인이 상우를 알아보고 인사를 건넸다. 다부진 체격에 턱수염으로 멋을 낸 남자였다.

“이걸 어쩌나. 조금 기다리셔야 할 것 같은데.”

“웬일로 이렇게 사람이 많죠?”

“현직 경찰관들이 단체로 찾아와서요.”

상우는 숨이 턱 막혔다. 당장이라도 내빼고 싶었지만 과민하게 반응할 필요는 없다고 스스로를 타일렀다.

상우는 TV가 보이는 자리에 가서 앉았다. 스포츠신문 사이로 고개를 파묻고 쫑긋 세운 귀로는 뉴스 소리를 들었다. 각종 의문에 붙어 있던 불은 아직까지 꺼지지 않은 그대로였다. 이유가 밝혀지지 않은 살인, 신분을 짐작할 수 없는 범인, 난항을 겪고 있는 경찰 수사.

얼마 지나지 않아 주인이 자리가 났음을 알렸다. 상우는 만 원짜리 지폐 두 장과 신분증을 내밀고 38구경 리볼버와 실탄 열 발을 인계받았다. 사격장에 들어서자 검은 PKT 셔츠를 입은 직원이 리볼버를 고정줄에 걸고 방탄조끼 착용을 도와주었다.

상우는 고글과 귀마개를 착용한 뒤 다섯 발을 장전하고 일정한 리듬을 타며 방아쇠를 당겼다. 귀마개를 뚫고 들어오는 총

소리가 신경을 자극하면서 지난 새벽에 있었던 일을 점점 더 또렷하게 생각나게 만들었다.

탕!

'뭘 잘했다고.'

탕!

'세 시간이나 처잔 거지.'

탕!

'왜 그렇게 성급하게.'

탕!

'차 밖으로 뛰어나갔을까.'

탕!

상우는 다시 나머지 다섯 발을 장전했다.

'무슨 용기로 뒤돌아서는.'

탕!

'녀석의 등을 잡아 돌린 거지.'

탕!

'왜 하필 맥주병이.'

탕!

'그 자리에 있었을까.'

탕!

'이 일을 어떻게 하면 좋지?'

어디선가 음산한 목소리가 귀마개를 비집고 들어왔다.

"내가 방법을 알려주지. 네 머리에 대고 방아쇠를 당겨. 그럼 모든 일이 한 번에 해결되는 거야."

'딸깍' 하는 소리에 정신을 차린 상우는 총구가 어느새 자신의 관자놀이를 겨누고 있다는 사실을 알아차렸다. 그 순간에도 검지는 최면에 걸린 것처럼 일정하게 방아쇠를 잡아당기고 있었다. 상우는 기겁하며 리볼버를 내던졌다. 리볼버가 고정줄에 매달려 대롱거렸다.

상우는 앞으로 고꾸라지듯이 쓰러져 두 손으로 바닥을 짚었다. 마치 긴 잠수 끝에 수면 위로 올라온 사람처럼 숨을 몰아쉬었다. 타이밍이 조금만 엇나갔어도 꼼짝없이 머리에 총탄이 박혔을 터였다. 천만다행이라고 생각하며 상우는 흥건한 땀줄기를 닦아냈다. 다시 목소리가 들렸다.

"다행이라고? 아니. 너는 방금 놓친 기회를 곧 아쉬워하게 될 거야."

✣

택시기사는 상우를 사건 현장 바로 앞에 내려주었다. 경찰은 이미 시신을 수거해 폴리스 라인과 함께 철수한 상태였다. 하지만 상우는 시선을 바닥으로 내리깔고 현장을 무시하며 빠르게 지나쳤다.

잔뜩 뿔이 나 있을 거라는 예상과 달리 아내는 친절하게도 현관 앞까지 나와 남편을 맞이했다. 이유는 곧바로 밝혀졌다. 그녀의 등 뒤로 낯선 남자 둘이 소파에 앉아 있었다.

"손님 와 계셨네?"

"응, 형사님들."

상우는 벗고 있던 구두에 다시 발을 집어 넣을지 심각하게 고민했다.

"……먼저 연락이라도 해주지 그랬어."

"저희도 이제 막 앉아서 기다리던 참입니다."

둘 중 고참으로 보이는 형사가 자리에서 일어났다. 나이는 오십대 초반쯤 되어 보였고 둥글둥글한 얼굴에 날카로운 눈매를 하고 있었다. 그 뒤에 엉거주춤하게 앉은 젊은 형사는 각진 턱과 짙은 눈썹에 카키색 항공 점퍼를 걸치고 있었다. 상우보다도 두어 살은 어려 보였다.

두 사람이 순서대로 소속과 이름을 밝혔다. 형사들의 정중한 태도에 자신감을 얻은 상우는 구두를 벗고 거실로 들어섰다. 네 사람이 차례대로 소파의 한 자리씩을 차지하고 앉자 형사들이 본격적으로 움직이기 시작했다. 먼저 말을 꺼낸 것은 고참 형사였다.

"사건과 관련해서 몇 가지 질문을 드릴 게 있어서 찾아왔습니다. 아무래도 현장과 가장 가까운 곳에 살고 계시고 또 최초로 목격하신 분들 중 한 분이시라……."

상우는 이 상황이 썩 마음에 들지 않았다. 남루한 재킷을 입은 남자들이 자신이 없는 동안 아내가 혼자 있는 집에 들어와 최고급 소파에 엉덩이를 붙이고 있는 것도 싫었고, 그들이 형사라는 점은 더욱 마음에 들지 않았다.

"형사님들이 지금 시간까지 일하는 건 처음 보는 것 같네요. 제 직업이 변호사라 가끔씩 경찰에 중요한 서류들을 요구할 때면 다섯 시도 안 돼서 '담당자가 퇴근해서 보내줄 수 없다.'는 말만 들었거든요."

"아무래도 이번 사건은 워낙 중요하다 보니 저희도 여러모로 신경을 많이 쓰고 있습니다."

"사건 때문이 아니라, '여기서' 사람이 죽었다는 게 문제겠죠. 까놓고 말해 달동네에서 열댓 명이 죽어나가 봤자 형사님들이 이 시간까지 이렇게 열심히 뛰어다니시겠습니까?"

형사가 멋쩍은 웃음을 지었다.

"그렇다 하더라도 이 동네에 사시는 분들에게 나쁠 것은 없지 싶습니다."

"여기 사람들이 내는 세금을 생각하면 그게 당연한 일이죠."

상우의 목소리는 냉랭했다. 보기 드문 남편의 무례함에 아내는 당황했고, 모욕감을 느낀 젊은 형사는 소리 없이 이를 악물었다. 잔뜩 힘이 들어가 각진 턱이 더욱 도드라졌다.

잠시 어색한 공기가 흘렀지만 고참 형사는 노련함을 발휘해 대화를 자연스럽게 심문에 가까운 질문으로 인도했다.

살해된 피해자와는 일면식이 있습니까? 아니요. 깨진 병은 당신의 것입니까? 아니요. 본인이 주차하는 과정에서 병을 밟은 것이 맞습니까? 예. 최근 동네 부근에서 수상한 사람을 목격한 적이 있습니까? 아니요.

"어제 새벽 세 시에서 다섯 시 사이에 무엇을 하고 계셨습니까?"

"그 시간이라면 잠을 자고 있었겠죠."

"혹시 그 시간의 알리바이를 아내분께서 증명해주실 수 있으신가요?"

상우는 대화가 시작된 후 처음으로 곤혹스럽다는 표정을 지었다.

"아시다시피 잠을 자고 있었다는 걸 증명하기가 쉬운 일은 아니죠. CCTV를 확인해보시는 건 어떨까요? 제가 집에 도착한 시간이……."

"그건 이미 확인을 마쳤습니다. 크게 이상한 점을 발견하지는 못했습니다. 오전에 다른 경찰에게 진술한 내용과도 정확히 일치하더군요. 다만 형식적인 질문일 뿐이니 양해 부탁드립니다."

상우가 아내를 쳐다봤다. 아내는 망설이지 않고 단호하게 대답했다.

"예, 맞아요. 남편은 그 시간에 잠을 자고 있었어요. 제가 마침 깨어 있었거든요."

아내가 깨어 있었다는 말에 상우는 심장이 내려앉는 것 같았지만 곧 어찌 된 일인지 깨달았다. 아내는 무의식적으로 형사들로부터 상우를 방어하고 있는 것이었다. 아군을 얻고 의기양양해진 상우는 한껏 거드름을 피웠다.

"이제는 누군가 나서서 와이프의 알리바이를 증명할 차롄가요?"

형사는 상우에게는 고개도 돌리지 않고 아내에게 질문을 계속했다.

"남편은 몇 시쯤 집에 들어왔는지도 기억하십니까?"

"그게…… 한 시……."

"한 시 이십 분쯤이었잖아. 기억 안 나, 여보?"

'한 시는 안 돼. CCTV 기록과 모순돼.'

"맞아요. 한 시 이십 분이에요."

몇 시간 전에 있었던 냉전이 믿겨지지 않을 만큼 부부는 죽이 척척 맞아들어 갔다.

질문을 마친 형사는 부부의 진술이 CCTV 기록과도 모순이 없으며 신빙성도 높아 보인다고 했다. 별다른 일이 생기지 않는다면 다시 방문할 일은 없을 거라는 말로 아내를 안심시켰다.

고참 형사가 잠시 주머니를 뒤적거리는 사이 상우가 젊은 형사를 향해 미끼를 날렸다.

"혹시 새로운 소식은 없습니까? 범인에 관해서 아무런 이야기도 없으니 너무 불안하네요."

"안심하셔도 됩니다. 아직 언론에 보도되지는 않았지만, 저희는 이미 흉기에서 지문을 발견……."

걸려들었다. 뒤늦게 고참 형사가 젊은 형사의 입을 제지했지만 이미 필요한 이야기는 전부 들은 뒤였다.

경찰이 지문을 찾아냈다. 경찰이 병호를 쫓는다.

기다리던 소식에 상우는 심장이 터지는 것 같았다.

볼일을 마친 형사들은 늦은 시간에 실례가 많았다는 말과 함께 일어설 채비를 했다.

"실례라니요, 당연히 해야 할 일인걸요. 형사님들이 고생이 많으세요."

아내가 말했다.

"범인은 금방 잡힐 테니, 크게 염려하지 않으셔도 됩니다."

고참 형사가 흐뭇한 미소를 지었다. 입술 사이로 금니가 반짝였다. 그 모습에 상우는 묘한 기분을 느꼈다. 형사를 눈앞에 두고 농도 진한 유혹이 살인자를 찾아왔다.

'지금 모든 사실을 고백하면 이해해줄지도 몰라. 안됐다는 얼굴로 등을 두드려주며 담배 한 대 필 시간을 허락해줄지도 모르지. 아내를 옆에 두고 수갑을 채우지는 않을 거야. 조용히…… 아주 조용히…… 동네의 어느 누구도 뉴스를 보기 전까지는 내가 체포됐다는 사실을 알 수 없을 만큼 조심스럽게 경찰차의 뒷좌석에 태워줄 수도 있어……. 어쨌든 아직 정당방위의 가능성은 남아 있잖아. 병호의 일도 지금이라면 어물쩍 넘길 수도 있을 거야. 아내는 날 믿고 기다려줄 테지. 아이는 아빠를 필요로 하니까. 아내는 누구보다 날 사랑하니까. 우리 사

이에는 견고한 사랑과 믿음이 있으니까.'

코끝을 간질이는 유혹의 향기는 너무나 짙어 쉽게 무시할 수 없었다. 그때 문득 한 가지 생각이 뒤통수를 후려쳤다.

'자백을 하고 나면 형사들이 그날 밤의 행적을 파헤치겠지. 그러면 회사에서 나온 후 내가 승혜의 다리 사이에 들렀다 온 걸 알아낼 거야. 그럼 아내는…… 가정은…… 내 삶은…….'

유혹은 끝났다. 형사들이 등을 보이며 집을 나설 때까지 상우는 한 마디도 하지 않았다.

불청객들이 돌아간 후 집 안에는 다시 평화가 찾아왔다. 결과적으로 형사들의 방문은 약이 되었다. 그들의 손으로 직접 상우의 행동에 공신력을 제공한 셈이었다. 아내의 표정은 밝아졌고 전에 없이 콧노래를 흥얼거렸다. 아내는 식사를 하는 동안 상우에게 끊임없이 말을 걸었다.

"흉기에서 발견된 지문은 누구 걸까? 지문이 발견됐는데도 왜 아직 범인이 안 잡힌 거지? 왜 뉴스에서는 아무 말도 없는 걸까?"

"나도 잘 모르겠지만, 밝혀지면 아마도 깜짝 놀랄 만한 사람일 거야."

식사를 마친 후 상우는 커피 한 잔을 타들고 서재로 올라갔다. 커피맛이 씁싸래했다. 혀가 다시 카페인에 반응하고 있었다. 스트레스 수치가 정상 수준으로 돌아왔음을 의미했다. 하지만 눈은 여전히 뻑뻑했다. 계속 안약을 넣었지만 건조함은 사라지지 않았다.

상우는 창가에 섰다. 시간이 빠르게 흘러갔다. 1층의 뻐꾸기가 아홉 번을 운 지 채 삼십 분도 지나지 않은 것 같았는데 다시 열 번을 울었고, 이번에는 이십 분도 되지 않아 열한 번을 울었다. 뻐꾸기가 모두 서른 번을 우는 동안 상우는 오직 한곳만을 응시했다.

창문 너머로 영상이 느리게 반복 재생되고 있었다. 변호사가 깨진 병을 손에 들고 휘두른다. 피가 쏟아진다. 셔츠가 빨갛게 물들어간다. 죽는다. 후회한다. 하지만 다시 병을 휘두른다. 휘두르고 또 휘두르고 피는 계속해서 쏟아진다.

뻐꾸기가 열두 번을 우는 소리가 희미하게 들려왔다. 건조해진 눈을 비비며 의자에 걸터앉은 상우는 한 가지 이상한 점을 발견했다. 아무리 생각해봐도 병호에게는 어떠한 죄책감도 느껴지지 않았다. 어차피 병호는 잃을 것이 없다. 억대 연봉의 직업을 포기하지 않아도 되고, 아내와 아이도 없다. 상우는 자신이 붙잡혀서 지금 가진 모든 것들을 잃기보다는 그 역할을 병호가 대신하는 것이 옳다고 여겼다. 이것이 제레미 벤담이 말한 공리주의다. 최대 다수의 최대 행복. 사회적 효용의 극대화. 큰 행복이 작은 희생을 정당화한다. 몇 번을 다시 생각해도 결론은 같았다. 다운증후군 환자 한 명이 유능한 변호사를 대신해 희생하는 게 이 사회에 훨씬 도움이 된다.

상우가 자기합리화에 한창 심취해 있을 때 아내가 서재 문을 두드렸다.

"상우 씨, 손님 오셨어."

서재의 시계가 한 시를 향해가고 있었다. 초대받지 않은 손님이 불쑥 방문하기에는 늦어도 너무 늦은 시간이었다.

'기자인가? 빌어먹을 놈들. 지금이 몇 시인지 시계도 볼 줄 모르는 거야?'

"이 늦은 시간에 누구지?"

"그게……."

아내는 기어들어가는 목소리로 말했다.

"의원님 내외분."

변호사의 명석한 두뇌가 빛의 속도로 돌아갔다.

"두 분만 오셨어?"

"응."

"옷만 갈아입고 금방 내려갈게."

몇 시간 전까지만 해도 두 명의 불청객이 앉았던 자리에 귀한 손님들이 와 있었다. 상진은 침통한 얼굴로 소파에 앉아 있었고, 그 옆에는 혜영이 안절부절못하고 서 있었다. 두 사람의 표정이 모두 좋지 않았지만 특히 혜영의 얼굴은 보는 사람이 더 걱정스러울 정도로 창백했다. 충혈된 눈은 얼마나 울었는지 가늠이 안 될 정도로 부어올랐고 뺨에는 말라붙은 눈물자국이

고스란히 남아 있었다. 얼굴 단장도 하지 못할 정도로 정신없이 이곳을 찾아온 게 분명했다.

"박 변호사님.. 늦은 밤에 찾아오는 게 실례라는 걸 알지만 어쩔 수가 없었어요. 이해해주세요."

혜영은 잠긴 목소리를 숨기지 않았다. 상냥하고 인자하고 고고하던 평소와는 다른 모습이었다. 그녀는 또박또박, 그렇지만 울먹이며 말했다.

"우리 병호가 사람을 죽인 것 같아요. 변호사님의 도움이 필요해요."

✣

오전에 유력 일간지와 인터뷰 스케줄이 있는 탓에 상진은 평소보다 이른 아침을 맞았다. 새벽까지 비가 내려 아침 공기는 맑고 투명했다. 상진은 잠옷을 걸친 채 신문을 뒤적거리다가 기분 좋은 소식을 발견했다. 일주일 새 지지율이 또 오른 것이었다. 자고 나면 올라 있는 게 90년대 이자율을 보는 것 같았다. 멋진 하루에 어울리는 시작이었다.

지난 십 년 사이 상진은 4선과 5선에 성공하며 여당에서 야당 그리고 다시 여당으로 주류와 비주류를 몇 번이나 오갔다. 최고위원과 원내대표를 거쳐 여당 대표로서 지난 총선을 대승으로 이끌었다. 한동안 당 대표에서 물러나 몸을 낮추고 있었지만 그럼에도 각종 여론조사에서 상진의 지지율은 경이로웠다. 당내 경선의 가장 강력한 걸림돌이 될 수 있었던 현 서울시장과의 비밀 협상도 성공적으로 마무리 지었다. 서울 시내의 모처에서 비밀리에 시장을 만나 '난 이번에, 넌 다음에'를 고상한 정치적 표현들로 제안했고, 시장은 두 시간여의 고심 끝에 불확실한 현재보다는 확실한 미래를 선택했다. 대선까지는 여덟 달. 그사이 천지가 개벽할 일만 벌어지지 않는다면 함상진이 차기 대통령이 된다는 사실은 기정사실이나 다름없었다.

흡족해하던 상진은 등 뒤로 현관문이 열리는 소리와 인기척을 들었다. 하지만 누군지 알고 있었기에 굳이 눈길을 주지는 않았다. 아니 눈길을 주기 싫었다. 오점 없는 자신의 인생에 유일한 오점이었다.

"모자는 어디서 난 거야? 잘 어울리네."

혜영의 나긋한 목소리가 들릴 때까지만 해도 평범한 화요일이었고, 그럭저럭 기분 좋은 아침이었다.

그 환상은 비명과 함께 한순간에 깨졌다. 상진이 고개를 돌렸을 때 가장 먼저 눈에 들어온 것은 병호의 옷에 묻은 빨간 핏자국과 새파랗게 질린 아내의 얼굴이었다.

혜영이 옷을 벗겨보려 했지만 병호는 평소보다 그녀의 손길에 거부감을 나타냈다. 혜영은 몇 번의 실랑이 끝에 겨우 병호의 웃옷을 벗겼다. 멀쩡했다. 다친 곳은 없었다. 혜영은 안심했지만, 이번에는 상진의 얼굴이 파랗게 질렸다.

'병호의 피가 아니다. 대체 어떻게 된 일이지?'

답은 금방 나왔다. 집 밖으로 구급차와 경찰차가 지나갔다.

상진은 얼른 혜영에게 병호를 씻기고 옷가지들을 모아 비닐 봉지에 담을 것을 요구했다. 병호는 씻기는 것에도, 잠을 재우는 것에도 매우 신경질적인 반응을 보였다. 혜영은 꼭 당분을 섭취한 것만 같다고 했지만 상진의 귀에는 아무것도 들어오지 않았다. 그의 머릿속에 떠오르는 것은 오직 한 사람뿐이었다.

함상진은 국회의원 함백만의 아들이었다.

스물네 살. 상진의 가슴에 금배지가 달리기 구 년 전. 당시 그는 미국에서 유학하고 있었다. 백만은 "요즘같이 위험한 세상에 하나뿐인 아들을 군대에 보낼 수는 없지."라며 상진을 미국으로 보냈다.

유학 생활 동안 상진의 가장 친한 친구는 술과 대마초였고 취미는 금발 여인들의 가슴에 지폐를 꽂아주는 일이었다. 백만은 매주 두 번씩 스트리퍼가 있는 클럽을 갈 수 있을 정도의 돈을 잊지 않고 보내왔다.

방학을 맞아 상진은 잠시 한국에 들어왔다. 그러나 모든 것이 따분했다. 금발의 여자는 보이지 않았고 대마초는 구경조차 힘들었다. 상진은 지루함을 달래기 위해 매일 술을 마셨다. 그러던 어느 날 새벽, 여느 때처럼 술을 마신 뒤 차를 몰고 집으로 돌아오는 길이었다. 잠시 한눈을 판 사이 '쿵' 하는 소리와 함께 충격이 상진의 온몸을 휘감았다.

쓰러진 사람은 손수레를 끌던 백발의 할머니였다. 그녀는 고통스러운 신음을 내고 있었다. 빠르게 병원으로 옮긴다면 목숨만은 건질 수 있을 듯했다. 요란한 소리를 듣고 나왔는지 한 사람이 달려왔다. 그는 혼비백산한 상진을 대신해 할머니를 차 뒷좌석으로 옮기고 상진에게 얼른 병원으로 가라고 지시했다. 상진은 고맙다는 말도 건네지 못한 채 다시 차에 올랐다.

그러나 상진은 병원으로 가지 않고 집으로 향했다.

상진은 진흙투성이인 구두를 벗지도 않고 곧장 부모님의 침실로 향했다. 손을 더듬어 스위치를 찾아 불을 켜고 아버지 백만을 깨웠다.

"제가 사람을 치었어요."

비에 홀딱 젖은 차림새. 온몸에서 풍기는 끔찍한 술 냄새. 백만은 어찌 된 일인지 짐작할 수 있었다.

"사람은?"

"아직 차에 있어요."

"……잘했다."

백만은 수화기를 들었다. 그는 이전부터 이런 일이 일어날 것을 알고 있었다는 듯 조금의 망설임도 없이 숫자 버튼 일곱 개를 눌렀다.

"이리로 오지……. 아내에게 인사 전하고."

백만은 상진을 앞세워 차문을 열었다. 할머니가 다 죽어가는 신음을 내며 두 부자를 쳐다봤다. 상태가 아까보다 좋지 않았다. 상진은 애가 타들어가 죽을 지경이었지만, 백만은 무심하게 차문을 닫았다.

십오 분 후 택시 한 대가 집 앞에 도착했다. 한 사내가 우산도 쓰지 않은 채 내리는 비를 그대로 맞으며 택시에서 내렸다. 작달막한 키에 넓은 이마를 가진 남자. 상진은 그를 잘 알고 있었다. 지욱현. 나이는 상진보다 다섯 살 많았다. 상진은 그가 아버지를 따라다니면서 더럽고 궂은일을 도맡아 처리한다는 걸 알고 있었다. 아버지를 대신해 더러운 돈을 나르고, 남의 목에 칼을 가져다 대었다. 그는 고아 출신에 배우지도 못했지만 아버지는 그를 매우 신뢰했다.

"요즘 같은 세상에 그런 사내는 드물지."

그 한마디로 지욱현이라는 사내가 설명되었다.

백만은 차 뒷문을 열어 욱현에게 보여주었다. 세 남자를 바라보는 할머니의 눈은 이제 공포심에 젖어 있었다. 백만은 욱현에게 몇 가지 지시를 내렸다. 욱현은 말없이 고개를 끄덕였다.

"이제 어떻게 되는 거죠? 제 인생은 여기서 끝나는 건가요?"

상진의 얼굴은 두려움과 눈물과 비로 얼룩져 있었다. 욱현은 상진을 차분하게 바라봤다.

"무슨 말씀을 하시는지 모르겠군요. 도련님의 인생에는 아무 일도 없습니다."

욱현은 흔들림 없는 눈빛으로 차에 올라탔다. 그 순간 상진은 이 남자와 아주 오랫동안 함께하게 될 것을 직감했다.

수화기 너머 욱현의 목소리는 아직 잠에 취해 있었지만 정확히 십오 분 후에 벨을 눌렀다. 상진은 욱현에게 검은 봉지 하나를 건넸다. 그사이에도 방송국 차량 몇 대가 욱현의 등 뒤로 지나갔다. 일은 생각보다 심각했다.

상진은 당일 일정을 모두 취소하고 혜영과 집에서 초조하게 사태를 지켜봤다. 뉴스가 시시각각 속보를 전하고 있었다. TV에서는 병호의 옷에 묻은 피의 주인이 보였다. 모자이크 처리가 된 상태였다. 모자이크가 의미하는 바는 세 가지뿐이다. 부적절한 노출, 프라이버시 보호, 혹은 과도한 잔인함. 이 중에 아들의 옷에 묻은 피와 관련된 것은 한 가지뿐이었다.

CCTV의 사각지대에서 벌어진 사건에는 목격자도 없었다. 아나운서는 아직까지 아무런 단서가 없어 수사가 난항을 겪고 있다고 전했다. 그러나 상진과 혜영은 범인을 알고 있었다. 범인은 지금 2층 침실에서 잠들어 있다.

잠시 뒤 욱현에게서 전화가 왔다. 욱현은 두 가지 소식을 전했다. 검은 봉지는 더 이상 이 세상에 존재하지 않는다는 것과, 뉴스 보도와는 달리 현장에서 수거된 흉기가 국과수에 들어가 있다는 이야기였다.

지금까지 쌓아온 모든 것을 한순간에 잃을 수도 있다는 생각에 상진의 턱이 떨려왔다. 혜영은 병호를 잃을 수도 있다는 생각에 몸을 떨었다. 둘은 살인사건이 병호와 아무런 관련이 없을 거라는 희망을 가졌다. 국과수가 병호의 무죄를 증명해줄 것이라 기대했다. 각자의 삶에서 가장 중요한 것을 잃을 위기에 처한 부부는 손을 맞잡고 기도했다.

밤이 되자 마침내 기다리던 전화가 왔다. 국과수 부원장이었다. 그는 현장에서 수거된 병조각에서 병호의 지문과 머리카락이 발견되었다고 말했다. DNA 검사는 조금 더 걸리겠지만 시간문제일 뿐이라고 했다. 두 시간쯤 미루다가 경찰에게 지문감식 결과를 넘기는 것이 자신이 해줄 수 있는 전부라는 말을 끝으로 전화를 끊었다.

두 사람이 함께 꿈꾸고 공유해왔던 세상은 무너졌다. 이제 병호가 맞닥뜨리게 될 시련의 크기에 혜영은 오열했고, 상진은 넘을 수 없는 청와대의 문턱에서 피눈물을 흘렸다.

각기 다른 이유에서였지만 부부는 최고의 변호사를 선임해야 한다는 점에는 이견이 없었다. 유능한 정도로는 부족했다. 반드시 최고여야 했다. 돈은 전혀 문제되지 않았다.

'최고 중의 최고'라는 조건을 만족시킬 변호사 리스트는 욱현이 삼십 분 안에 열 명 내외로 추려올 수 있을 것이다. 하지만 커다란 걸림돌이 있었다.

'누가 병호와 스스럼없이 대화를 나눌 수 있지? 누가 병호의 마음을 열 수 있을까?'

잠시 뒤 부부는 변호사 박상우의 거실에 앉아 있었다.

"우리 병호가 사람을 죽인 것 같아요. 변호사님의 도움이 필요해요."

혜영은 그 말과 함께 꾹 눌러 참고 있던 울음을 터뜨렸다. 상우의 아내가 건네준 손수건으로 몇 번이나 눈가를 닦아냈지만 눈물은 멈추지 않았다.

"변호사님, 우리 병호는 이제 어떻게 되는 거죠? 난 너무 무서워요. 우리 병호를 다시는 못 보게 될까 봐, 그게 너무 겁나요."

상우의 아내가 혜영의 손을 잡아주었다. 참 따뜻한 손이었다.

상우의 손에는 명함 한 장이 쥐어져 있었다. 결심이 서는 대로 연락 달라는 말과 함께 상진이 남기고 간 것이었다. 아내가 침실로 올라간 뒤 혼자 남게 된 상우는 숨기고 있던 흥분을 드러냈다.

사람을 죽였다. 그리고 지나가던 백치에게 누명을 씌웠다. 그런데 지금 그 부모가 찾아와 변호를 부탁한다.

거절할 이유가 있을까?

꼭두각시를 움직이는 실이 손에 쥐어지려 하고 있었다. 이제 검은 천막 뒤에 몸을 숨긴 채 원하는 대로 인형을 조작하기만 하면 된다. 그럼 인형은 자신의 의지와 상관없이 웃고, 울게 될 것이다.

상우는 시계를 바라봤다. 새벽 1시 36분.

서둘러 대답할 필요는 없었다. 채널을 돌려 프로야구 하이라이트 영상을 훑었다. 당구 경기에도 잠시 눈을 멈췄고 몇 군데 영화 채널을 시청했다.

뻐꾸기가 고개를 내밀고 세 번 울었다. 상우는 보고 있던 성인영화의 볼륨을 줄이고 명함에 적힌 번호로 전화를 걸었다. 카랑카랑한 목소리의 남자가 전화를 받았다. 함상진이 아니었다.

"박상우 변호사님, 저는 보좌관 지욱현이라고 합니다."

손에 든 명함을 확인했지만 어디에도 '지욱현'이라는 이름은 적혀 있지 않았다.

"의원님이 받으실 줄 알았는데요."

"개인 용도로 사용하시는 번호가 아니면 보통은 제가 연락을 받고는 합니다."

"그렇군요. 실은 다름이 아니라 이번 사건 때문에 연락을 드렸습니다. 전화를 하기에 늦은 시간이란 건 알지만 언제라도 연락을 달라고 하셔서요."

"시간은 아무 상관 없습니다."

"네……. 그럼 이번 사건의 변호, 제가 맡아보겠습니다. 저에게도 쉽지만은 않은 결정이었습니다만……."

"사건 자료는 내일 아침에 출근하자마자 받아보실 수 있게 이미 사무실로 보내놨습니다. 변호에 최선을 다해주시기를 당부 드립니다."

상우는 함상진이 자신보다 몇 발자국을 앞서는 듯한 느낌을 받았다.

'상대는 잔뼈가 굵은 5선 국회의원이야. 절대 만만히 봐서는 안 돼. 조금이라도 방심했다간 오히려 당하는 건 내가 되고 말 거야.'

일이 믿을 수 없을 정도로 좋은 방향으로 풀려가고 있으니 숙면에 들 수 있을 거라는 생각은 착각이었다. 상우는 결국 뜬 눈으로 새벽을 보내고 아침을 맞았다.

동이 트면서 아이보리 색 얇은 커튼 사이로 햇빛이 들어오자 뒤척거리던 아내가 눈을 떴다. 그녀는 간신히 눈을 반쯤 뜨고는 잠이 덜 깬 목소리로 물었다.

"몇 신데 벌써부터 일어나 있는 거야?"

"좀더 자. 이제 일곱 시야."

아내가 긴 하품을 했다.

"TV 봤어? 무슨 소식이라도 있어?"

"남자 배우랑 걸그룹 멤버가 연애를 하네."

"다른 건?"

"여배우 섹스 동영상이 유출됐고 아이돌 가수가 마약 혐의로 구속됐어."

"진짜? 밤사이에 많은 일이 있었네. 또 다른 소식은?"

"두 시간 전에 병호가 체포됐어."

11

상우는 구치소 접견실에 앉아 있었다.

차기 대통령이 될 뻔했던 남자의 권력은 대단했다. 아직 변호인선임계도 제출하지 않았지만 구속영장이 발부된 지 다섯 시간 만에 피의자를 접견할 수 있었다.

구치소의 네 평짜리 변호사 접견실은 여전히 정이 가지 않았다. 싸구려 바닥재에 성의 없이 덧칠한 회색 페인트 벽. 때가 탄 가죽이 멋대로 갈라진 낡은 소파와 이가 나간 압축 톱밥 테이블. 하마터면 변호인이 아닌 피의자 신분으로 이곳에 앉아 있을 뻔했다고 생각하니 소름이 돋았다.

얼마 지나지 않아 병호가 쭈뼛거리며 들어왔다.

"아저씨. 엄마, 엄마는?"

상우를 확인하고 반가운 얼굴을 한 것도 잠시, 병호는 엄마부터 찾기 시작했다.

"엄마는 오지 않았어. 아저씨만 왔어."

"엄마가 온다고 했는데."

"나중에 오실 거야. 지금은 아니야."

"엄마, 엄마……."

병호는 한눈에 돌아볼 수 있는 네 평짜리 접견실에서 고개를 수십 번도 더 돌리며 있지도 않은 엄마를 찾았다. 그 목소리가 상우의 신경을 불쾌하게 자극했다.

"그만 좀 꽥꽥거려. 네가 무슨 오리새끼야!"

상우가 호통을 치자 드디어 병호가 입을 다물었다. 아저씨의 처음 보는 모습에 겁을 집어먹었음이 분명했다. 눈물을 글썽거렸지만 울지 않으려 아랫입술을 꼭 깨물고 있었다.

"아저씨가 몇 가지 물어볼 게 있어서 왔어. 네가 대답만 잘 해주면 금방 다시 엄마를 만날 수 있을 거야."

상우는 목소리를 누그러뜨리고 답이 정해진 질문을 했다.

"엄마 보고 싶지? 집에 가고 싶지?"

"네……."

"그럼 아저씨가 묻는 말에 잘 대답해줘야 해."

상우의 목소리는 언제 소리를 질렀냐는 듯 나긋나긋해졌다. 하지만 병호의 얼굴은 아직 얼어 있었다.

"그저께 새벽에 아저씨 만난 거 기억나?"

"네, 아저씨가 초콜릿도 주고 모자도 주고……."

"아니, 틀렸어. 그날 아저씨가 분명히 아무한테도 말하지 말라고 했어. 넌 다시는 엄마를 보지 못해."

상우가 벌떡 자리에서 일어났다. 병호는 당황해서 울상이 되었다.

"아니야, 아니야. 병호는 아저씨 못 봤어. 아무도 못 봤어요."

"진짜야? 그날 아무도 못 봤어?"

울상이 된 얼굴이 세차게 위아래로 움직였다. 변호사가 미소를 지으며 다시 자리에 앉았다.

"아저씨가 그날 초콜릿을 준 것 같은데?"

"아니에요."

"모자도 씌워주고……."

"아니에요, 아니에요!"

병호가 흥분하며 소리쳤다. 한 번만 더 물어봤다가는 주먹이라도 휘두를 기세였다.

"그래. 잘 들어, 넌 그날 아무것도 못 보고, 아무도 안 만난 거야. 아저씨가 다음에는 사람들이 많은 곳에서 물어볼 거야. 그때도 지금처럼 대답해야 해. 그래야 집에 갈 수 있어. 알겠니?"

상우는 몇 번을 반복해가며 어린 양을 세뇌시켰다. 혜영은 훌륭한 엄마임이 분명했다. 지친 병호가 싫증을 내며 자리에서 일어날 때마다 '엄마'라는 단어에 다시 집중력을 발휘하곤 했다. 한 시간이 지나자 병호는 상우가 어떤 표현을 써도 속지 않고 모른다고만 대답했다. 첫째 날의 성과치고는 썩 괜찮다고 상우는 생각했다. 하지만 아직 만족하기는 일렀다. 이제 겨우 인형의 고개를 위아래로 움직이는 조작법을 익혔을 뿐이었다. 갈 길은 아직 멀었다.

"박정훈 변호사님이 찾으세요."

상우가 사무실문을 열고 들어오자마자 연수가 알렸다.

"7층에서요?"

"예, 출근하자마자 찾으시던데요. 구치소에 들렀다가 오신다고 말씀드려놨어요."

시계가 11시 30분을 가리키고 있었다.

"시간이 애매해요. 점심을 먹고 올라갈까 싶은데요."

"그렇지만 변호사님이 사무실에 도착하는 대로 바로 올려보내라고 두 번이나 당부하신 걸요."

상우는 벗으려던 웃옷을 다시 걸치고 1층으로 내려갔다. 일반용 엘리베이터는 5층까지만 운행했다. 6층과 7층에 오르기 위해서는 1층에서 다시 전용 엘리베이터로 갈아타야만 했다. 가끔씩 규모가 큰 사건이 있을 때면 아래층 변호사들이 판례 평석이나 적용법리 등의 검토를 받기 위해 7층에 오르고는 했지만 자주 있는 일은 아니었다. 적어도 상우에게는 이번 해에 처음 있는 일이었다.

긴 생머리를 한 여비서가 상우를 기다리고 있었다. 그녀는 바로 문을 열어주는 대신 가벼운 안부 인사로 상우를 막아 세웠다. 안쪽에서는 고함 소리가 들려오고 있었다.

"안에 누구예요?"

"문형대 변호사님이에요."

"아, 리틀 보이."

"예?"

"아니에요. 형대가 올라온 지 얼마나 됐죠?"

"이십 분 정도 지났어요."

상우는 응접실의 TV를 켰다. 뉴스는 이틀째를 맞은 살인사건의 새로운 소식을 전하고 있었다. 흉기에서 지문이 발견되었고, 지문의 주인은 지난 새벽 전 여당 대표의 자택에서 체포되었다는 소식이었다.

모든 채널이 정규방송을 중단하고 뉴스속보를 편성했다. 뉴스는 지문과 함께 발견된 머리카락의 DNA에 대해서도 언급했다. 그리고 그 주인인 함병호가 다름 아닌 함상진 의원의 하나밖에 없는 아들임을 연이어 강조했다. 병호를 당일 새벽에 마주쳤던 주민의 인터뷰도 보도했다. 인터뷰이는 상우도 알고 있는 사람이었다. 정민교. 그는 상우의 집에서 두 블록 위에 사는 대기업 상무이사였다. 그는 어제 아침 이른 시간에 공원에서 병호를 마주쳤다고 말했다. 흰 옷에는 분명히 핏자국이 묻어 있었고, 피해자의 것으로 밝혀진 검은 모자를 눌러쓰고 있었다고 진술했다. 평소보다 굉장히 흥분돼 보였다는 말도 덧붙였다. 리포터의 목소리는 CCTV 기록과 일치하는 그의 증언이 상당한 신빙성을 보인다며 격앙돼 있었다.

상우는 얼마 전 민교가 재직 중인 대기업이 국방부와 200억대 납품 계약을 눈앞에 두고 있다는 것을 신문으로 읽은 적이 있었다. 사인만 남겨둔 납품계약이 갑자기 틀어지게 될 것은 불보듯 뻔한 일이었다.

'회사 법무팀에 미리 문의하기만 했어도 됐을 것을. 쓸데없는 정의감이 인생을 망치는 법이지.'

어찌 됐든 그의 증언이 법정에서 병호에게 불리하게 작용할 것이라는 점은 상우의 마음에 꼭 들었다.

고함 소리가 십 분은 더 계속된 후에야 리틀 보이가 풀이 죽어서는 사무실 밖으로 나왔다. 그는 문밖의 상우를 보고는 적잖이 놀랐다.

"한참 혼나는 것 같던데, 괜찮아?"

"혼나기는…… 변호사님이 열정적이신 거지."

"열정은 무슨…… 그냥 너 때문에 화가 나신 것 같은데. 무슨 일이야?"

"상우 넌 잘 모르겠지만, 원래 큰 사건을 앞두고는 예민해지셔. 나 정도 되니까 이만큼 선방한 거야."

상우가 감탄한 표정을 지었다.

"참 대단한 선방이야. 얼마나 혼난 거야? 삼십 분? 사십 분? 나라면 절대 못 버티고 사표를 썼을 거야. 형대 너니까 이렇게 깨지고도 회사에 붙어 월급을 축내고 있는 거지."

리틀 보이의 얼굴이 구겨질 대로 구겨졌다. 하지만 카운터를 먹일 좋은 생각이 떠오르지 않았는지 형대는 도망치듯 자리를 피했다. 여비서가 남자들의 진한 우정을 한심하게 쳐다봤다.

정훈의 사무실은 동남쪽을 바라보고 직각으로 커다란 창이나 있어 채광에 탁월했다. 사무실 한편에는 가품으로 의심될 정도로 보존 상태가 훌륭한 고려청자가 놓여 있었고, 한쪽 벽에는 소더비에서 낙찰받은 폴 세잔의 진품 그림 한 점이 걸려 있었다.

나머지 한쪽 벽에는 액자들이 가득했다. 정훈이 하버드와 옥스퍼드에서 받은 두 개의 학위와 클리포드 찬스, 베이커 앤 맥켄지 등 세계적인 로펌에서의 근무 경력을 증명하는 서류였다. 그 아래에는 현답이 굵직한 사건들에서 다른 로펌과 검사를 상대로 승리한 뉴스기사들이 갈색 테두리 액자에 전리품처럼 보관되어 있었다. 그리고 그 밑에는 7층에서 근무하는 여섯 변호사의 사진이 차례대로 걸려 있었다. 마지막은 가장 최근에 꼭대기 층에 오른 양훈 변호사의 사진이었다. 그는 시장점유율 99퍼센트의 다섯 개 기업이 연루된 담합사건을 맡아 천삼백억대의 과징금을 과태료 팔백만 원으로 바꾸는 마법을 선보인 뒤 7층에 올랐다.

상우가 잔뜩 긴장한 얼굴로 사무실에 들어섰을 때 정훈의 얼굴은 여전히 붉으락푸르락하고 있었다. 그러나 그는 상우를 보자마자 더없이 밝은 표정을 지었다. 벌떡 일어나 일억으로 두 개를 살 수 있는 파텍 필립 시계를 찬 손으로 상우를 꽉 부둥켜 안았다.

"구치소에 들렀다가 온 길이라지, 박 변호사?"

"예, 병호를…… 아니, 피의자를 만나고 오는 길입니다."

"피의자라니. 여기에서는 병호라고 불러도 돼. 박 변호사와 병호 군은 가까운 사이니까. 그렇지?"

정훈이 눈을 번득였다. 확신을 요구하는 눈빛이었다. 상우는 늙은 능구렁이의 기대를 저버리지 않았다.

"병호와는 가족만큼이나 각별한 사이입니다. 아마 그 점이 함상진 의원님께서 저에게 변호를 맡긴 이유일 겁니다."

정훈이 손목의 커프스 버튼에 달린 비취만큼이나 반짝이는 미소를 지었다.

"지금 상황은 어떤가?"

흉기에서 병호의 지문과 DNA가 발견됐다. 옷에 피해자의 혈흔이 묻어 있었다는 증언도 나왔다. 보호자는 증거품으로 지목된 옷을 제출하지 못하고 있다. 범행은 CCTV의 사각지대에서 발생했지만, 병호가 사건 발생 시간에 현장에 있었다는 사실만은 명확하게 증명해주고 있다. 경찰은 엉뚱한 사람을 체포했고, 진범은 사건의 변호를 맡았다. 모든 상황이 더할 나위 없이 최고로 좋았다.

"상황이 좋지 않습니다. 흉기에서 발견된 증거들과 증언들이 모두 병호에게 불리하게 작용하고 있습니다. 아직 직접적인 목격자가 나타나지는 않고 있지만…… 문제는 병호 군의 장애로 인해 자기방어적인 진술을 기대할 수 없다는 데 있습니다."

묵묵히 듣고 있던 정훈의 표정이 어두워졌다.

"박 변호사는 지금 맡고 있는 사건들 모두 손 떼고, 이번 사건에만 집중하도록 해. 변호사든 사무장이든 필요한 인원은 얼마든지 지원해주도록 함세. 이번 건만 잘 해결된다면 박 군에게 새로운 사무실 자리를 약속하지."

4층? 상우는 피가 달아오르는 것을 느꼈다. 정훈은 반쯤 얼이 나간 듯한 상우의 얼굴을 흥미롭게 쳐다봤다.

"표정이 왜 그런가? 고소공포증이라도 있는 겐가?"

"아닙니다. 다만 이렇게 빨리 4층을 가게 될 줄은 상상도 못했던 일이라……."

"누가 4층이라고 했나?"

"예? 하지만 방금 전에 분명히……."

"자네는 현답에서 두 개 층을 한꺼번에 오른 첫 번째 변호사가 될 걸세."

귀에서 이명이 울렸다. 다시 사무실로 돌아오는 동안 아무것도 보이지 않았고, 아무것도 들리지 않았다. 연수가 뭐라고 급하게 말하고 있었지만 그것조차도 들리지 않았다. 샤넬 립스틱을 곱게 바른 새빨간 입술이 금붕어처럼 뻐끔거리고 있었다.

"지금은 잠시 혼자 있고 싶어요. 아무 말도 하지 마세요. 어차피 들리지도 않아요."

상우가 손을 내저었지만 연수는 개의치 않고 말했다.

"그렇지만 변호사님, 아주 중요한 소식이에요. 꼭 지금 들으셔야 해요."

"이번 사건만 끝나면 우린 5층으로 가요. 이것보다 더 중요하다면 말해보세요."

"현장 목격자가 나타났어요."

✢

차는 좀처럼 속도를 내지 못했다. 교통량은 많지 않았지만 유난히 신호에 자주 걸렸다.

'침착하자. 예상하지 못한 등장인 건 사실이지만, 목격자가 그 사람이란 건 다행이야. 아직 통제 가능한 범위 내에 있어.'

또다시 신호에 걸려 차가 멈춘 동안 상우는 핸들에 얼굴을 묻고 생각을 정리했다.

"현장 목격자가 나타났어요."

"무슨 말이에요? 누구죠? 어디서 들은 소식이에요?"

"오 분도 안 됐어요. 경찰 출신 사무장 한 분이 사무실로 알려줬어요. 아직은 경찰만 아는 정보라면서…… 목격자는 변호사님 맞은편에 사는……."

"배명숙. 이혼녀."

연수가 고개를 끄덕거렸다.

"예, 맞아요. 그날 새벽에 안 자고 있었나 봐요. 이상한 소리가 들려 밖을 내다보니까 남자 두 명이 서 있었대요. 흰 옷을 입은 사람이랑 빨간 셔츠를 입은 사람. 처음엔 크게 신경 쓰지 않았는데, 오늘 아침 뉴스를 보고서 확신이 들어 신고했다고……."

상우는 잠시 혼란에 빠졌다. 흰 옷을 입은 사람은 병호다. 그럼 빨간 셔츠는 누구지? 상우는 금세 깨달을 수 있었다. 셔츠가 피로 빨갛게 물든 것이다. 바로 상우 자신이었다.

"경찰에 신고가 들어온 게 몇 시죠?"

"한 시간 전인 오전 열한 시경이래요. 담당 형사 두 명이 바로 목격자 집으로 향했다는 말도 했어요."

경찰서에서 집까지는 십 분도 걸리지 않는다. 지금쯤이면 목격자로부터 모든 증언을 확보하고 빨간 셔츠의 사내를 찾는 데 혈안이 되어 있을 것이다. 그 사람이 자신이라는 것을 알아내는 데 얼마나 걸릴까?

"부인, 그 빨간 셔츠의 사내는 어디로 갔죠?"

"맞은편 변호사의 집으로 들어가는 걸 똑똑히 봤어요."

지금쯤 경찰이 회사로 달려오고 있을지도 모를 일이었다. 상우는 다리에 힘이 풀려 그 자리에 주저앉았다. 손바닥으로 눈을 가렸다. 이마에는 미열이 오르고 있었다. 자신을 의아하게 바라보는 연수의 눈빛을 모르는 건 아니었지만 단 한 명의 관객을 위해서 연기할 정도의 힘은 남아 있지 않았다. 상우의 입에서 곧 체념이 흘러나왔다.

"다 끝났어요. 제 의뢰인이 곧 풀려나겠군요. 이젠 모두가 행복해질 일만 남았어요. 그렇죠?"

"네, 하지만 목격자 집에 아무도 없어서 형사들이 오후에 다시 방문하기로 했대요."

바닥에 널브러져 있던 상우가 용수철처럼 튀어 올랐다.

"제가 가봐야겠어요."

신호가 파란불로 바뀌었다. 상우는 이제부터 자신이 해야 할 일을 똑똑히 알고 있었다. 우선 힘차게 액셀을 밟아 경찰보다 먼저 그 여자의 집에 도착한다. 그리고 술 냄새가 풍기는 그 입을 영원히 닫게 만든다.

십 분 뒤, 상우의 벤츠가 아스팔트 바닥에 타이어를 갈며 급하게 멈춰 섰다. 문제의 그녀가 장바구니를 들고 집으로 들어가고 있었다. 차에서 내린 상우는 부리나케 다가가 그녀의 손목을 붙잡았다.

"부인, 제가 짐을 들어드리죠."

명숙이 뒤로 돌아 상우의 얼굴을 확인하고는 손을 빼내며 호의를 거절했다. 그러나 상우는 와인병이 가득 담긴 장바구니를 뺏다시피 넘겨받았다.

"잠시 안에 들어가서 이야기를 나눌 수 있을까요? 그날 새벽에 보신 것에 대해 듣고 싶습니다."

"그건 형사님들에게 들려드릴 이야기인 것 같은데요."

명숙이 쌀쌀맞게 대답했다.

"호기심 때문에 물어보는 게 아닙니다. 저는 병호의 법률대리인 자격으로 부인을 찾아온 겁니다. 제가 이번 사건을 맡게 되었다는 건 부인도 이미 뉴스를 통해서 알고 있으시겠죠?"

명숙이 어쩔 수 없다는 표정을 지었다.

햇볕이 잘 드는 거실은 의외로 깔끔하게 정돈되어 있었다. 기름기를 잘 먹인 가죽 소파, 깨끗하게 정리된 식탁, 창가에 늘어선 싱싱한 화초들. 명숙은 소파 한 자리를 내주었다. 그리고 주방에서 장바구니를 정리하며 상우에게 어떤 차를 좋아하는지 물었다. 하지만 상우는 거절했다. 한가하게 차를 음미할 시간이 아니었다. 상우는 지금 차가 아니라 대답에 목이 말라 있었다. 한 손에 찻잔을 들고 온 명숙이 소파에 앉자마자 상우는 질문을 쏟아부었다.

"봤던 것을 말해주세요."

"정확히 무슨 이야기를 듣고 싶은 거죠?"

"모두 다요. 보고, 듣고, 본 것 같고, 들은 것 같은 것 전부."

명숙은 잠시 눈을 내리깔고 입을 열기를 망설였다. 그녀는 얼굴 가득 덮여 있는 초조함을 숨길 줄 모르는 사람이었다. 눈앞의 남자를 집으로 들인 것에 대한 후회가 뒤늦게 찾아왔는지 눈동자가 이리저리 흔들렸다. 명숙이 입술을 떼려다 말고 침과 함께 말을 삼키기를 몇 번이나 반복할수록 상우는 애가 바짝 타들어갔다. 언제 형사들이 벨을 누를지 모를 일이었다. 상우가 더는 참을 수 없다고 생각했을 때, 명숙이 거실 창문을 바라보며 조심스럽게 이야기를 시작했다.

"새벽 네 시가 조금 넘었던 것 같아요."

시각부터 정확했다.

"잠이 오질 않아 거실에 내려와 있었어요. TV를 켜놓고 주방으로 가서 와…… 아니 차를 끓여 다시 여기 소파에 돌아와 앉았어요. 마침 제가 제일 좋아하는 영화가 막 시작했더라고요. 그런데 밖에서 무슨 소리가 들렸어요. 처음엔 영화 소리인 줄 알았는데…… 아니었어요."

"무슨 소리였습니까?"

상우는 마른침을 삼켰다.

"거실 커튼 사이로 밖을 내다보니까 두 사람이 바닥에 엉겨서 다투고 있었어요. 병호는 바닥에 깔려 있었고, 그 위에 올라탄 사람은 검은 옷을 입은……."

"한민수. 그렇죠?"

명숙이 고개를 끄덕였다.

"부인은 어째서 나머지 한 사람이 병호라고 생각하시는 거죠?"

"그가 입은 옷을 똑똑히 봤어요. 뉴스에서도 병호가 그날 흰 옷을 입었다고 했거든요."

명숙은 상우의 하얀색 와이셔츠를 병호의 흰 나이키 후드티로 착각하고 있었다.

"부인, 혹시 그날 새벽에도 지금처럼 안경을 끼고 계셨나요?"

"네? 아니요. 그렇지만……."

당황한 명숙은 잠시 머뭇거렸지만 곧 기분이 상했다는 듯 강한 어조로 대답했다.

"그 정도는 안경 없이도 똑똑히 볼 수 있답니다."

"물론입니다. 불쾌하셨다면 사과드리겠습니다. 하시던 이야기를 마저 들려주시죠."

명숙은 안경을 한번 매만지고는 다시 이야기를 이어갔다.

"처음엔 별로 신경 쓰지 않았어요. 조금 무섭기도 했고……. 마침 마시고 있던 차가 떨어져서 주방에 다녀왔는데, 그사이에 검은 옷을 입은 사람은 바닥에 쓰러져 있었고, 새로운 사람이 와 있었어요. 그는 빨간 옷을 입고 있었어요. 그 사람이 병호랑 한참 이야기를 나눈 후에 병호는 공원 쪽으로 뛰어갔고, 그 사람은……."

명숙은 말을 잇지 못하고 상우의 눈치를 살폈다. 초조해진 상우가 대답을 재촉했다.

"그 사람은 어디로 갔죠?"

명숙이 겨우 들릴 만한 작은 목소리로 말했다.

"변호사님 집으로 들어갔어요……."

그 말과 함께 명숙은 눈을 내리깔았다. 그녀는 빨간 셔츠의 사내가 지금 바로 자신의 눈앞에 있다고 확신하고 있었다. 좀처럼 들지 못하는 고개가 그 첫 번째 증거였고, 잔뜩 겁을 집어먹은 목소리가 두 번째 증거였다. 굳이 한 가지 증거를 더 들자면 처음에 상우를 집 안에 들이지 않으려 했던 태도가 세 번째였다.

상우는 골치가 아팠다. 형사들이 벨을 누르는 순간 명숙이 뛰쳐나가서 "범인이 우리 집 소파에 앉아 있어요!"라고 외칠 것만 같았다.

그나마 다행스러운 것은 어둠과 흐릿한 시야 덕분에 그녀의 진술이 엉망이라는 점이었다. 흰 셔츠를 입고 있던 상우를 병호로 오인하고 있었고, 덕분에 병호의 등장 시점도 완전히 착각하고 있었다. 게다가 전에 없던 빨간 옷을 입은 사내가 추가되어 있었다. 하지만 형사들의 경험과 육감에 의해 보정을 거치고 나면 이야기는 제자리를 찾을 것이다. 무엇보다도 빨간 셔츠의 사내가 자신의 집 안으로 들어갔다는 진술은 치명적이었다. 명숙의 입을 닫게 만들어야만 했다.

"부인. 큰 용기를 내 이야기해주셔서 정말 감사드립니다. 저를 집 안에 들여주신 것도 고맙고요. 보답으로 제가 한 가지 조언을 해드려도 괜찮을까요?"

상우가 친절이라도 베푸는 양 다정하게 말을 꺼냈다.

"얼마든지요."

명숙은 의아한 표정을 지었지만 거절하지는 않았다.

"우선, 지금 당장 술을 끊으세요."

"네? 지금 무슨 말을 하시는 거예요?"

"부인의 진술은 모순덩어리입니다. 현장에 뒤늦게 도착한 사람은 빨간 옷이 아니라 흰 옷을 입은 병호라는 사실이 이미 밝혀졌습니다. 그리고 다른 사람은 없었습니다. 빨간 옷의 남자는 대체 어디서 나타난 거죠? 저희 집으로 들어갔다고요? 과연 그런 사람이 있기는 할까요? 있지도 않은 사람을 자꾸 봤다고 말하는 건, 부인이 그날 새벽에 마셨다는 차가 지금 찻잔에 담겨 있는 것처럼 빨갛고, 포도향을 내기 때문이겠죠. 도대체 얼마나 취해야 헛것을 볼 수가 있죠? 와인을 두 병은 비운 겁니까? 도대체 얼마나 용감해야, 안경도 안 쓰고, 알코올에 절어 있던 당신이 현장을 목격했다고 경찰에 신고를 할 수가 있는 겁니까?"

"무례하군요! 무례해도 이건 너무 무례해!"

명숙의 얼굴이 찻잔 속의 와인처럼 빨갛게 달아올랐다. 그럼에도 상우는 말을 멈추지 않았다.

"듣기 싫겠지만 잘 들어두세요. 형사들은 신빙성 없고 모순된 당신의 진술에 의문을 품게 될 겁니다. 그리고 곧 그날 부인이 취해 있었다는 걸 알게 되겠죠. 차라리 여기까지도 괜찮습니다. 목격자가 나타났다는 걸 일단 언론이 알게 되면 어떻게 되는지 아십니까? 그들은 모든 걸 파헤칩니다. 언론은 진실과 상관없이 시체 냄새를 맡고 달려드는 하이에나들입니다. 그들이 궁금해하는 건 뭔지 아십니까? 빨간 옷의 사나이요? 천만에요. 당신의 이혼 경력, 사유, 알코올중독과 정신과 치료 기록까지 모든 걸 까발릴 겁니다. 모두가 알게 된단 말입니다. 참아낼 수 있습니까? 집 앞에만 나가도 사람들이 쳐다보면서 수군거리는 삶을 감당할 수 있겠냐는 말입니다."

"나가! 내 집에서 나가. 당장 꺼지란 말이야!"

명숙은 상우의 조롱에 이성을 잃고 소리를 질렀다. 그녀는 하이에나들은커녕 한 사람의 조롱조차 감당할 수 없는 여자였다. 곧 구슬픈 울음소리가 거실을 채우기 시작했다.

'서럽겠지. 화가 머리끝까지 차오르고 분노에 미쳐버릴 것 같겠지. 할 수만 있다면 날 갈기갈기 찢어버리고 싶을 테지. 하지만 무엇보다도 비참한 건 지금 가장 먼저 떠오르는 사람이 자신을 배신하고 떠난 남편이라는 거야. 안 그런가요, 배명숙 씨?'

명숙은 숨도 쉬지 않고 흐느꼈다. 지켜보던 상우는 입안이 텁텁해지는 것을 느꼈다. 하지만 싸구려 동정심보다는 자신의 인생을 지켜내는 일이 더 값지다는 걸 잊어서는 안 된다. 그러기 위해서는 그녀의 가슴에 박힌 대못에 힘을 주어 더 깊숙이 눌러 박아야만 했다.

"정신 차리세요, 명숙 씨. 그날 당신이 와인에 흠뻑 취해 있었다는 사실을 잊어서는 안 됩니다. 당신은 무엇보다도 자신의 삶을 가장 중요하게 여겨야만 해요. 형사들이 찾아오면 아무것도 보지 못했다고 말을 하세요. 아니, 병호가 그 사람을 죽이는 걸 똑똑히 봤다고 말하는 게 차라리 나을지도 모르겠군요. 지금은 괴롭겠지만 언젠가는 제게 고마워할 날이 올 겁니다. 그때까지는 저를 얼마든지 원망해도 좋습니다."

명숙은 즉각 그 제안을 수락했다. 상우를 향해 육시랄 새끼라며 악을 썼다. 찢어질 듯 소리를 질렀고, 손에 잡히는 대로 물건을 던지며 깨부쉈다. 미친 사람이 따로 없었다. 말끔했던 집

안이 순식간에 아수라장으로 변했다. 상우는 서둘러 명숙의 집을 빠져나왔다.

집에 돌아온 상우는 현관문을 열자마자 구두도 벗지 않고 바로 거실 바닥에 쓰러졌다. 한참을 그대로 있었지만 별다른 인기척은 없었다. 아내는 요가 수업에 가느라 집을 비운 것 같았다. 십 분쯤 뻗어 있다가 겨우 기력을 회복한 상우는 냉장고에서 생수 한 병을 꺼내 반을 들이켜고 아내에게 전화를 걸었다. 그녀의 목소리는 차분하게 가라앉아 있었다.

"이 시간에 무슨 일이야?"

"꼭 무슨 일이 있어야만 전화하나. 요가 수업 중이야?"

"피곤해서 오늘은 안 갔어."

"그럼 뭐하고 있어? 나 지금……."

"유진 언니가 집에 찾아와서 같이 차 마시고 있어."

상우는 주위를 한 바퀴 둘러봤다. 자신의 집이 분명했다.

"……날씨도 좋은데 집에만 있지 말고 산책이라도 나가지그래."

"안 그래도 조금 있다가 나가려고. 당신은 어디야?"

"어디긴…… 사무실이지."

✣

시선은 한 뼘 정도 열어둔 커튼 사이로 명숙의 집에 고정되어 있었지만, 머리는 다른 생각에 붙잡혀 있었다.

'어떤 새끼지? 언제부터? 유진 씨도 공범일까? 아니 그전에 유진이라는 사람이 있기는 한 걸까?'

상우는 석 달 전 아내가 등록한 요가 학원에 전화했다. 통화 버튼을 누르자 시끄러운 음악 소리에 묻힌 간드러지는 여자의 목소리가 들려왔다.

"정성과 친절을 다하는 Fit & Well 요가입니다. 무엇을 도와드릴까요?"

상우는 일부러 목소리를 낮게 깔고 느릿하게 말했다.

"회원 한 분과 통화를 할 수 있을까요? 급한 일인데 핸드폰이 꺼져 있어서요."

"그분 성함이 어떻게 되시죠?"

"유진입니다. 저는 남편이고요."

전화기 너머로 키보드 자판을 두드리는 소리, 누군가에게 물어보는 소리가 차례로 들려왔다.

"죄송합니다만 등록되지 않은 이름이네요. 다시 한 번 말씀해주시면……."

"제가 착각한 것 같네요. 미안합니다."

상우는 서둘러 전화를 끊었다. 머리가 지끈거렸다. 표현하기 힘든 분노와 배신감이 뱃속에서 끓어올랐다. 하지만 분노에 몸을 맡길 때가 아니었다. 보다 중요한 문제가 눈앞에 있었다. 마음을 가다듬은 상우는 다시 커튼 밖을 응시했다.

형사들이 금방 명숙의 집을 다시 찾을 거라는 예상과 달리 그들은 한 시간이 지나도 모습을 나타내지 않았다. 얼마 뒤 세 시가 다 되어서야 회색 아반떼 한 대가 느긋하게 거리로 들어섰다. 차만 보고서도 상우는 기다리고 있던 사람들이라는 것을 알아차렸다.

'여기선 아무도 저만큼 낡고 작은 국산차를 타지 않으니까.'

두 명의 형사가 차에서 내려 곧장 명숙의 집으로 들어갔다. 이전에 상우의 집을 찾아왔던 그들이었다. 커튼 사이로 지켜보고 있던 상우의 심장이 터질 것처럼 부풀어 올랐다.

형사들은 겨우 십 분 만에 명숙의 집 밖으로 나왔다. 상우는 부리나케 뛰쳐나갔다.

"안녕하세요. 일전에 뵌 적이 있죠, 우리."

"박상우 변호사님이군요. 피의자 변호를 맡았다는 이야기를 전해 들었습니다."

고참 형사가 대답했다.

"그렇다면 이야기가 수월해지겠군요. 명숙 씨가 무슨 말을 했습니까?"

"직접 물어보는 게 어때요?"

곁에서 짙은 눈썹이 냉랭하게 대답했다.

"물론 증인 신문 때는 그렇게 할 겁니다. 하지만 미리 알게 되는 것도 나쁠 건 없죠. 병호의 변호사로서 드리는 부탁입니다."

"말씀드릴 게 없습니다."

"병호의 아버지가 누군지는 알고 계시는 거죠?"

짙은 눈썹이 움찔했다. 그는 난감한 표정으로 고참 형사를 바라보고는 잠시 난처한 표정을 짓더니 이내 입을 뗐다.

"그게…… 처음에 신고한 것과는 달리 아무것도 보지 못했다고 하더군요. 그날 새벽에는 아직 어두웠던 데다가 많이 취해 있었고, 술이 깨고 생각해보니 착각이었던 것 같다고 했습니다. 게다가…… 방금 만나고 온 배명숙 씨가 정서적으로 아주 불안정해 보이더군요."

"그녀는 항상 취해 있죠."

"부정하지는 않겠습니다. 지금도 잔뜩 취해서는 아무것도 모른다며 울기만 했습니다. 경찰에 자진해서 먼저 신고를 한 사람이 몇 시간 만에 이렇게 취해서는 뭔가에 홀린 듯 모른다는 말만 되풀이하는 게 이상해서 계속 추궁해보니까……."

"추궁해보니까?"

형사는 상우를 한번 쳐다보더니 머리를 긁적였다.

"그녀가 현장을 목격했다는 사실을 다시 인정했습니다. 병호가 흉기를 휘두른 것을 똑똑히 봤다고 하더군요."

상우는 눈 밖으로 새어나가는 희열을 감추기 위해 눈을 질끈 감았다.

"기대하셨을 텐데 상황이 더욱 안 좋게 흘러서 상심이 크시겠습니다. 새로운 소식이 들리는 대로 연락 드리겠습니다."

상우는 부디 최선을 다해달라는 말로 형사들을 배웅했다. 낡은 아반떼가 시야에서 완전히 사라지고 나서 상우는 맞은편 집을 바라봤다. 명숙이 창문 앞에 서서 상우를 죽일 듯이 노려보고 있었다.

"그때까지 저를 얼마든지 원망하셔도 좋습니다."

그녀는 그 말을 잊지 않고 잘 따르고 있는 중이었다. 상우는 희미하게 미소를 지었다.

그때 갑자기 핸드폰이 울렸다.

함상진이었다.

지하 2층 지상 4층의 회색 건물 외벽에는 단 하나의 창문도 나 있지 않았다. 심지어는 그 흔한 간판 하나 없었다. 하지만 어째서인지 모두들 그곳의 이름을 알고 있었다. 사람들은 그 비밀스러운 건물을 '마천루'라고 불렀다.

마천루가 처음 대중에게 알려진 것은 십여 년 전, 국회의원 공천권의 대가로 야당 최고위원에게 현금 이억이 건네진 장소로 지목되면서부터였다. 정황증거는 꽤 구체적이었다. 검은돈을 직접 날랐던 운전기사가 자백을 했고, 통장에서 현금 이억이 인출된 것도 확인되었다.

하지만 마천루는 검찰의 조사에 아무것도 확인해주지 않았다. 그날, 그 시간에, 누가, 어느 방에서, 누구를 만나, 무엇을 먹고, 무슨 얘기를 나눴는지 단 한 가지도 알려주지 않았다. 강도 높은 세무조사가 실시되었지만 마천루는 결코 입을 열지 않았다.

마천루가 입을 닫음으로써 벌어들인 시간 동안 당사자로 지목된 최고위원은 기자회견을 열었다. 억울함을 토로하며 원통함에 잠을 이루지 못하고 있다고 했다. 평생 국민만을 위해 바보처럼 살아온 자신에게 매우 슬픈 날이라고 했다. 이 나라 민주주의 역사에 상처를 낸 날로 기억될 것이라고 했다. 본의 아니게 물의를 일으켜 죄송하다는 말도 했다. 사실 여부를 떠나 이런 사건에 이름이 오르내린 것은 부덕의 소치이며, 이를 계기로 더욱 봉사하는 국민의 일꾼이 되겠다고 다짐했다.

공천권 거래 게이트는 늘 그렇듯 자그마한 오해로 밝혀졌고, 호기롭게 특종을 발표했던 삼십대 여기자는 명예훼손 및 허위사실 유포로 해당 정당으로부터 고소를 당했다. 그[illegible] 직장에서 기한 없는 정직 징계[illegible]았다. 기자회견 이튿날 마천루를 대상으로 한 세무[illegible]게 종결되었지만, 이번에는 어느 기자도 기사를 쓰지 못했다.

그 후로는 아무도 소주 한 병을 이만 원에 파는 가[illegible] 다고 여기지 않았다. 음식값에 별도로 붙는 이십 퍼센트의 봉사료를 과하다고 투정하지 않았다. 자신들이 지불하는 것은 법의 사각지대에서 누리는 절대적인 안전에 대한 가격이란 것을 알고 있기 때문이었다. 그리고 누구도 이 작은 건물에 붙은 마천루라는 이름이 오만하다고 생각하지 않았다. 적어도 함상진은 그러했다.

저녁 일곱 시. 상우는 이곳 2층의 작은 방에서 상진과 혜영을 마주하고 있었다. 구스타프 클림트의 모작과 값이 나가 보이는 도자기로 장식된 방은 전체적으로 화사한 느낌을 주고 있었지만 그 분위기는 조금도 밝지 않았다. 무겁게 가라앉은 공기가 상우의 어깨를 짓눌렀다.

"상황이 좋지 못합니다. 언론에서도 사건을 너무 크게 키워놨고, 정황증거만으로는 병호의 범행 사실을 부인하기가 힘듭니다. 판을 뒤집을 만한 새로운 단서가 나오기 전까지는 어려운 싸움을 예상[illegible] 합니다."

혜영이 떨리는 입술을 열었다.

"목격자가…… 나타났다는 이야기를 들었어요."

"조금 전 만나고 오는 길입니다. 아마도 그녀는 법정에서 병호의 유죄를 진술할 겁니다."

혜영의 입에서 비명이 터져 나왔다.

"하지만 그 부분은 크게 걱정하지 않으셔도 됩니다. 그녀는 [illegible] 어의 증거 능력이 인정되기는 어려울 겁니다. 진짜 걱정은 병호입니다. 범행에 대한 인지가 없어서 피의자 신문에서 자신에게 불리한 진술을 할 염려는 적습니다만, 반대로 유리한 진술도 전혀 기대할 수 없습니다. 심리적으로도 매우 불안한 상태입니다. 이렇게 되면 정황증거에 힘이 실릴 수밖에 없는데……."

세 사람의 얼굴이 동시에 구겨졌다. 혈흔, 지문, DNA, CCTV……

"병호가 아무 이유 없이 그런 일을 할 아이가 아니라는 건 변호사님도 잘 알고 계시잖아요?"

상우의 눈썹이 꿈틀거렸다. 흉터가 난 자리였다. 상우가 어색하게 대답했다.

"물론입니다. 그렇지만 저는 판사가 아닙니다."

한동안 조용히 듣고만 있던 상진이 마침내 입을 뗐다.

"자네 생각은 어떤가? 정말 병호가 그랬다고 생각하나?"

혜영이 상진을 매섭게 노려봤다.

"여보!"

"상관하지 않습니다. 최선의 결과를 위해 노력할 뿐이죠."

"그럼 우리 병호는 이제 어떻게 되는 건가요?"

드디어 그 순간이 왔다. 환자에게 시한부를 알리는 의사만큼이나 변호사에게는 괴롭고 난처한 시간.

"형법 제250조에 의한 살인죄의 형량은…… 사형, 무기징역 또는 5년 이상의 징역입니다. 그리고 제·경험에 비춰봤을 때 검사는 이번 사건에 적어도 7년 이상을 구형할 겁니다."

혜영이 두 손으로 입을 막았고, 상진은 눈을 질끈 감았다. 상진은 타들어가는 속을 진정시키기 위해 컵에 가득 담긴 물을 단숨에 비웠다.

"정당방위……. 그거는 어떻게 안 되겠나? 영화에서 보니까 살인에도 정당방위가 성립되는 것 같던데."

"아마 할리우드 영화를 보신 것 같습니다. 한국에서는 빨래 건조대도 정당방위로 인정되지 못한 판례가 있는데 하물며 깨진 병은……. 게다가 피해자는 사망했습니다. 정당방위를 들이밀었다가는 오히려 여론만 더 악화될 게 분명합니다."

"변호사님, 병호는…… 특별한 아이잖아요."

상우는 혜영이 꺼낸 말의 의미를 정확히 꿰뚫었다.

"감당할 수 없는 외부자극에 대한 정신지체인의 범행에 정상참작이 이루어진 판례가 분명 있기는 합니다만, 기대하시지 않는 게 좋을 겁니다. 우선 그 외부자극에 대해 증언해줄 수 있는 유일한 사람은 이미 죽은 데다가, 아시다시피 병호의 몸이 생채기 하나 없이 너무 깨끗합니다. 자극을 증명할 길이 없습니다. 백번 양보해 형법 제10조의 감경사유를 인정받는 최선의 상황이라 해도 7년 밑으로는 힘듭니다."

대화가 길어질수록 혜영의 얼굴에는 점점 더 진한 절박함이 묻어났다.

"하지만 변호사님은 이것보다 더 어려운 사건도 이겨본 적 있죠? 그렇죠? 우리도 변호사님이 병호와 친하다는 이유 하나만으로 선임한 건 아니에요. 박 변호사님의 승률에 관한 이야기는 이미 들어 알고 있어요. 남편 주위의 사람들도 다들 변호사님을 추천해줬단 말이에요. 말해주세요. 이런 사건 많이 맡아봤다고, 이겨도 봤다고…… 제발 그렇게 말해주세요."

"말씀대로 이 정도 난이도의 사건은 맡아본 적이 있습니다."

순간 혜영의 얼굴에 희망의 빛이 감돌았다.

"하지만 이겨본 적은 없습니다. 제가 아닌 어느 변호사가 이 사건에 붙어도 마찬가지입니다."

빛은 빠른 속도로 혜영을 스쳐 지나갔다. 빛이 지나간 자리에는 어두운 그림자만 남았다. 잠시 어색한 정적이 흘렀다.

혜영이 젓가락을 들고 양념이 잘 배어든 장어 두 점을 집어 상우의 그릇에 덜어주었다.

"변호사님 말씀대로 길고 힘든 싸움이 될 것 같아요. 그러려면 미리 많이 먹어두시는 게 좋을 거예요."

상우는 그제야 자신이 이곳에 식사 초대를 받아 왔다는 걸 생각해냈다. 힘든 하루였다. 오늘 하루 천당과 지옥을 몇 번이나 오갔는지 세기도 힘들 정도였다.

상진이 젓가락을 들며 말했다.

"박 변호사한테도 중요한 시기인데 우리 때문에 바빠지겠구만. 부인이 우리 원망을 많이 하겠어."

"아내가 오히려 변호를 맡으라고 먼저 이야기해줬습니다. 병호를 누구보다 아끼는 사람이라서요."

"그렇다면 다행이군. 참, 집사람 이름이 뭐라고 했지?"

상우는 장어를 집던 젓가락을 멈추고 대답했다.

"재……. 정재입니다."

✢

싸구려 모텔에 들어온 지 다섯 시간이 지났지만 그녀는 여전히 꼼짝도 하지 않았다. 한마디 말도 먼저 꺼내지 않고 침대 위에 다리를 오므리고 앉은 채 TV만 바라봤다. 밖은 이미 해가 지고 있었다.

"배 안고파? 뭐 좀 먹을래?"

"……."

"물이라도 마실래?"

"……."

경준은 이런 어색한 분위기 앞에서는 도무지 어찌해야 좋을지 몰랐다.

"TV만 보지 말고 우리 뭐라도 하는 건 어때?"

여자가 마침내 입을 열었다.

"섹스 말하는 거야?"

"그것도 좋지."

"……."

여자는 다시 TV로 고개를 돌렸다. 경준은 여자를 바라보고, 여자는 TV만 쳐다보는 상황이 계속되었다. 시계는 어느덧 저녁 일곱 시를 알리고 있었다. 이번에는 여자가 먼저 말을 꺼냈다.

"무슨 생각 해?"

"너랑 결혼해서 행복하게 살아가는 데 얼마의 돈이 필요할까 하는 생각. 십억이면 될까?"

"글쎄…… 그걸로 될까?"

여자가 무릎 사이에 얼굴을 묻고 가볍게 웃었다. 여자가 다시 말을 꺼냈다.

"농담인 거 알지?"

경준이 씁쓸한 미소를 지었다.

"알아."

"돈의 문제가 아니라는 것도 알지?"

"알아."

경준의 얼굴은 슬퍼 보였다. 슬픈 얼굴을 한 남자가 말했다.

"재야."

"응."

"재, 너의 그 이름이 좋아. 부르는 것만으로도 마음이 따뜻해지거든."

경준은 재의 볼에 입을 맞췄다. 경준의 입맞춤이 입술로 자리를 옮기자 재는 잠시 고민하는 듯했지만 곧 입술이 열렸다. 자신감을 얻은 경준의 손이 그녀의 가슴을 더듬고 침대 위로 몸을 밀어 눕혔다. 하지만 재는 손길을 밀어내며 거부했다.

"내가 너랑 잠자리를 갖는 일은 없을 거야."

"그럼 우리는 왜 여기 와 있는 거지?"

재는 팔짱 사이에 얼굴을 파묻었다.

'그야…… 마땅히 갈 데가 없으니깐. 몸도, 마음도…….'

재가 은행나무길로 돌아온 것은 밤 열 시가 조금 지나서였다. 거리에는 여전히 방송국 차량 두 대가 서 있었고 기자들이 분주하게 돌아다니고 있었다.

침실 커튼을 젖히면 아직도 피 묻은 시체가 어른거리는 이곳에서 벗어나기 위해 재는 집 밖으로 도망쳤다. 하지만 끝이 정해져 있던 도피는 하루를 넘기지 못하고 막을 내렸다. 재에게는 남편이 있고 태어날 아이가 있었다. 그리고 집이 있었다. 코앞에서 살인이 일어난 집. 이곳이 그녀의 보금자리였다.

텅 빈 집에 불을 켜고, 빈자리를 TV 소음으로 채워 넣고, 또 자신에겐 너무 커다란 침대에서 혼자 잠이 들 생각을 하니 벌써부터 마음이 공허해졌다. 그러나 그녀는 곧 오늘밤이 평소와는 조금 다르다는 것을 알아챘다. 거실의 불이 켜져 있었다. 집으로 향하는 재의 발걸음이 가벼워졌다. 현관 앞에서 구두를 벗는 재의 입가에는 미소가 걸려 있었다.

"언제 왔어?"

"삼십 분쯤……."

거실 소파에 앉은 상우가 고개를 돌리지 않은 채 대답했다.

"밤늦게 올 줄 알았어. 바쁠까 봐 일부러 전화도 안 했는데."

"의원님 부부랑 저녁을 먹었어. 내일부턴 정말 바빠질 거야. 새벽 이전에 퇴근은 힘들 것 같아."

"새삼스럽기는. 자주 있는 일이잖아."

재는 입고 있던 외투를 벗고 소파 옆자리에 비스듬히 기대앉았다. 테이블 위에는 위스키가 꺼내져 있었다. 지난번에 찬장에서 봤을 때보다 수면이 손가락 두 마디는 내려간 상태였다. 상우의 얼굴에는 이미 취기가 올라 있었다.

"무슨 얘기 나눴어? 저녁식사는 맛있었어?"

"흠잡을 데 없을 만큼 최고였어. 가격이 얼만지 알아? 자그마치 21만 원이나 하더라고. 1인에 말이야. 게다가 부가세와 봉사료 20퍼센트는 별도였어."

"그래? 얼굴은 별로 좋아 보이지가 않는데?"

"그럴 리가. 오늘은 최고로 멋진 날이었어."

'그래, 정말 멋진 날이지. 당신이 바람을 피우고 있다는 걸 알게 됐으니까.'

상우가 빈 잔에 위스키를 채웠다. 병의 수면이 또 한 마디 내려갔다.

"그만 마셔. 내일부터 바빠진다면서. 당신 너무 취했어. 도로 병에 집어 넣어."

"뭐 어때. 오늘 같은 날 마시려고 아껴둔 건데."

상우가 목을 뒤로 젖히자 정교하게 공예된 크리스털 잔이 깨끗하게 비워졌다.

"당신은 어땠어? 유진 씨랑 잘 보냈어?"

"그냥…… 매번 똑같아. 밥 먹고 차 마시고 수다 떨고."

재가 질문을 피해 시선을 TV로 옮겼다. 상우는 눈을 가늘게 뜨고 재의 얼굴을 주시했다.

"언제 한번 유진 씨에게 식사라도 대접해야겠어."

"곧 기회가 있겠지."

"내일은 어때?"

"너무 갑작스럽지 않아? 내일부터는 당신도 바쁘다고 했잖아. 게다가 평일이고, 또……."

"어차피 나도 밥은 먹어야지. 저녁에 시간 비워둘게."

"다음에. 나도 내일은 바빠."

"그럼 지금은 어때?"

"제정신으로 하는 소리야? 지금이 몇 신지 알기나 해?"

"그럼 내일로 잡아."

재가 의심쩍은 눈으로 상우를 쳐다봤다.

"당신 낮에 집에 왔었어?"

"사무실에 있었다고 말했잖아."

"……그 이야기는 그만하자. 어서 술이나 치워."

'왜? 거짓말을 할 때마다 마음이 불편해? 놈팡이 새끼랑 침대 위를 뒹구는 건 괜찮고 양심이 찔리는 기분은 싫은 거야?'

상우는 말들이 목구멍까지 차오르는 것을 느꼈다. 재의 추측대로 낮에 집에 왔던 것, 재의 거짓말을 알게 된 것, 학원에 전화를 걸어 지난 두 달 동안 당신과 가장 많은 시간을 보낸 사람이 사실은 존재하지도 않는다는 걸 알게 된 것, 그걸 알았을 때

끓어오르는 배신감에 정신을 차릴 수가 없었던 것, 그리고 이 모든 것을 혼자만의 망상으로 치부하기엔 지금 재가 너무나 확실하게 모텔의 싸구려 비누 냄새를 풍기고 있다는 것.

'참아야 해. 지금은 때가 좋지 않아. 한 번에 커다란 두 가지 일을 해결할 수는 없어. 말을 억눌러야 해. 무엇으로 억누르지? 침? 부족해. 다른 게 필요해. 더 독하고, 더 끈적거리는 것.'

상우는 빈 잔에 다시 위스키를 채웠다. 찰랑거릴 정도로 가득 부었다.

"그만 마셔."

상우는 무시하고 잔을 비웠다. 뱃속이 다시 뜨끈해져 왔다. 상우는 다시 잔을 채웠다.

"그만하라고, 박상우!"

재가 앙칼진 목소리로 소리쳤다.

"날 그렇게 부르지 마. 그렇게 경멸하는 목소리로 부르지 말라고. 난 네 남편이야."

"그렇다면 경멸스럽지 않게 행동해. 지금 당신이 하는 행동이 어떤지나 알아?"

"그럼, 아주 잘 알고 있지. 난 지금 술을 마시고 있고, 기분이 아주 좋아지고 있는 중이야. 그것도 미쳐서 팔짝 뛸 만큼이나 즐거워."

"아니, 당신은 지금 날 미치게 만들고 있는 중이야. 지금 당신 행동 하나하나가, 말 한 마디 한 마디가 날 아주 돌아버리게 만든다고. 이제 충분하니까 그만 좀 해. 제발 날 그만 힘들게 하란 말이야!"

상우의 안에 있던 무엇인가가 툭 소리를 내며 끊어졌다.

"당신이 뭐가 그렇게 힘들다는 거야! 부족한 게 있어, 모자란 게 있어? 나는 당신이 지금 누리고 있는 것들을 위해 하루 열네 시간씩을 책상 앞에서 보내. 압박감이 하루에 몇 번씩이나 목을 졸라오는지 알기나 해? 당신이 당연하게 여기는 모든 것은 내 희생과 헌신 덕분에 가능한 거라고. 그런데 당신은 도대체 뭐가 힘들다는 거야! 당신이……."

'당신이 오늘 다른 새끼랑 사용한 콘돔 값도 내 월급에서 나온 거야.'라는 말이 튀어나오기 직전이었다. 상우는 미친 듯 나불대던 입을 가까스로 닫았다. 그러나 재는 이미 경악스럽다는 표정을 짓고 있었다.

"박상우, 너 어쩜 그런 말을 할 수가 있니! 집 앞에서 사람이 죽었어. 그런데 당신은 어떻게 했어? 나와 아이를 내버려두고 뛰쳐나갔어. 그때…… 내 기분이 어땠는지 알기나 해? 날 버려두고 뛰어가는 당신이…… 얼마나 원망스러웠는지 알기나 하냔 말이야……."

재는 목이 메어 몇 번이나 말을 더듬었다. 그녀의 눈에서는 하염없이 눈물이 흐르고 있었다. 상우의 마음이 아려왔다.

"그건 사정이 있었어."

"무슨 사정."

"지금은 말할 수 없어."

재는 어이가 없다는 표정을 지었다.

"그래, 항상 그게 문제지. 말 못할 사정. 경찰과 기자들이 한 시간마다 벨을 누르면서 날 고문할 때 당신은 어디서 뭘 하고 있었어? 또 그 잘난 사정 때문에 말 못하겠지. 내가 언제 당신한테 호강시켜달라고 부탁한 적 있어? 이 큰 집에 혼자서 언제 돌아올지 모르는 당신을 기다리는 게 얼마나 무섭고 외로울지 생각해본 적은 있어? 당신이 있어야 할 곳은 내 옆이란 걸 왜 몰라. 그깟 회사가, 일이 뭐가 그렇게 중요하냔 말이야."

상우는 궁색한 변명을 했다.

"앞날을 위한 투자고 희생이야. 이게 다 당신과 아이를 위한 거라고."

"그 잘난 희생은 언제쯤에야 끝이 나는 건데? 우리를 모두 잃고 나서?"

"젠장! 왜 몰라주는 거야. 나라고 좋아서 이러고 있는 줄 알아?"

재가 거짓말처럼 눈물을 멈추고 표독스러운 얼굴을 했다.

"세상 사람 모두가 나를 속이고 괴롭혀도, 당신만은 그래서는 안 되는 거였어!"

의미심장한 말을 뱉어낸 재는 쿵쾅거리는 소리를 내며 계단 위로 사라졌다.

거실에 혼자 남은 상우는 여진처럼 밀려오는 후회, 쓸쓸함,

상실감, 공허함의 갖가지 이질적인 감정들을 상대해야 했다. 그러다 문득 불어오는 서늘한 바람에 몸을 움츠렸다.

마치 겨울이 다시 돌아온 것 같았다.

✣

한동안 서먹서먹한 시간이 이어졌다. 재는 말수가 줄었고 TV를 보다가도 남편의 인기척에 놀라 웃음을 거뒀다. 상우는 아내의 동선을 피해서 움직이는 법을 배웠다. 혼자 타 먹는 커피 맛과 배웅 없는 출근길에 익숙해져야만 했다.

두 사람은 해가 떠 있는 동안은 결혼 생활을 유지하는 데 필요한 최소한의 대화만 나누다가 밤이 찾아오면 어쩔 수 없이 침대로 기어들어가는 딱 그 정도로만 잘 지냈다. 표면적으로는 조용하고 정중한 이 관계는 예상보다 오래 지속되었다. 생채기가 난 가슴에 새로운 살이 틀 때까지는 시간이 필요했다.

그렇게 한 달, 어느덧 병호의 첫 공판이 하루 앞으로 다가왔다. 밤 열두 시가 넘은 늦은 시간에 재는 옷장을 뒤지고 있었다. 몇 시간 뒤면 온 신문과 뉴스를 장식하게 될 남편에게 최선의 내조를 해주기 위한 노력이었다.

짙은 감색의 정장과 보는 것만으로도 신뢰감을 안겨준다는 파란 셔츠를 침대 위에 꺼내놓고 재는 상우에게 어떤 넥타이를 매고 싶은지 물었다. 상우는 서류에서 눈을 떼지 않은 채 "아무거나."라고 대답했다. 재는 한동안 고민한 끝에 줄무늬 넥타이를 골랐다.

"기분이 어때? 긴장돼?"

"공판?"

"응."

"전혀."

"어떻게 긴장이 안 될 수가 있어? 내일은 기자들도 몰려들 테고 방청석도 가득 찰 거야. 그런 경험은 당신도 많지 않잖아."

상우는 마지막으로 검토하고 있던 서류를 한데 모아 테이블 위에 탁탁 쳐서 정리했다.

"내일은 첫 번째 공판기일이야. 내가 할 일이라고는 검사가 신나게 떠드는 걸 듣고 있다가 재판장이 '공소사실을 인정하십니까?'라고 물으면 '아니요.' 한마디만 하면 끝인데 떨릴 게 뭐가 있겠어. 진짜 재판은 사실심리부터야. 그때부터는 나도 긴장이 되겠지."

"아무리 그래도…… 사람 일이라는 게 모두 예상대로 흘러가지는 않잖아."

"당신 말대로 한 치 앞도 모르는 게 사람 일이라지만, 난 내일 어떤 일이 있을지 정도는 정확히 알고 있어."

상우가 단호하게 말했다.

"내일은 아무 일도 없어."

'뭐 이런 엿 같은 일이 일어난 거지…….'

재판부와 검사, 방청객들이 퇴정한 지 벌써 이십 분이 지났지만 상우는 아직까지 변호인석에 홀로 남아 자리를 뜨지 못하고 있었다.

'이렇게 될 일이 아니었는데. 대체 어디서부터 잘못된 거야.'

상우의 머릿속에서 영상이 다시 돌아가기 시작했다.

시작은 완벽했다. 목에는 아내가 골라준 줄무늬 넥타이가 말끔하게 매여 있었고, 감색 정장과 맞춰 신은 갈색 구두도 편안했다. 오후 한 시 공판 시간에 맞춰 병호를 이끌고 입정할 때까지만 해도 아무 문제가 없었다.

방청석에는 사람들이 발 디딜 틈 없이 들어차 있었다. 병호는 낯선 분위기 때문에 법정에 들어서는 것을 망설였다. 그러나 상우는 어렵지 않게 병호를 달래 피고인석에 앉혔다. 지난 몇 주간의 경험으로 병호를 다루는 데는 이미 도가 튼 상태였다. 병호는 자리에 앉자마자 둔해 보이는 목을 이리저리 돌렸다.

"엄마는 오지 않았어."

상우가 병호의 귀에 대고 속삭였다. 병호가 구치소에 들어가고 열흘쯤 지났을 때 상우는 혜영의 간절한 부탁을 뿌리치지 못하고 면회를 허락했다. 차차 안정을 찾아가는 병호의 모습에 방심한 것이었다. 혜영은 병호를 보자마자 얼굴이 핼쑥해졌다며 울었고, 병호는 야수처럼 울부짖었다. 병호는 면회시간이 끝났다는 말의 의미를 받아들이지 못했다. 혜영의 가냘픈 팔을 부서질 듯이 잡고서 놓아주지 않았다. 소동은 문밖의 감시관들을 호출하고 나서야 겨우 진정이 되었다. 이후로 혜영의 입에서는 더 이상 면회라는 단어가 나오지 않았다. 공판에도 참석하지 않는 것이 좋을 것 같다는 상우의 제안을 어쩔 수 없이 수용했던 것도 이날이었다.

"아무리 찾아봐도 소용없어. 엄마는 오지 않았다고 했잖아."

병호의 눈은 여전히 바쁘게 돌아갔다.

공판이 시작됐다. 재판장은 지쳐 보이는 얼굴로 검사에게 공소사실 진술을 지시했다. 검사는 깡마른 성냥개비를 떠오르게 하는 남자였다. 정체 모를 기름을 발라 빗어 넘긴 머리는 잔머리 하나 삐져나와 있지 않았다. 검사석에서 일어난 그는 날카로운 눈으로 법정 안을 한 바퀴 둘러본 뒤 기소 요지가 적힌 종이를 읽어 내려갔다.

검사의 입에서 자신의 이름이 튀어나올 때마다 병호는 크게 움찔거렸다. 법정 안을 가득 채우고 있는 사람들의 따가운 시선과 무거운 분위기는 평생 국회의원의 아들로 보호받으며 살아왔던 그가 생전 느껴보지 못했던 낯선 것이었다. 얼굴은 척 보기에도 긴장한 티가 역력했다.

검사가 모두진술을 끝내자 판사가 변호인석을 바라보며 기소 내용을 인정하는지 물었다.

상우가 넥타이를 만지작거리며 자리에서 일어났다. 그러자 병호도 일어섰다.

"병호야, 자리에 앉아. 네가 나설 때가 아니야."

상우는 병호에게 다가가 어깨를 짓누르며 작게 속삭였다. 그러나 병호는 통나무처럼 꼿꼿이 서서 뜻을 굽히지 않았다. 상우가 손에 힘을 주며 다시 속삭이려는 찰나였다.

"병호는 안 죽였습니다."

예상하지 못했던 돌발 행동이었다. 재판장이 다시 질문했다.

"피고인은 검사의 기소 내용을 부인하는 바입니까?"

상우는 병호의 입을 양손으로 틀어막고 싶었다. 상우가 휴정을 요청하기도 전에 병호는 조금 전보다 더 어눌한 발음으로 소리쳤다.

"함병호는 아무도 안 죽였어요. 나는 나쁜 사람이 아니에요."

잠시 정적에 휩싸였던 방청석에서 하나둘 키득거리는 웃음이 새어나오더니 들불이 퍼져나가듯 빠른 속도로 번졌다. 법정 안이 시장바닥마냥 소란스러워지기 직전, 재판장이 수습을 시도했다.

"피고인은 좌석하세요."

그때 상우의 등 뒤에서 어떤 여자가 다급하게 말했다.

"판사님 말씀 들어. 자리에 앉아, 병호야."

상우는 이를 악물었다. 목소리의 주인은 이 자리에 있어서는 안 될 사람이었다.

"엄마!"

육중한 몸이 즉각적으로 반응했다. 병호가 뒤로 돌면서 넘어진 의자가 바닥을 때리며 귀를 괴롭혔다. 병호는 방청객 한쪽 구석에서 모자로 얼굴을 가린 엄마를 찾아내고는 피고인석을 빠져나가려 했다. 상우가 손을 뻗어 말려봤지만 소용이 없었다. 재판장이 판사봉을 두드리며 구두경고를 내렸지만 병호는 아랑곳하지 않았다. 어디선가 세 명의 경위가 달려와 병호를 덮쳤다. 두 명이 양쪽에서 병호의 팔을 붙잡았고, 나머지 한 명이 병호의 뒤에서 어깨 아래로 손을 밀어 넣어 그를 끌어안았다. 그 모습을 보고 상우는 찢어질 듯이 외쳤다.

"안 돼!"

병호가 의미를 알 수 없는 괴성을 지르며 몸을 뒤흔들자 왼팔에 매달려 있던 경위 한 명이 그대로 나가떨어졌다. 법정은 순식간에 아수라장이 되었다. 난동은 두 명의 경위가 더 달려오고 나서야 진압되었다. 병호가 그들의 손에 붙잡혀 개처럼 끌려가는 모습을 바라보며 혜영은 목을 놓아 울었다.

핸드폰이 울렸다.

텅 빈 법정에 넋을 놓고 앉아 있던 상우는 핸드폰을 들어 통화 버튼을 눌렀다.

"네, 변호사 박상우입니다."

"형, 저예요. 주영이."

모르는 이름에 낯선 목소리였다. 잘못 거셨다는 말과 함께 전화를 끊으려는 찰나, 수화기 너머로 다급한 목소리가 들려왔다.

"잠깐만요. 임주영, 기억 안 나세요? 경준이 형이랑 같이 일하는……."

'노란 머리 양아치. 이 자식이 무슨 일이지?'

"내 번호는 어떻게 알았어?"

"그게 중요한가요. 오늘 재판 있다더니 잘 마쳤나 궁금하기도 하고……."

상우는 전화를 끊었다. 곧 다시 전화가 왔다. 통화 버튼을 누른 상우는 용건만 빨리 말하라고 윽박질렀다. 그러나 주영은 능청스럽게 말을 끌었다.

"천천히 이야기 좀 하자는데, 뭘 그렇게 서둘러요."

공판을 망친 상우에겐 더 이상 인내심이 남아 있지 않았다.

"어디서 사고 치고 변호사가 필요해서 전화했나 본데, 난 너 같은 놈 사건을 맡아줄 만큼 한가하지도 못할뿐더러, 네가 감당할 수 있는 싸구려가 아니란다. 하고 싶은 말이 있으면 시간 끌지 말고 간단히 말해. 그리고 앞으로 나랑 통화하고 싶다면 부탁한다는 말을 빼먹지 마. 알겠어?"

건너편이 잠시 조용해졌다.

"……형, 할 말이 있어서 전화했어요. 잠시 통화 좀 해요. 부탁할게요."

"그래, 부탁은 그렇게 하는 거야."

"예, 알겠으니까 잠깐 이야기 좀 들어보세요."

"안 돼, 바빠."

"지금 뭐하자는 거예요? 분명히 방금 전에……."

"내가 언제 부탁을 들어준다고 했어?"

다시 전화를 끊었다. 곧 다시 핸드폰이 울렸다. 상우는 쌍욕을 목구멍까지 장전해 놓고 통화 버튼을 눌렀다. 하지만 이번에는 주영이 빨랐다. 그는 방금 상우가 일러준 대로 용건만 짧게 이야기했다.

"형이 사람을 죽인 걸 알고 있어요."

"……!"

실수였다. 침묵이 너무 길었다. 상우는 빠르게 주위를 한 바퀴 둘러봤다. 법정 안에는 여전히 혼자뿐이었다. 상우는 시치미를 떼보기로 했다.

"그게 무슨 헛소리지?"

"헛소린지 아닌지는 사진을 보면 아실 텐데."

"주영아, 우리 어디서 만날래."

한 시간 후, 상우는 회기역 앞의 한 카페에 들어섰다. 상우는 곧장 3층으로 올라가 구석자리에서 사람들을 등지고 앉았다. 주영은 아직 나타나지 않았다.

주영은 입을 다무는 대가로 돈을 요구했다. 상우는 차라리 긍정적으로 생각하자고 결심했다. 실제로 주영이 함상진이나 기자들 대신 상우 자신을 협상자로 선택한 것은 더할 나위 없는 행운이었다. 얼마가 될지는 모르겠지만 아깝게 생각하지 말자고 되뇌었다. 돈으로 인생을 구해내는 기회는 흔치 않으니까. 하지만 그와 별개로 풀리지 않는 의문이 있었다.

'그 빌어먹을 놈이 왜 거기에 있었던 거지?'

한 가지는 확실했다. 우연은 아니었다. 그 시간 그 자리에 주영이 우연히 카메라를 든 채 지나가고 있을 이유가 없었다. 또 그날 검은 모자는 분명히 "없네."라는 말을 했다. 누가? 답은 금방 나왔다. 태풍으로 재의 비행 편이 취소되지 않았다면 그 시간에 조수석에 타고 있었을 사람, 윤승혜.

'놈이 어떻게 그 사실을 알았을까?'

처음부터 알고 있었을 리는 없었다. 다만 돈을 뜯어낼 사람으로 변호사인 자신이 가장 가까이서 포착된 것인지도 몰랐다. 털어서 먼지 하나 나오지 않는 사람은 없으니까. 하지만 상우는 때로 콘돔과 머리카락의 뒤처리를 깜빡했던 것을 기억해냈다. 한 달에 두 번씩, 주영이 엔진 오일을 교체할 때 그것을 발견했을 가능성이 있었다.

상우는 입안이 썼다. 그날 모든 것은 정교하게 짜인 각본대로 움직였고 자신은 그 위에서 놀아났다.

'그렇다면 누가 계획을 세운 걸까?'

혼자가 아닐 수 있었다. 주영 그놈이 혼자서 치밀하게 변호사를 함정에 빠뜨릴 각본을 썼다고 보기는 어려웠다. 제3자로부터 사진을 넘겨받았을 가능성을 아주 배제할 수는 없었다. 그렇다면 누가 주영에게 그 중요한 물건을 넘겨준 걸까? 협상액을 나눠야 한다는 점을 감수하면서, 그렇게까지 전면에 나서기를 꺼려하는 사람?

경준의 얼굴이 떠올랐다. 무엇보다 주영과는 가장 가까운 사람이고 자신에 대한 감정도 좋을 리만은 없다는 점에서 제일 유력한 후보였다. 그렇지만 경준은 바보가 아니다. 오며가며 마주친 상우가 보기에도 주영은 신뢰, 책임감, 진중함이라는 단어와는 거리가 멀어 보였다. 경준이 그 사실을 모를 리 없었다. 자칫 어리숙한 주영이 일을 그르치기라도 했을 때를 가정해보면 리스크가 너무 컸다. 기각.

그렇다면 남은 가정은 하나였다. 믿기 어렵지만 주영 본인이 일을 꾸민 것이다. 순간 형체가 확실한 어떤 생각이 상우의 머리를 때렸다. 자신이 죽인 검은 모자, 한민수가 누구였는지 알게 된 것이다. 그는 상우가 본 적이 있는 사람이었다. 야마하를 타고 정비소에서 주영과 희희덕거리던 고등학생. 그 여리여리한 얼굴이 이제야 떠올랐다. 둘이 공모하여 한민수가 차를 기웃거리는 역할을 수행하는 동안 주영은 카메라를 들고 숨어 있었던 것이다. 어디서? 고양이가 튀어나온 은색 랜드로버 뒤에서.

그날 밤 승혜를 집으로 데려갈 계획은 아무에게도 말한 적 없었지만, 상우의 뒤를 캐내려고 오랫동안 따라붙고 있었다면 아내가 없는 빈집으로 정부를 몇 번이나 들였던 사실 정도는 어렵지 않게 알아낼 수 있었을 것이다. 더군다나 아내가 여행을 간다는 이야기는 경준에게도 한 적이 있으니 지나가다가 주워

듣는 건 일도 아니었을 것이다.

이로써 시나리오 한 편이 낱낱이 파헤쳐졌다. 삼류 인생에 허우적대던 정비소 직원과 바퀴 둘 달린 오토바이를 좋아하는 고등학생 양아치가 힘을 합쳐 지갑 두둑한 변호사의 비밀을 카메라에 담아 인생 역전을 꿈꾸는 싸구려 각본.

계획대로 불륜의 증거를 포착했더라면 둘은 사진 몇 장 값으로 수천만 원을 받아낼 수 있었을 것이다. 하지만 예상치 못했던 사고가 모든 것을 송두리째 뒤틀어버렸다. 주영은 불륜 장면 대신 변호사의 살인 장면을 카메라에 담았다. 한민수가 목숨을 잃은 덕분에 사진 값은 천정부지로 뛰었다. 주영은 이젠 그 돈을 아무하고도 나누지 않아도 된다. 이 검은 수입에는 세금도 붙지 않는다. 만세를 부르고 있을 주영의 얼굴이 그려졌다.

이제 남은 것은 한 가지 의문뿐이었다.

'왜 이제야 연락을 한 걸까?'

이 문제를 풀 방법은 협상 테이블을 채울 나머지 한 사람을 기다리는 것뿐이었다.

+

걸을 때마다 바닥에 질질 끌리는 워커, 보는 것만으로도 땀이 나는 구제 청재킷, 말리비틀어진 레몬 껍질 같은 머리. 삼십 분이 지나서야 건들거리며 모습을 나타낸 주영은 계단을 올라

올 때부터 벌써 부자가 된 것 같은 얼굴을 하고 있었다. 주영은 거친 질감의 서류봉투를 테이블 위로 던지며 의자에 털썩 주저앉았다.

"표정이 왜 그래요? 내가 안 반가워요?"

"우리가 반갑게 인사할 사이는 아니잖아. 더군다나 이런 상황에."

주영이 비틀어진 웃음을 지었다. 상우는 테이블 위의 서류봉투를 뚫어지게 바라봤다.

"사진을 먼저 봐야겠어."

"급하게 굴 건 없잖아요? 뭐라도 마시면서 천천히 이야기하자고요."

오 분 뒤 상우는 양손에 음료수를 들고 3층 계단을 올랐다. 주영이 빨대를 한 모금 빠는가 싶더니 이마를 찌푸렸다.

"너무 달다. 내 입에 안 맞네. 이거 말고 빵 같은 거는 없어요? 아직 점심을 안 먹었거든요."

샌드위치 두 조각을 데워오는 데 다시 십 분이 걸렸다. 샌드위치를 크게 베어 문 주영은 흡족한 표정을 지으며 잡고 있던 인질을 건넸다. 상우는 주위를 조심스럽게 살피고 나서 봉투를 열었다.

사진은 검은 모자가 벤츠로 다가서는 장면부터 시작되고 있었다. 세 번째 사진에서 문을 열고 나오는 자신의 얼굴이 처음으로 등장했다. 조금 흐릿했지만 부인할 수 없을 만큼은 또렷

했다. 아홉 번째 사진에서는 자신이 병을 휘두르고 있었다. 주영도 놀랐는지 그 순간이 조금 비어 있었고 이후로는 모든 것이 빠짐없이 찍혀 있었다. 붉게 물들어가는 셔츠, 등 뒤로 다가오는 병호, 초콜릿을 향해 내미는 손, 병에 지문을 묻히는 순간, 병호에게 씌워준 모자, 집으로 들어가는 자신. 사진은 모두 쉰하고도 두 장이었다.

상우는 절망감을 감추고 고개를 들어 맞은편을 바라봤다. 녀석은 하얀 소스를 입가에 잔뜩 묻혀가며 샌드위치와 혈투를 벌이고 있었다.

"한 달 동안 뭐하다가 이제야 연락한 거지?"

"가격이 오를 때까지 기다린 거죠. 오늘이 재판인가 하는 그날이죠?"

주영의 것이라고는 믿기지가 않을 만큼의 인내심이었다.

"길게 끌 것 없이 바로 얘기하자. 서로 조금씩만 양보한다면 협상은 만족스럽게 끝날 거야."

"협상이라니, 무슨 소리예요?"

어리둥절해진 상우가 되물었다.

"무슨 소리라니?"

"뭔가 착각하고 있나 본데, 왜 제가 양보를 해야 되냐고요. 협상은 또 뭐고. 정신 차리세요, 박상우 씨."

주영은 어리숙하지 않았다. 그는 자신의 위치를 정확히 알고 있었다. 협상은 서로에게 어느 정도 균등한 권력이 배분되어 있을 때나 성립하는 것이다. 갑과 을의 관계에서는 애초부터 협상은 존재할 수가 없다. 일방적인 요구와 복종만 있을 뿐이다.

"그래……. 네 말이 맞아. 단어 선택에 실수가 있었던 것 같네. 얼마를 원해?"

"먼저 얘기해보세요. 이 사진들이 당신한테 얼마의 가치가 있는지."

상우는 잠시 뜸을 들이고는 말했다.

"일억을 낼게."

"거절할게요."

빠르게 제안을 거절한 주영이 다시 빨대를 빨았다.

"시간을 갖고 좀더 생각해보는 게 어때? 일억은 생각보다 큰 금액이라고."

"거절이라고요."

"그럼 두 배를 낼게. 이억은 내가 낼 수 있는 가장 큰 금액이야. 더 이상은 나도 어떻게 할 수가 없어."

"또다시 거절입니다."

"이런 식으로 가다가는 타협점을 찾을 수 없어."

주영이 카페에 나타나고서 처음으로 역정을 냈다.

"이게 지금 양보가 있고 타협을 할 수 있는 그런 일이라고 생각해요? 아직도 정신을 못 차리시네. 박상우 씨, 당신은 사람을 죽인 살인자예요. 나랑 친한 동생을 죽여놓고 한다는 말이 뭐? 양보? 타협?"

흥분한 주영의 목소리가 끝을 모르고 올라갔다. 상우는 진정하고 목소리부터 낮추라는 손동작을 했다. 주영은 얼음을 우걱우걱 씹으며 치명적인 한마디를 했다.

"당신이 제 요구를 못 들어주겠다면, 난 이 사진들을 들고 방송국이나 함상진 의원의 집으로 찾아가는 수밖에는 없어요."

"알겠어, 알겠으니까 목소리 좀 낮춰. 그럼 네가 원하는 돈은 얼마야?"

"십억입니다."

상우는 한동안 말을 잃었다.

"지금 내 형편으로는 불가능한 액수야!"

"정비소에 올 때마다 돈 자랑 연봉 자랑 하시던 변호사님이 갑자기 왜 이러실까."

"세금이 40퍼센트야. 게다가 주택 대출금에 자동차 할부금까지 더하면……."

"아아, 그만. 그거야 내 알 바는 아니고."

"……반. 오억까지는 어떻게 한번 해볼게."

팔짱을 끼고 잠시 고민하던 주영이 상우에게 제안했다.

"부탁한다고 말해보세요. 정중하게 부탁한다면 생각을 한 번 해보죠."

상우는 주영이 하고 있는 짓을 깨달았다. 모멸감이 머리 위로 쏟아졌다. 당장이라도 주영의 목을 졸라 비틀어버리고 싶었다. 하지만 상우가 지금 당장 할 수 있는 일은 주영에게 매달리는 것뿐이었다.

"사정 좀 봐줘, 주영아. 오억이라면 내가 어떻게든 해볼게. 이렇게 부탁해, 응?"

"싫어요."

"너 새끼 지금 뭐하는 거야. 방금 전에 분명히……."

"분명히 생각해본다고만 말했어요. 그리고 제 대답은 '싫어요.'입니다."

상우는 두 손으로 얼굴을 가렸다. 숨이 막혔다. 얼마나 오랜 시간 이 감옥 같은 채무에 묶여 있어야만 하는 걸까. 그 궁금증을 읽어내기라도 한 듯 곧바로 대답이 들려왔다.

"돈은 한 번에 준비되어야 합니다."

상우가 막막한 심정으로 회사에 도착하자마자 로비까지 내려와서 기다리고 있던 연수가 급하게 뛰어나왔다. 그녀의 얼굴은 평소답지 않게 얼어붙어 있었다. 연수뿐만이 아니었다. 회사를 통틀어 가장 멋진 웃음을 자랑하던 출입 게이트 경비의 얼굴에도, 엘리베이터를 기다리고 있던 한 무리 비서진들의 얼굴에도 서리가 내려앉아 있었다.

"계속 연락을 드렸는데도 안 받으셔서 회사 전체가 한바탕 뒤집어졌어요."

상우는 전화기를 꺼내 액정을 확인했다. 연수와 정훈과 진수로부터 도합 서른 통이 넘는 부재중 전화가 와 있었다.

"미안해요. 무음으로 해두고는 깜빡했어요. 무슨 일이에요?"

"함상진 의원님이 기다리고 계세요."

문을 열자마자 싸늘한 한기가 흘러나오는 게 사무실이 아니라 냉동 창고가 아닌가 하고 착각할 정도였다. 상진은 한 손으로 관자놀이를 지그시 누르며 소파 상석에 앉아 있었다. 상우는 맞은편 자리에 조심스럽게 앉았다.

십 분의 시간이 아무런 의미를 갖지 못하고 흘러갔다. 마침내 상진의 입에서 마른 장작 같은 목소리가 새어나왔다.

"오늘 대체 무슨 일이 일어났던 겐가?"

"자그마한…… 사고가 있었지만 재판에 직접적인 영향을 주는 일은 아닙니다."

"병호가 그 지경이 될 때까지 자네는 뭘 하고 있었던 거야?"

"전혀 예상하지 못했던 일이라…… 구치소에서는 이런 일이 한 번도……."

"자네는 예상했던 일에만 대응할 줄 아는 사람인가!"

"……."

다시 정적이 찾아왔다. 말없이 상우를 노려보던 상진은 일어서서 창가로 다가갔다. 상우는 상진의 발걸음을 눈으로 좇았다. 언론에서 호랑이로 비유하던 그의 뒷모습이 유난히도 왜소해 보였다. 마침 대권 도전을 선언한 서울시장과 무관한 것 같지 않았다. 50퍼센트를 상회하던 지지율은 한 달 사이에 반 토막이 나 있었고, 당내에서는 대선 불출마 압박이 빗발처럼 쏟아지고 있었다. 그는 이번 사건으로 인해 상우만큼이나 잃을 게 많은 유일한 남자였다.

가만히 창밖을 바라보던 상진이 입을 열었다.

"그동안 생각해봤는데, 박 변호사에게 너무 큰 짐을 맡긴 건 아닌가 싶어."

"……그게 무슨 말씀이십니까?"

"자네가 우리 병호를 위해 불철주야 힘써주는 건 갚을 길 없이 고마운 일이지만, 웬만큼 어려운 사건도 아닌데다가 홀몸이 아닌 자네 집사람도 생각하자면……."

"그 말씀은?"

"우리는 변호인 교체를 생각 중이야."

상우는 정신이 번쩍 들었다. 변호인 교체가 확정되면 상우는 더 이상 병호를 만날 수 없다. 시간이 갈수록 병호에 대한 장악력은 떨어지게 될 것이고, 그러면 그 입에서 폭탄이 터져 나오는 것은 오직 시간문제일 것이다.

"안 됩니다. 변호사를 섣불리 교체해서는 안 됩니다."

"자네에겐 상의도 없이 미안하게 됐네. 이번 기회에 집사람과 함께하는 시간을 갖는다고 생각하면 크게 나쁘지는 않을 거야."

"그게 중요한 게 아닙니다."

"수임료는 애초에 약속한 대로 지급될 테니까 그 부분은 걱정하지 말게."

"글쎄 안 된다고 하지 않았습니까! 제 말이 무슨 뜻인지 모르시겠습니까!"

상우는 자기도 모르게 탁자를 쾅 내리쳤다. 상진이 놀라 뒤로 돌아섰다.

"……죄송합니다. 병호를 아끼는 마음에 실수를 했습니다."

"자네가 병호를 친동생처럼 여기는 마음은 잘 알고 있네."

상우는 속으로 혀를 찼다.

'어처구니없는 소리. 병호에게 누명을 씌운 게 다름 아닌 나라는 걸 모르고.'

"혹시 생각하고 계신 변호사가 누군지 여쭤봐도 되겠습니까?"

"자네도 잘 아는 사람이지 싶네. 신호택이라고."

신호택. 얼마 전에 퇴임한 대법관. 상우는 일이 어떻게 돌아가는지 깨달았다. 청와대와 오 년짜리 전세계약을 맺고 싶어 하는 상진이 일이 뜻대로 풀리지 않자 조급한 마음에 전관예우가 가능한 변호사를 찾아낸 것이다. 하지만 상진은 오류를 범하고 있었다. 재판부는 바보가 아니다. 전 국민적인 관심을 끌고 있는 이런 사건에 전관예우가 통할 리 없었다. 그러나 상우에게 있어 문제는 전관예우가 아니었다. 신호택이 병호의 변호를 맡게 된다면 그를 구해내는 데 그치지 않고 진짜 범인을 찾아낼 것이다. 그렇게 되면 상우의 인생은 끝장이었다.

"의원님께서 어떤 생각을 하고 계신지는 이해하겠습니다만, 이번 사건에서 전관예우는 바라지 않으시는 게 좋을 겁니다.

시선이 너무 많이 쏠려 있습니다."

"그게 전부는 아니야."

"예, 그분이 뛰어나다는 거야 어디 모르는 사람이 있겠습니까. 하지만 이번 사건에는 적합하지 않습니다."

"자네에겐 미안한 얘기지만 신 변호사는 이미 두어 차례 만나봤네. 자신감이 넘치더군."

상우는 위험을 무릅쓰기로 했다.

"신 변호사님이 대가로 무엇을 요구했습니까? 다음 정권의 초대 법무부 장관 자리입니까?"

상진이 매우 불쾌하다는 표정을 지었다.

"자네가 상관할 바가 아니야. 그리고 그는 장관 자리 따위에 연연하는 인물이 아닐세."

상우가 앞으로 한 발 다가섰다. 상진이 움찔했다.

"아니요, 그 사람은 지금 권력에 눈이 멀어 있습니다. 그래서 자신이 승소할 수도 없는 사건에 과욕을 부리고 있는 겁니다."

"그는 이번 사건을 맡은 재판장의 대학 선배야. 사정은 자네도 잘 이해할 거라 믿네."

"물론입니다. 그럼 병호와는 어떤 사이입니까? 두 사람이 만나본 적은 있습니까?"

"아직은 아니지만 곧 만나볼 걸세. 변호인선임계 제출이 끝나는 대로 만나기로 했어."

"신호택 변호사가 제의했을 겁니다. 선임계 제출이 우선이라고요. 맞습니까?"

상진은 곧바로 대답하지 못했다. 정곡을 찔렀다는 증거였다.

"그게 무슨 의미가 있기라도 한 건가?"

"그 정도 되는 변호사가 아무 사건에나 달려들지는 않을 겁니다. 이미 철저한 조사를 마쳤겠죠. 그리고 지금 상태의 병호와는 제대로 된 교감을 나누기가 어렵다는 사실까지 알아냈을 겁니다. 그래서 서둘러 선임계 제출부터 주장하는 겁니다. 자신을 병호의 변호사로 못을 박기 위해서요. 모르고 계셨습니까? 이 사실을 철저하게 숨기면서 접근한다는 것 자체가 이미 의원님을 기만하고 있다는 증거입니다."

상진의 깊게 꺼진 눈동자가 작게 흔들렸다.

"병호는 특별한 아이입니다. 지금은 제가 아닌 어느 누구도 병호의 마음을 열지 못합니다. 신호택 변호사가 병호의 닫힌 마음의 문을 열 때까지 기다릴 시간이 없습니다. 코앞에 다가와 있는 대선을 생각하셔야 합니다."

상진은 아랫입술을 깨물고 생각에 잠겼다. 잠시 뒤 상진이 입을 열었다.

"그렇다면…… 자네는 확실하게 승소를 책임질 수 있는가?"

상우가 자신을 넘어 확신에 찬 어조로 대답했다.

"물론입니다."

한참 동안 상우의 눈을 바라보던 상진은 마침내 상우의 어깨를 가볍게 툭 쳤다.

"방금 대화는 없었던 일로 하지. 응원차 방문한 거라 생각하면 서로에게 좋을 듯싶어."

상진은 자네가 한번 내뱉은 말에 책임을 질 줄 아는 사람이기를 바란다는 말과 함께 사무실을 나갔다.

✣

혼자 남게 된 상우는 넥타이를 끌렀다. 입안이 바짝 마르고 머리가 아파왔다. 상우는 아스피린 두 알을 입에 물고 냉수 세 잔을 연거푸 들이켰다. 그래도 몸이 뜨거워 남은 냉수로 얼굴을 적셨다.

병호가 모든 죄를 뒤집어쓰는 것. 그것이 최선의 시나리오였다. 작은 일은 아니었지만 이렇게 어려워질 일도 아니었다. 바쁘게 뛰어다니는 척하다가 징역 7년쯤 판결이 나면 비통하다는 듯 "최선을 다했지만 면목 없게 되었습니다."라고 말하면 끝날 일이었다. 혜영의 억장이 무너지든 상진이 대선에서 나가떨어지든 그 뒤는 알아서들 할 일이다.

그런데 문제가 발생했다. 함상진이 생각보다 발 빠르게 움직인 것이다. 우선 급한 대로 어찌저찌 상진의 마음을 돌려세웠지만 그의 인내심이 언제까지 버텨줄지는 미지수였다. 확실하게 말할 수 있는 것은 이제부터 조금만 수가 틀려도 변호사 교체는 현실로 다가올 것이고, 그렇다면 상우의 인생이 산산조각

나는 것은 시간문제라는 점이었다.

이제 남은 길은 자신의 안전과 병호의 무죄를 동시에 확보할 수 있는 방법을 찾는 것이었다. 방법이 없는 것은 아니다. 바로 또 다른 진범의 존재를 가정하는 것이다. 어차피 중요한 것은 범인의 정체가 아니니까. 사건을 미궁에 빠트리는 것으로 충분히 목적을 달성할 수 있었다. 병호를 적당히 훈련시키고 거기에 상진의 권력이 합쳐진다면 의외로 쉽게 풀릴 것 같기도 했다. 다만 진짜 문제는 다른 곳에 있었다.

'주영, 십억.'

주영의 요구는 현실적으로 불가능했다. 예상 가능한 연봉 인상률, 주택담보대출금, 우량주에 묶어둔 돈과 만약을 대비한 약간의 저축예금은 살인으로 인한 협박을 배제한 범위 내에서만 통용되는 인생 설계였다. 그런데 노란 머리가 튼튼한 울타리를 부수고 침입해 들어오려 했다. 대출과 저당 잡히는 연봉, 아내에게 끝없이 이어지는 거짓말들, 추락하는 삶의 질, 아이가 떼를 쓰며 요구하는 장난감을 사주지 못하고 빈손으로 돌아오는 인생은 계획에 없던 것들이다. 게다가 문제는 그것만이 아니었다.

'놈이 끝까지 입을 다물까?'

한 시간 전, 카페에서 주영은 분명하게 말했다.

"당신이 제 요구를 못 들어주겠다면, 난 이 사진들을 들고 방송국이나 함상진 의원의 집으로 찾아가는 수밖에는 없어요."

'한동안은 입을 다물고 있겠지. 하지만 지갑이 얇아질 때마다 나를 찾아와서는 맡겨놓은 것처럼 돈을 요구할 거야. 내가 그의 지갑을 채워줄 수 있을 때까지는 얌전히 굴 테지만, 샘이 바닥을 보이고 나면 다른 샘을 찾아 떠나가겠지. 안 돼. 평생 그런 불안감을 안고 살아갈 수는 없어. 그렇지만 내가 할 수 있는 게 뭐가 있지?'

음산한 목소리가 귓가에서 속삭였다.

"놈을 죽이는 것 말고 할 수 있는 게 뭐가 있지?"

상우는 고개를 세차게 흔들어 목소리를 떨쳐내려 애썼다. 한 사람을 죽인 것과 두 사람을 죽이고 나서 사건을 은폐하는 것의 난이도 차이는 단순히 두 배가 아니다. 확률의 단위가 달라진다. 그러나 머릿속에서는 계속해서 오직 한 가지 목소리가 메아리쳤다.

"놈을 죽이는 것 말고 할 수 있는 게 뭐가 있지?"

'그렇지만, 어떻게?'

한 시간도 잠들지 못한 상우는 커피에 아스피린을 말아 먹고 구치소로 출근했다. 병호는 전날의 일 때문에 크게 풀이 죽어 있었다. 그렇지 않아도 많지 않았던 말수가 완전히 자취를 감췄다. 상우는 병호의 어깨를 두드리며 힘을 내라고 격려했지만 오히려 병호는 자꾸만 움츠러들었다. 의기소침해진 병호를 구슬려 다음 공판을 준비해야 했지만 상우는 그만 자리에 털썩 주저앉고 말았다. 새로 생긴 문제를 고민하느라 더 이상 그럴 만한 여유가 없었다.

'그렇지만, 어떻게?'

상우는 예정보다 이른 시간에 구치소를 나섰다. 구치소를 나온 변호사를 발견하고 기자들이 벌떼처럼 모여들었다. 상우는 양손으로 기자들 사이를 파헤쳐 지나갔다. 쏟아지는 질문들을 무시하고 지나가는데 질문 하나가 귀를 뚫고 들어왔다.

"피고인의 무죄를 확신하십니까?"

상우는 멈칫했다.

"피고인의 무죄를 확신하냐고 물었습니다."

"의심해본 적이 없습니다."

"어제 있었던 공판에서는……."

"아주 경미한 사고가 있었지만 다행히 피고인이 빠르게 안정을 찾아가고 있습니다."

기자는 어제 피고인과 몸싸움을 벌였던 경위들 가운데 두 명이 입원 중이라는 사실을 알고 있냐고 물었다. 법률 대리인으로서 문병을 갈 용의가 있는지도 질문했다. 상우는 그의 귀에다 '그딴 식으로 시비를 걸다가는 당신도 입원하게 될 줄 알아.' 라고 속삭이고 싶은 것을 겨우 참아냈다.

"몸싸움이라는 표현은 조금 과한 감이 있군요. 그렇다고 해도 본질은 새벽 시간에 일어난 살인과 우리 피고인이 무관하다는 사실이라는 점을 잊어서는 안 될 것입니다."

"현장에서 피고인의 지문과 머리카락 DNA가 발견됐는데도 불구하고 여전히 무죄를 주장하시는 겁니까?"

"흉기에서 지문이 발견됐다는 사실이 의미하는 것은 한 가지 뿐입니다. 지문이 흉기에 묻었다는 것입니다. 그 사실이 곧바로 범인의 특정으로 이어지는 것은 아닙니다."

"방금 하신 발언은 사건의 진범이 따로 있다는 의미로 받아들여져도 괜찮을까요?"

상우는 기자를 노려보며 신경질적으로 대답했다.

"다른 의미로 해석될 여지가 있기는 합니까?"

웅성거리는 동요 사이로 다른 목소리가 물었다.

"그렇다면 사건의 진범은 지금 어디서 무엇을 하고 있다고 생각하십니까?"

'당신들 눈앞에서 인터뷰를 하고 있지요.'

"TV로 이 모습을 지켜보고 있을 겁니다. 범인은 항상 자신의 사건에 관심이 많은 법이니까요"

"그렇다면 이 모습을 지켜보고 있을 범인에게 한 말씀 해주시죠."

상우는 가장 가까이에 있는 카메라 한 대를 잡아먹을 듯이 노려보며 말했다.

"나는 범인이 지금 이 뉴스를 지켜보고 있을 거라 확신합니다. 그렇다면 잘 들어두세요. 모두가 눈에 불을 켜고 당신을 찾고 있습니다. 도망갈 곳은 어디에도 없습니다. 당신이 지금 어떤 꿍꿍이를 가지고 있든, 그 계획은 실패하고 말 겁니다."

상우는 범인이 그 인터뷰를 보게 될 일은 없을 거라고 확신했다. 상우는 이미 한 달 전부터 뉴스를 끊었으니까. 지금 상우의 유일한 관심사는 이 사건에서 완벽하게 발을 빼내는 것뿐이었다. 세상에 없는 가짜 범인을 만들어서라도. 필요하다면 다시 사람을 죽여서라도.

집에 돌아온 상우는 인기척이 없는 것을 확인하고 온몸에 힘이 빠졌다. 잠시 미뤄두었던 걱정거리가 다시 떠올라 머리를 괴롭혔다.

'아내는 어디에 있는 걸까? 누구랑? 무엇을 하고 있을까?'

아내가 정오도 되지 않은 이 시간부터 땀범벅이 되어 모텔 침대 위를 뒹굴고 있을 거라는 상상을 하니 상우는 미칠 것만 같았다. 그때 창고 쪽에서 아내의 목소리가 들려왔다.

"일찍 왔네? 잠깐 들른 거야?"

자신의 예상이 틀렸다는 사실은 반가웠지만 아내가 비밀의 방에서 얼굴을 내밀고 있다는 사실은 반갑지 않았다.

"거긴 왜 들어갔어?"

"주방등이 하나 나간 거 있지. 전구 여기에 넣어두지 않았어? 아무리 찾아봐도 없네."

재의 말투는 평소와 다르지 않았다. 아직 낚시가방까지는 뒤져보지 않은 게 분명했다.

"내가 찾아볼게. 얼른 거기서 나와."

"조금만 더 찾아보고. 구석에 있는 골프가방이랑 낚싯대 있는 데만 들춰보고 나갈게."

"조심하는 게 좋을 거야. 얼마 전부터 쥐 소리가 들리는 것 같던데."

재는 찢어질 듯한 비명을 지르며 뛰쳐나왔다. 덕분에 상우는 창고 밖에서 재가 내리는 지시에 따라 있지도 않은 쥐를 찾는 시늉을 이십 분이나 해야 했다. 주방등을 교체한 상우는 쥐가 잡힐 때까지 당분간 창고에 들어가지 않는 게 좋겠다는 말로 쐐기를 박았다. 재는 두말없이 동의했다.

상우는 커피 한 잔을 타들고 서재로 올라가 조심스럽게 문을 잠갔다.

'계획을 세워보자. 신중하게. 아니면 한 번의 실수가 이전의 죗값까지 몽땅 묻게 될 테니까.'

살인자 박상우의 연대기 첫 장은 꽤나 성공적이었다. 승승장구하던 변호사가 우발적인 살인을 저질렀지만, 운명의 장난이 그가 사건의 변호를 맡게 만든다. 차기 대통령의 총애를 받으며 매일 신문과 TV 뉴스를 장식하고 몸값이 폭등하며 인생 역전에 성공하기에 다다른다. 하지만 다음 장은 목격자가 사진을 들고 나타나는 반전과 함께 변호사를 협박하는 것으로 마무리된다. 이제는 마지막 장의 각본을 쓸 차례였다. 내용은 간단하다. 협박범은 죽는다. 변호사는 사랑하는 가족과 '그 후로 오랫동안 행복하게 살았답니다.'로 연대기는 막을 내린다.

마지막 장의 두 주연은 이미 캐스팅이 끝났다. 성공한 삶을 되찾게 될 변호사 박상우와 탐욕 끝에 죽음을 맞이하게 될 정비사 임주영. 하지만 주인공만으로 영화가 만들어지는 것은 아니다. 주인공은 조력자의 도움을 필요로 한다. 지금처럼 언론이 상우의 일거수일투족을 감시하고 있으며 출퇴근과 외출시간 그리고 동선 등이 빠짐없이 로펌에 보고되고 있는 상황이라면 더군다나. 누군가 대한민국에서 가장 유명해진 변호사를 대신해 눈과 귀의 역할을 해주어야만 했다.

상우는 책장으로 다가가 세 번째 칸에서 하얀 작은 상자를 꺼냈다. 상자를 열고 노란 가죽 장정의 성경을 꺼내 구약성서 잠언 16장 9절을 펼쳤다. 그리고 그 밑에 깨알 같은 글씨로 휘갈겨 써놓은 글자를 확인했다.

최우식. 창신동 청계천가 555-42번지 우송빌딩 404호

작년 가을이었다. 커다란 진주귀걸이를 한 여인이 상우를 찾아와 이혼 상담을 요청했다. 그녀가 남편의 불륜 증거라며 꺼낸 사진은 적나라했다. 증거품으로 손색이 없을 만큼 완벽했다. 그런 일이 그해에만 두 번은 더 있었다.

"아, 그거요. 보통 심부름센터에 부탁하는 겁니다. 돈이면 무슨 일이든 하는 사람들입니다. 실력 좋은 자들이 몇 명 있기는 한데 청계천에 있는 최우식이란 사람을 최고로 알아줍니다. 형사 출신이라 빠삭하거든요."

마찬가지로 형사 출신인 사무장이 알려주었다. 상우는 혹시나 하는 마음에 우식의 연락처를 넘겨받아 성경책 구석에 적어두었다.

두 시간 뒤, 상우는 청계천 좁은 골목의 낡은 빌딩 앞에 차를 세웠다.

상우는 입고 있던 옷을 벗고 근처 황학동 시장에서 사온 허름한 옷으로 갈아입었다. 지금 차림새 그대로 '박상우입네.' 하며 들어갈 수는 없는 노릇이었다.

옷을 갈아입는 동안 라디오에서는 여자 앵커가 뉴스를 전했다. 대기업들의 어닝 쇼크, 중국의 경제성장률 둔화.

"다음 소식을 알려드리겠습니다. 얼마 전에 있었던 함상진 의원의……."

상우는 라디오를 끄고 검은 모자를 눌러썼다.

시선을 바닥으로 내리깔고 건물 안으로 들어가려는데 호리호리한 체구의 남자가 좁은 입구를 차지하고 서 있었다. 남자는 검은 진에 목이 늘어난 라운드 티를 걸치고 찌그러진 깡통 같은 얼굴을 하고 있었다. 어디서 한바탕 뒹굴고 왔는지 주먹에서는 피가 떨어졌다. 상우는 괜한 일을 만들지 않기 위해 어깨를 바싹 접고 안으로 들어섰다.

두툼한 유리문을 열고 한 발 내딛자마자 썩은 내가 진동했다. 청소를 한 지 족히 몇 년은 된 것 같았다. 생긴 지 두어 달은 되었을 법한 말라비틀어진 토사물이 1층 계단에만 두 개가 있었다. 상우는 가까스로 토사물을 건너 계단을 올랐다.

4층 복도는 고요했다. 구두 발자국 소리가 귀를 간지럽혔다. 402…… 403…… 404호. 페인트가 덕지덕지 벗겨진 철제문. 그리고 작게 걸린 파란 문패.

최우식
무엇이든 해결해 드립니다.

상우는 선뜻 문을 두드릴 수 없었다. 이 결정이 자신을 어디로 인도하게 될지 확신이 서지 않았다. 불안, 초조, 공포, 갈등이 엄습해왔다. 상우는 그 자리에 서서 한참을 고민했다.

'일단 만나보기만 하는 거야. 주영이 일은 나중에 천천히 결정하면 될 일이야.'

상우는 크게 숨을 들이마시고 문에 손을 가져다 댔다.

그때 동그란 은색 손잡이가 저절로 돌아가더니 문이 거북한 마찰음을 내며 열렸다. 호피무늬 스카프로 얼굴을 가린 여자가 문을 열고 나왔다. 상우는 얼른 고개를 숙였지만 불필요한 행동이었다. 여자는 상우에게는 눈길도 주지 않고 종종걸음으로 멀어져갔다. 그때 문 안쪽에서 곱슬머리에 금테 안경을 쓴 우람한 체격의 남자가 상우를 반겼다.

"아이고, 이거 손님이 와 계신 것도 모르고……. 얼른 안으로 들어오세요."

✣

사진을 요리조리 돌려보는 여자를 향해 우식이 두 번째로 강조했다.

"다시 한 번 말씀드리지만, 바로 변호사를 찾아가세요. 절대 남편에게 가서는 안 됩니다. 아셨죠?"

최우식. 그는 썩 괜찮은 형사였다. 관할지역 내 업소의 이중장부에서 그의 이름이 발견되기 전까지는 그랬다. 단속정보를 팔아넘겨 챙긴 검은돈으로 풍족한 삶을 즐기던 우식은 하루아침에 끼니를 걱정하는 처지가 되었다.

무엇으로 입에 풀칠을 할지 고민하던 그는 전공을 살리기로 마음먹었다. 그리고 호기롭게 맡았던 첫 불륜 건수 이후 다리를 저는 신세가 되었다. 사정을 알게 된 의뢰인의 남편은 사람을 고용해 야산에서 우식의 왼쪽 무릎을 아작냈다.

죽음의 공포가 눈앞까지 왔다가 돌아간 경험은 한 번이면 족했다. 다시 여자에게 당부하려던 우식은 입을 다물었다. 사진을 바라보는 여자의 표정이 더없이 행복해 보였다. 이혼 위자료로 삼십억을 챙길 수 있는 여자의 미소였다. 여자는 수고했다는 말과 함께 가방에서 꺼낸 봉투 한 장을 내밀었다.

하지만 봉투를 받아드는 우식의 신경은 봉투의 두께가 아니라 온통 문밖에 집중되어 있었다. 남자의 구두 발자국 소리가 사무실 앞에서 멈춘 지 몇 분이 지났지만 여태 아무 움직임이 없었다. 예리하게 날이 선 본능이 말하고 있었다. 무언가 커다란 건수가 문밖에서 기다리고 있다고.

"이만 일어나실까요?"

여자는 스카프로 얼굴을 돌돌 말고 몸을 일으켰다. 그녀가 사라진 문 앞에는 예상대로 모자를 쓴 어떤 젊은 남자가 후줄근한 옷을 입은 채 서 있었다.

'페라가모 구두부터 갈아 신었어야지. 왜, 허겁지겁 챙겨입느라 운동화 신는 건 생각도 못 하셨나?'

"아이고, 이거 손님이 와 계신 것도 모르고……. 얼른 안으로 들어오세요."

더없이 친근한 목소리로 손님을 맞이하던 우식은 모자 밑에 숨어 있는 얼굴을 확인한 순간 심장이 고동치는 것을 느꼈다. 자신이 아주 잘 아는 남자였다.

마주 앉은 지 십 분이 지났지만 상우는 한마디도 하지 않았다. 우식은 마찬가지로 침묵했다. 잠시 후 우식은 조심스럽게 일어나 절뚝거리며 책상 앞으로 다가갔다. 그리고 CD를 한 장 꺼내 '후' 불고 나서 카세트에 넣었다. Once upon a dream. 썩어가는 건물에 어울리지 않는 영화 OST가 울려 퍼졌다.

"커피?"

우식이 낡은 커피포트에 물을 올리며 물었다.

"……최대한 진하게 부탁드립니다."

커피포트가 김을 뿜어올리기 시작했다. 투박한 손이 어울리지 않게 섬세한 손놀림으로 인스턴트커피를 타 상우에게 건넸다. 상우는 종이컵을 양손으로 감싸 쥐고 손을 데웠다. 침묵이 다시 이어졌다. 우식은 재촉하지 않았다. 종이컵에서 모락모락 피어나던 김이 더 이상 보이지 않게 되자 상우는 마침내 모자를 벗어 얼굴을 드러냈다.

"제가 누군지 아시겠습니까?"

탁자 위에는 조간신문 세 부가 펼쳐져 있었고, 일면에는 모두 상우의 얼굴이 대문짝만 하게 실려 있었다. 두 사람의 눈빛이 서로의 얼굴과 탁자 위 신문들을 빠르게 훑었다.

"글쎄요, 저희가 전에 만난 적이 있었나요? 그렇다면 이거 죄송하게 됐습니다. 제가 기억력이 워낙 안 좋아서요."

우식이 턱을 긁적거리며 능청을 떨었다.

"부탁이 있어서 찾아왔습니다."

"다들 그래서 저를 찾습니다."

"먼저 확인해둘 게 있습니다. 여기서 이야기하는 것이 절대 밖으로 새어나가지 않는다고 약속할 수 있겠습니까?"

"이쪽 사람들에게는 기본 중의 기본입니다."

"그쪽 사람들이 뭘 중요하게 생각하는지는 제가 알 바 아닙니다. 당신이 비밀을 완벽하게 보장해줄 수 있는지 묻고 있는 겁니다. 확신을 주지 못한다면 저는 이 자리에 더 이상 앉아 있을 이유가 없습니다."

"알고 오셨을 텐데, 이 최우식이가 입 가볍다는 이야기를 들어본 적 있습니까?"

상우는 차갑게 식은 커피를 한입에 삼켰다. 지독하게 달았다.

"사람 한 명을 따라붙어 주세요. 기간은 나흘. 그 사람의 사진, 동선, 통화기록은 물론이고 어디서 누구를 만나는지 모두 다 제게 보고하셔야 합니다. 하실 수 있겠습니까?"

우식은 눈을 가늘게 떴다.

"그거야 제가 늘 하는 일이죠."

상우는 우식에게 카센터의 이름과 위치를 알려주고 노란 머리를 찾으라고 말했다. 우식은 일을 언제부터 시작하면 좋을지 물었다.

"지금 당장."

"착수금 이백, 성공보수 삼백입니다."

상우는 품속에서 돈다발을 꺼내 탁자 위에 올렸다. 두께만 봐도 알 수 있었다. 오만 원권 백 장.

"삼백은 굳이 지금 주실 필요는 없습니다. 일 끝나고 천천히 주시는 게 서로에게 편하지 않겠습니까."

"이게 착수금입니다. 성공보수는 그 두 배가 될 겁니다."

"따로 원하시는 게 있는가 봅니다."

"당신이 약속할 수 있는 가장 높은 수준의 보안이 필요합니다."

"무덤까지 가져가면 되겠습니까?"

"뭘 더 바라겠습니까."

우식은 손가락에 침을 묻혀가며 돈나발을 세기 시작했다. 우식은 정확히 마흔 장을 세서 자신의 지갑에 넣고 나머지는 다시 내밀었다.

"보안은 착수금 이백에 모두 포함된 가격입니다. 늘 하는 일이라고 말씀드렸지 않습니까."

상우는 돌아온 돈 앞에서 잠시 뜸을 들였지만, 거절할 이유는 없었다.

볼일을 마친 우식은 목을 돌려 우두둑 소리를 내고는 TV를 틀었다. 돈을 챙기던 상우도 잠시 TV로 눈을 돌렸다. 마침 잘 알고 있는 변호사가 뉴스에 나오고 있었다.

"나는 범인이 지금 이 뉴스를 지켜보고 있을 거라 확신합니다. 그렇다면 잘 들어두세요. 모두가 눈에 불을 켜고 당신을 찾고 있습니다. 도망갈 곳은 어디에도 없습니다. 당신이 지금 어떤 꿍꿍이를 가지고 있든, 그 계획은 실패하고 말 겁니다."

"오빠 미쳤어? 제정신으로 하는 소리야?"

"승혜야, 목소리가 너무 커. 조금만 낮춰."

상우는 입고 있던 허름한 셔츠의 단추를 풀고 모자를 벗어 승혜의 침대 위에 던졌다. 모자는 땀에 절어 시큼한 냄새가 났다.

"지금 내가 몸을 막 굴리는 년이라고 생각하나 본데, 나 아무한테나 돈 받고 몸 파는 그런 여자 아니야!"

짜증이 폭발한 승혜가 아무렇게나 지껄였다. 엄밀히 말하면 그녀의 말이 틀린 것은 아니었다. 승혜는 상우에게만 돈을 받고 몸을 팔았다. 술집이나 클럽에서 만난 남자들에게는 공짜로 잠자리를 제공했다. 상우는 할 말이 많았지만 승혜를 달래는 게 우선이었다.

"알아. 다 아니까 제발 목소리 좀 낮춰. 오늘따라 대체 왜 이래."

"오늘따라 대체 왜 이런 건 오빠가 지금 입고 있는 옷이고."

"이런 부탁을 하는 내 마음도 편치는 않아."

"그럼 안 하면 될 거 아냐!"

승혜가 한껏 신경질 난 목소리로 쏘아붙였다.

"공짜로 부탁하는 건 아니야."

승혜의 얼굴이 조금 풀어졌다.

"얼마나 줄 건데?"

"오백만 원."

"됐어. 돌아가."

"두 배를 줄게. 현금으로."

"오빠라서 특별히 부탁 들어주는 거야."

'망할 년.'

상우는 그녀에게 이제부터 해야 할 일들을 숙지시켜주는 데 꼬박 한 시간을 소비했다. 한 시간이 지났을 때 상우는 기진맥진한 상태가 되어 있었다.

"이번 일만 끝나면 경비는 내가 대줄 테니까 한동안 일본으로 나가 있어."

"일본? 그럼 난 후쿠시마 갈래."

승혜의 목소리에 생기가 돌았다.

"거길 왜 가?"

"TV에도 많이 나오고 유명하잖아."

"……그래. 가서 바닷물에 수영도 하고 해산물도 많이 먹어."

"고마워. 내 생각 해주는 건 역시 오빠뿐이야."

승혜는 한껏 밝아진 얼굴로 상우의 볼에 입을 맞췄다.

창밖에는 어둑한 땅거미가 내려앉고 있었다. 상우는 침대에 걸터앉았다. 방사능 오염지역인 후쿠시마에 가겠다는 멍청한 여자를 상대하느라 쌓인 피로가 혈관을 타고 전신으로 퍼져나가고 있었다. 아니, 오늘만이 아니었다. 밤 시간의 대부분을 불면증과 악몽에 자리를 내준 지 벌써 한 달째였다. 잠시만 침대에 누워 눈을 붙이고 싶은 마음이 간절했다.

"자고 갈 거야?"

열등생이었던 그녀가 어느새 요부의 옷으로 갈아입고 코앞에 서 있었다. 헐렁한 티셔츠 안에서부터 풍겨나는 살 냄새가 취한 것처럼 정신을 혼미하게 만들었다.

"아니, 회사에 가야 해. 할 일이 많아."

"너무 열심히 일만 하는 거 아니야? 그러다가 쓰러지면 어쩌려고 그래. 가끔씩은 쉬어가면서 해야지."

승혜는 상우의 무릎에 요염한 자세로 올라타 셔츠 단추를 하나씩 끌렀다. 얇은 면바지 위로 여체의 굴곡이 그대로 느껴졌다. 하얀 손이 셔츠 안을 헤집고 다니자 상우의 바지가 금방 빵빵하게 부풀어 올랐다. 그러나 상우는 승혜를 밀쳐내고 침대에서 일어났다. 졸지에 방바닥으로 나가떨어진 그녀는 지금 이 상황을 믿을 수 없었다.

"후회하지 않겠어? 오늘은 공짜란 말이야."

상우는 말없이 침대 구석에 벗어두었던 모자를 찾아 눌러썼다. 자존심이 상한 승혜는 일어나 손바닥을 털며 새초롬하게 물었다.

"그래서 일은 언제부터 시작하는 건데?"

주머니를 뒤져 핸드폰을 확인하던 상우는 이름이 저장되지 않은 번호로 메시지가 온 것을 발견했다. 노란색 머리가 잘 보이게 찍은 정면사진 세 장.

상우는 핸드폰에서 눈을 떼지 않고 말했다.

"지금부터."

오전 아홉 시. 상우는 사흘 내내 이 시간에 구치소를 찾아 병호를 만난다. 시간당 오십만 원을 받아 챙기는 변호사가 딱히 하는 일은 없다. 변호사는 접견실의 의자에서, 피고인은 구석자리에서 두 시간 동안 꾸벅꾸벅 졸다 보면 일종의 의식 같은 시간이 비로소 끝난다. 그러고 나면 각자의 길로 다시 돌아간다. 한 명은 구치소의 차가운 철창 안으로, 다른 한 명은 밝은 햇빛이 비치는 사회로. 서로가 갔어야 할 길을 엇갈린 채. 이 지루하고 의무적인 낭비가 가져다주는 유일한 의미는 아들 걱정을 하는 혜영, 대선 걱정을 하는 상진 그리고 회사 걱정을 하는 정훈에게 변호사 박상우의 성실함을 매일 두 시간씩 기록되는 접견일지를 통해 확인시켜주는 것뿐이다.

오전 열한 시 반. 접견을 마친 상우의 다음 행선지는 은행나무길 상진의 집이다. 언제나 상우를 맞이하는 것은 점점 광대가 드러나고 있는 혜영이다. 면회를 금지시킨 뒤 그녀는 항상 현관 앞까지 나와 상우의 손을 잡고 병호의 안부부터 묻는다. 상우는 혜영을 안심시킨다. 병호는 안정을 찾고 있습니다. 다행히 몸은 건강하니 걱정 마세요. 오늘은 어느 때보다 기분이 좋아 보였습니다. 말수도 이전만큼은 아니지만 많이 늘었고요. 공판 준비도 완벽하게 진행되어가고 있습니다. 그녀의 얼굴은 확인할 수 없는 달콤한 거짓말들에 비로소 꽃이 핀다. 그러고 나면 상우는 혜영의 손을 빠져나갈 수 있는 마법의 주문을 윈다. 이만 가보겠습니다. 당장 사무실로 돌아가서 검토해야 할 서류들이 산더미라서요.

열두 시. 차에 올라 상진에게 전화를 건다. 함상진의 연락처지만 전화를 받는 목소리는 언제나 지욱현이다. 그는 감정 없는 목소리로 용건만 짧게 말한다. 무슨 일입니까? 박상우입니다. 참고할 게 있습니까? 특이사항은 없습니다. 병호 군도 건강……. 그 이야기는 다음에 듣도록 하겠습니다. 기계처럼 정확한 타이밍에 끊어지는 소리. 이번 주 내내 마찬가지다.

집 앞을 지나가던 상우는 잠시 차를 세운다. 잠시 들어가볼까 매번 고민하지만 그러지 않기로 한다.

오늘도 상우는 회사에 도착해 먼저 7층 박정훈 변호사의 사무실을 찾았다. 상우가 지난 사흘간의 경과를 보고하는 동안 박정훈은 7층의 동료 변호사 한 명을 더 불러들였다. 세 사람은 다음 주로 다가온 공판에 대해 삼십 분 정도 이야기를 나눴다. 한층 더 철저해진 공판 준비와 시체 같은 상우의 안색이 정훈을 흡족하게 만들었다.

정훈이 동료 변호사에게 눈짓을 하자 그가 나무로 된 상자 하나를 상우 앞에 내밀었다. 상자를 여는 순간 알싸한 향이 코를 찔렀다. 산삼이었다. 정훈이 상우의 어깨를 주무르며 말했다.

"중요한 사건이야. 회사의 사활이 이 어깨에 달려 있다는 걸 잊지 말게. 자네의 열정을 기대하고 있겠네."

엘리베이터 거울에 비친 자신의 모습이 상우의 눈에 들어왔다. 탁한 눈동자와 생기를 잃은 입술. 며칠 동안 면도를 하지 못해 수염이 거뭇하게 올라왔고 바짝 마른 잔주름에는 깊은 골이 패어 있었다.

사무실에 도착하자 연수가 맞아주었다. 연수는 상우의 서류 가방과 외투를 받아든 뒤 마시기 좋게 식혀둔 커피를 건넸다.

자신의 방으로 들어온 상우는 정훈에게 받은 상자를 발밑에 내려두고 책상 앞에 앉았다. 머리가 지끈거렸다. 정훈의 말이 귓가에서 떠나질 않았다. 상우는 서랍에서 아스피린 두 알을 꺼내 커피와 함께 삼켰다. 그러나 내성이 생긴 탓인지 아무리 기다려도 가늘게 남은 통증이 떠나질 않았다. 상우는 결국 아스피린 한 알을 더 꺼내 삼켰다.

책상에는 검토해야 할 국내외의 판례들과 다운증후군 환자들의 자기방어적 돌발 행동에 관한 논문, 재판에서 유리하게 활용할 저명한 의사들의 소견서가 쌓여 있었다. 점심식사로 준비된 샌드위치와 탄산수 한 병도 서류의 홍수 속에 용케 휩쓸려가지 않고 자리를 차지하고 있었다.

상우는 샌드위치를 입안으로 밀어 넣으며 논문을 넘겼다. 하지만 한 글자도 눈에 들어오지 않았다. 검은 글자들이 하얀 종이 위를 둥둥 떠다녔다.

눈물 한 방울이 종이 위로 떨어졌다. 그것이 신호였다. 상우는 더 이상 참지 못하고 책상 위의 종이들을 밀어냈다. 그러고는 바닥에 무릎을 꿇고 손가락 두 개를 입안 깊숙이 밀어 넣었다. 중지로 목젖을 찔러대며 아직 용해되지 않은 아스피린 덩어리를 뱉어내기 위해 애썼다.

몸과 마음이 한계에 다다랐다. 몸은 빨랫줄에 걸린 걸레조각처럼 나부끼는데 빌어먹을 하얀색 알약이 아스러진 육체를 빨래집게마냥 꽉 잡고서는 놓아주지 않았다. 괴로웠다. 하루하루가 남아 있는 수명을 갉아먹고 있었다. 쉼표가 필요했다. 침대 위에 쓰러져 잠을 자고 싶었고 할 수만 있다면 머릿속으로 손을 집어 넣어 두통을 느끼는 부분을 쥐어짜버리고 싶었다.

'이 지경이 될 때까지 왜 아무도 말해주지 않은 거지? 안색이 안돼 보인다는 말 한마디 정도는 해줄 수 있는 거잖아. 뭐? 열정? 지금 사람이 죽어가고 있다고, 이 개새끼들아!'

눈물이 턱을 타고 흘러내렸다. 원두향의 갈색 액체와 시큼한 위산이 식도를 타고 역류했다. 상우는 차가운 대리석 바닥에 웅크리고는 몸을 떨며 흐느꼈다.

'이런 삶을 바란 건 아니었는데……. 어디서부터 잘못된 걸까? 내가 꿈꿔왔던 건 어떤 모습이었지? 기억이 나질 않아. 잠을 잘 수 없으니 꿈을 꿀 리가 없잖아.'

상우는 신음과 함께 고개를 저었다. 역겨운 갈색 액체가 볼에 묻어났다.

'안 돼. 더 이상 이런 삶을 살 수는 없어. 이곳에서 얼른 도망쳐야 해.'

상우는 일어나 고개를 들었다. 주위를 두리번거리는데 손으로 입을 틀어막고 있는 변호사가 거울에 비쳤다. 해방을 꿈꾸는 순간조차도 입을 가리고 소리가 새어나가는 것을 걱정하는 꼴이라니.

그 순간 상우는 진실을 깨달았다.

'나는 더 이상 어디로도 도망갈 수 없어.'

상우는 수건으로 눈물을 닦고 바닥의 이물질도 닦아냈다. 무너진 서류의 산을 견고하게 쌓아올렸다. 의자에 앉아 다시 서류를 읽어나가는 기계로 돌아가기까지는 긴 시간이 걸리지 않았다.

상우는 상자에서 산삼을 꺼내 잘근잘근 씹으며 다짐했다.

'멋지게 승소해주지. 이번 일만 끝나면 이런 빌어먹을 삶과도 안녕이야.'

어디선가 재의 목소리가 들려오는 것 같았다.

"당신은 또 그렇게 말하는구나. 이번 일만 끝나면……. 이번 일만……."

'미안해. 내가 나빴어. 하지만 이제 와 뭘 어쩌겠어.'

✣

"아저씨 나쁜 사람."

병호가 다시 말을 하기 시작한 것은 금요일 아침이었다. 상우는 늘어지는 하품을 하며 기지개를 켰다. 시계를 보니 십 분 정도 잠들었던 것 같았다. 이번 주를 통틀어 가장 달콤한 시간을 방해받은 상우는 심기가 몹시 불편했다. 게다가 간만에 한 말치고 썩 듣기 좋은 말도 아니었다.

"하고 싶은 말 있으면 다 해봐. 여긴 우리 둘뿐이니까."

상우는 의자를 당겨 앉으며 병호를 날카롭게 쏘아봤다. 병호는 시선을 피해 고개를 푹 숙였다.

"아저씨가 나쁜 사람이라고 했어?"

병호가 고개를 끄덕였다.

"왜 그렇게 생각해? 난 너의 변호사인데. 변호사가 뭔지는 알기나 해?"

"몰라요. 아저씨는 거짓말쟁이예요."

"무슨 소리야. 난 거짓말한 적이 없는데."

"아저씨. 그날 병호 만났어요. 그런데 왜 말 못 하게 해요."

"아니. 우린 만난 적도 없고 아무 일도 없었어."

"초콜릿이랑 모자."

눈곱도 제대로 떼지 못한 상우는 갑작스런 사태에 어안이 벙벙했다.

"함병호, 그게 무슨 말이야."

"아저씨가 초콜릿도 주고 이상한 병도 주고 모자도 아저씨가 줬어."

"그 이야기 누구한테 했어?"

병호는 묵묵히 고개를 가로저었다. 아직은 아무도 모른다. 하지만 '아직'이다. 상우는 병호를 다그쳤다.

"그날 또 무슨 일이 있었지? 어서 말해봐."

병호는 더듬거리며 대답했다.

"모자 쓰고 뛰었어. 뛰다가 놀랐어. 차 뒤에 사람이……."

머릿속에서 번개가 쳤다. 상우는 병호의 어깨를 잡고 흔들었다.

"뭐라고? 다시 말해봐. 어디서 누구를 봤다고?"

병호가 겁먹은 표정으로 어눌하게 대답했다.

"차 뒤에…… 어떤 아저씨……."

"몇 명이었지? 차 뒤에 있는 사람이 몇 명이었어?"

"한 명……."

"확실해? 한 명 맞아?"

허공을 향한 병호의 눈이 데굴데굴 굴러가더니 고개를 끄덕거렸다.

"어떻게 생긴 사람이었어?"

"손에 뭐 들고 있었어요. 찰칵거리는 거."

'병호가 주영이를 봤다니. 왜 이 질문을 이제야 하게 된 걸까. 병호도 그날 현장에 있었는데.'

"지금 한 이야기를 아무한테도 해서는 안 돼."

"왜요?"

"아무한테도 말 안 하기로 했었잖아. 이제 와서 왜 이러는 거야?"

"엄마, 엄마 보게 해줘요."

상우는 헛웃음이 났다.

"약속을 지키면 넌 엄마를 다시 만날 수 있어."

"아니야. 지금 볼 거야."

상우가 병호를 부드럽게 타일렀다.

"아저씨 말만 잘 따르면 나중에……."

"지금."

"안 돼."

"왜요? 지금 볼 건데요."

"몇 번 말을 해. 지금은 안 된다니까."

"엄마가 병호 싫다고 해?"

"아니."

"그럼 왜요?"

"왜냐면 넌 사람을 죽였으니까."

병호가 괴성을 지르며 흥분했다. 악에 받친 목소리, 발작 같은 몸부림. 모든 것이 첫 번째 공판일과 조금도 다르지 않았다.

"아니야! 아저씨 거짓말쟁이. 거짓말은 나쁜 놈이야!"

"네가 죽였어. 기억 안 나?"

"아니야! 아니야!"

병호가 상우를 밀치며 자리에서 거칠게 일어났다.

"자리에 앉아, 함병호."

병호는 앉지 않았다. 병호는 면회실 문으로 다가가 손잡이를 돌렸다. 그러나 밖에서 잠긴 문이 열릴 리가 없었다. 상우가 다시 명령했다.

"돌아와. 앉아."

"싫어. 집에 갈 거야. 엄마, 엄마!"

병호가 엄마를 찾으며 철제문을 요란하게 두드렸다. 감시관이 뛰어오는 소리가 들렸다. 상우는 감시관들에게 문을 열지 말라고 다급하게 소리쳤다. 병호는 계속해서 철문을 쾅쾅 쳤다. 주먹이 금방 빨갛게 부어올랐다. 병호는 얼마 지나지 않아 제풀에 지쳐 바닥에 주저앉았다. 눈에는 눈물이 그렁거렸다. 상우는 병호에게 다가가 눈높이를 맞춰 쪼그려 앉았다.

"난 아무도 안 죽였어요."

병호가 울먹거리며 무죄를 주장했다.

"알아. 하지만 다른 사람들은 그렇게 생각하지 않아."

"왜요?"

"왜냐면 지난번에 네가 경찰들을 때렸으니까. 경찰을 때리는 사람은 나쁜 사람이니까."

"그거는…… 그거는……."

상우가 병호의 머리를 부드럽게 쓰다듬었다.

"집에 가고 싶니? 엄마 보고 싶어?"

"엄마, 엄마 보고 싶어요."

"그럼 지금부터 아저씨가 시키는 대로 말해야 해. 그럼 넌 집에 갈 수 있어."

"어떻게요?"

집에 갈 수 있다는 말에 병호의 눈이 초롱초롱해졌다.

"그날 네가 본 사람이 아저씨가 아니라고 말하는 거야. 차 뒤에서 본 사람도 절대로 말해서는 안 돼. 네가 만난 사람은 처음 본 사람이고 마스크를 끼고 있었어. 그 사람이 죽인 거야. 그렇게 말하면 넌 집에 갈 수 있어."

"그 사람이 누군데요?"

'그런 사람은 없어. 나머지는 아저씨가 다 알아서 할게.'

은행나무길에 도착했을 때 상우는 이미 탈진 직전이었다. 잠시 쉬고 싶은 마음이 간절했지만 상우는 얼른 혜영을 만나는 일을 마무리하기로 했다. 그러나 상진의 집 앞에 도착했을 때 상우는 혜영의 옷차림이 평소와 다르다는 것을 알아차렸다. 혜영은 외출 준비를 완벽하게 끝낸 옷차림으로 상우에게 병호를 만나러 가겠다고 일방적으로 선언했다. 매일 물어오던 병호의 안부도 묻지 않았다. 그녀는 이미 뉴스를 통해 조금 전 일어났던 일을 파악하고 있었다. 기자들이 감시관을 매수해 문 안쪽에서 일어났던 난동을 실시간으로 보도한 것이었다.

지금 두 사람이 만나는 것은 위험했다. 병호의 마음을 다독이고 입을 완전히 다물게 만들기에는 아직 시간이 필요했다.

"사모님, 뉴스는 모든 일을 크게 부풀려 보도합니다. 그게 기자들이 하는 유일한 일이고요. 병호는 안정을 되찾았습니다."

"제 눈으로 직접 확인해봐야겠어요."

"안 됩니다. 병호가 다시 동요할 겁니다. 지난 공판 때 어떤 일이 있었는지 벌써 잊으셨습니까?"

"공판은 다음 주예요. 지금 가서 잠깐 얼굴만 보고 온다면 지장이 없을 거예요."

혜영은 이미 마음을 굳힌 듯 고집을 꺾지 않았다.

"병호가 사모님을 찾을 때마다 만날 수는 없습니다."

"오늘! 오늘뿐이에요. 병호가 지금 저를 간절히 기다리고 있단 말이에요!"

"사모님, 진정하세요. 지금 병호를 생각하는 사람이 이곳에 사모님만 있는 것이 아닙니다."

상우의 호소에 혜영의 마음이 조금 움직인 듯했다.

"……정말 안 가도 괜찮을까요? 제가 지금 여기 있어도 되는 건지 확신이 안 서요. 어떤 게 정말 병호를 위한 일인지 이젠 아무것도 모르겠어요."

"저는 사모님만큼 훌륭한 어머니를 본 적이 없습니다. 자책하지 마세요. 지금 병호를 구해내기 위해 많은 사람들이 밤낮을 가리지 않고 최선을 다하고 있습니다. 사모님에게 필요한 것은 저희를 믿고 잠시 기다리는 일입니다."

공허한 혜영의 눈빛이 상우의 얼굴 위를 맴돌았다.

"정말 그럴까요?"

"물론입니다."

상우는 혜영의 손에서 가방을 살짝 빼어들고 현관문 안으로 이끌었다. 혜영은 비틀거리는 몸을 상우에게 맡긴 채 집 안으로 향했다.

다시 한 번 위기를 넘겼지만 매 순간이 살얼음판이었다. 상우가 예상치도 못했던 일들이 튀어나와 얼음을 두드렸다. 결코 마음을 놓을 수 없었다. 자그마한 것 하나라도 놓치는 순간 모든 것이 끝장이었다.

사무실에 돌아왔지만 일이 손에 잡히지 않았다. 병호의 돌발 행동, 혜영의 면회 선언. 그 외 일어날지 모를 갖가지 일들이 상우의 머릿속을 떠다녔다. 그리고 가장 중요한 계획 또한.

상우는 읽고 있던 판례들을 내려놓고 서랍 깊숙이 숨겨두었던 하얀 서류봉투를 꺼냈다. 주영에 관한 보고서였다. 우식은 지난 사흘간 주영을 따라다니며 모든 것을 기록했다. 주영의 집에 도청장치를 설치하고 누구를 만나서 어떤 이야기를 나눴는지, 어디서 뭘 먹고 언제 자고 언제 일어나 어디로 향했는지 하나도 놓치지 않았다. 심지어 핸드폰의 비밀번호와 지난 세 달간의 통화기록도 첨부되어 있었다.

상우의 손이 보고서를 빠르게 넘겼다.

임주영. 만 스물한 살. 중학교 중퇴. 정비소 경력 일 년 남짓.

보고서에 따르면 주영은 사흘 동안 정비소에 출퇴근을 반복했을 뿐 특별한 행동을 취하지는 않았다. 다만 사흘 전 친구 두 명과 함께한 술자리에서 곧 부자가 될 거라는 말을 거듭 이야기했다. 자리가 막바지에 달했을 때 눈에 띄는 미녀가 주영에게 접근해 함께 밤을 보냈다. 우식은 '수미'라는 가명을 썼던 그녀의 본명이 '윤승혜'라는 것과 그녀의 주소 및 전화번호까지 알아내 사진과 함께 첨부해두고 있었다. 우식은 확실히 유능했다. 주영의 성격에 대해서 입이 가볍고 변덕이 심하다고 적은 것으로 보아 사람 보는 눈 또한 탁월했다.

오후 여섯 시 반. 우식에게서 약속해두었던 전화가 왔다. 그는 지난 사흘간 내내 그래왔듯이 지금도 상우를 대신해 주영의 뒤를 쫓고 있는 중이었다. 우식은 용건만 간단하게 말했다.

"임주영이 친구들을 만나 지금 막 '내일은 없다'라는 술집으로 들어갔습니다."

기다리고 있던 순간이었다.

"알겠습니다. 수고하셨습니다."

"그럼 이제 뭘 할까요?"

상우는 하마터면 '이제 볼일은 끝났으니 들어가 쉬세요.'라고 말할 뻔했다. 그것은 우식에게 자유를 허락하는 말이었다. 우식이 그 자유를 어디에 사용할지는 알 수 없는 일이지만 그대로 두기에는 위험했다. 상우는 대충 아내를 감시해달라는 말로 우식의 발을 묶어두었다. 우식은 알겠다는 말로 전화를 끊었다.

우식과 통화를 마친 상우는 재에게 전화를 걸었다.

"여보, 어디야?"

"카페에 나와 있어."

"누구랑? 혹시 유진 씨?"

"아니. 병호 어머님이 얘기를 좀 나누고 싶다고 하셔서."

상우는 안도의 한숨을 내쉬었다.

"그래, 잘했어. 당신이 나 대신 위로해드려."

"뉴스 때문에 걱정이 많으셔. 많이 불안하신가 봐."

"걱정하지 말라고 전해드려. 내가 다 알아서 할게."

"알겠어. 몇 시에 들어와? 저녁 준비해둘까?"

"공판이 코앞이라 신경 써야 할 일이 밀려 있어. 두세 시는 돼야 들어갈 것 같아."

상우는 전화를 끊고 오늘밤의 계획을 다시 한 번 확인했다. 지난밤 이미 아내 몰래 피가 묻은 옷을 창고에서 꺼내 벤츠 트렁크에 옮겨두었다. 목장갑과 휴대용 삽, 청색 테이프, 아령, 공업용 대형 봉지와 기름통도 함께 준비해두었다. 상우는 서랍을 열어 은은한 광택이 빛나는 지포라이터를 꺼냈다. 잠시 담배를 입에 붙였던 군대 시절에 전역 선물로 받았던 것이었다. 은색 바디에 음각된 '박상우 병장님의 전역을 축하합니다.'라는 문구는 십 년도 더 지났지만 아직도 선명했다.

살인이라는 것과는 아무런 관련이 없던 시절이었다.

'내가 정말 살인을 할 수 있을까?'

음산한 목소리가 귓가에서 속삭였다.

"너는 이미 살인을 저질렀어."

'아냐! 그건 사고였어. 이번은 달라. 이건 계획살인이라고.'

"다르지 않아. 안 하면? 다른 방법은 있어?"

'그래…… 선택의 여지가 없어. 그런데 내가 정말 사람을 죽일 수 있을까?'

상우는 라이터에 불을 댕겼다. 꼬리가 흔들리며 불꽃이 춤을 췄다. 상우는 신기루 같은 불꽃에 한동안 넋을 잃었다. 불꽃을 보고 있는 동안은 머릿속을 헤집어 놓던 걱정과 근심을 잠시 잊을 수 있었다. 시간이 허락해준다면 평생 이대로 신기루 같은 불꽃에 취해 있고 싶었다.

갑자기 노크 소리가 들렸다.

상우는 깜짝 놀라 라이터를 끄고 주머니 속에 숨겼다. 문을 열고 들어온 것은 연수였다. 그녀는 잠시 코를 킁킁거리는가 싶더니 상우에게 뭔가 필요한 것은 없는지 물었다.

새로 고친 화장, 블라우스 위로 걸친 노란색 니트, 슬리퍼에서 검정 하이힐로 바꿔 신은 모습으로 미루어보아 그녀는 지금 퇴근에 대해 정중한 대답을 구하고 있는 듯했다. 상우는 커피를 주문하려다가 마음을 바꿔 그녀에게 주말 저녁의 휴식을 주기로 결심했다.

"얼른 퇴근해서 주말을 즐기세요. 밀린 데이트도 하고, 친구들 만나 술도 한잔 하시고."

"그걸 다 하기에는 밤이 조금 짧을 것 같은데요."

상우가 눈을 찡긋거렸다.

"금요일 밤에는 어떤 일이라도 가능한걸요."

연수는 미소를 지으며 주말 잘 보내시라는 인사와 함께 문을 닫았다. 그리고 그녀가 퇴근한 지 한 시간이 지났을 무렵, 상우의 마음은 기울어져 있었다.

'그래, 살인은 한 번으로 족해. 오늘은 금요일이야. 집에 가서 다른 생각 말고 한숨 푹 자는 거야.'

그때 핸드폰이 울렸다. 승혜였다.

"미쳤어? 내가 연락하지 말라고 했잖아."

"왜 받자마자 신경질이야? 아직은 연락해도 괜찮은 거 아니었어? 조금 있다가 거기 가면 그때부터 조심해도 되잖아."

"됐으니까 빨리 용건이나 말해."

"칫. 기껏 생각해서 전화해줬더니."

"얼른 얘기하고 끊어. 무슨 일이야?"

"오빠 이번에 국회의원 아들 살인사건 맡고 있지? 내가 곧 그 사건의 범인을 알게 될 것 같아."

상우는 코웃음을 쳤다.

"말이 되는 소리를 해. 경찰이 한 달째 달라붙어도 못 찾아내는 걸 네가 어떻게 알아내?"

승혜는 조금도 기죽지 않고 대꾸했다.

"언제 내가 찾아내겠다고 했나. 누가 나한테 알려주겠다고 그런 거지."

상우는 움찔했다.

"누가?"

승혜가 대답했다.

"누구긴 누구겠어, 주영 씨지."

충격이 상우의 뒤통수를 후려쳤다.

'이 씨발놈이!'

상우가 치밀어 오르는 분노에 휩싸여 있는 동안 승혜는 두서없이 횡설수설했다. 결국 상우는 정리를 시도했다.

"그러니까…… 짧게 말하자면 임주영이 너한테 범인 사진을 보여주기로 했다고?"

"그렇다니까. 그날 다음에 만날 때 보여주기로 했는데, 내가 술김에 깜빡하고 있었지 뭐야. 만약 진짜로 사진을 보게 되면 오빠 모른 척하지는 않을게. 그럼 오빠가 그 애를 짜잔 하고 구해내는 거지. 어때?"

꽉 깨문 입안에서 비릿한 피 냄새가 풍겼다.

"그러니까…… 너는 아직 아무것도 못 본 거네. 그렇지?"

"응. 그렇지만 좀 있으면 만나니깐 보게 될 수도 있고."

"그러니까…… 너는 아직 아무것도 모른다는 거지?"

반복되는 대화에 승혜가 짜증을 냈다.

"오늘따라 왜 이렇게 말귀를 못 알아들어. 그렇다니깐. 지금은 알려주고 싶어도 말해줄 수가 없어. 조금 기다려."

"짜증내지 마, 윤승혜."

'넌 방금 목숨을 구해낸 거니까.'

III

서울 변두리의 어느 개천가. 양편으로 낮은 산과 폭이 좁은 실개천을 낀 이차선 도로에는 차는 물론 사람 하나 모습을 보이지 않았다. 가로등이 수십 미터 간격을 두고 띄엄띄엄 세워져 있었지만 그마저도 태반은 꺼져 있거나 엷은 빛을 힘겹게 내고 있었다. 아스팔트는 곳곳이 움푹했고 차선도 지우개로 지운 것처럼 희미했다. 한때 자동차들이 달렸을 도로 위에는 이제 흙과 자갈더미, 잡초 뿌리가 자리를 대신하고 있었다.

인적 뜸한 도로에 좀처럼 어울리지 않는 노란 뉴비틀 한 대가 들어섰다. 타이어에 밟힌 자갈이 도로를 긁어내며 밖으로 튕겼다. 딱정벌레를 닮은 앙증맞은 차는 오백 미터쯤 달리다 멈췄다. 엉덩이를 겨우 덮는 흰색 원피스를 입은 여자가 운전석 문을 열고 내렸다. 한 손에는 새빨간 핸드백을 쥐고 있었고, 신고 있는 하이힐은 한 뼘도 더 돼 보였다.

여자는 담배를 물고 불을 붙였다. 연기를 깊숙이 빨아들이다가 콜록거리며 매운 기침을 하기 시작했다. 여자는 가래를 뱉어낸 뒤 핸드폰으로 시간을 확인했다. 11시 27분. 일을 시작할 시간이다. 헛기침으로 목을 몇 번 가다듬자 가래 끓는 목소리가 금방 청순한 여인의 것으로 변모했다.

여자가 어디론가 전화를 걸었다. 신호는 정확히 한 번 반을 울렸다.

"저예요. 승…… 아니 수미. 며칠 전에 만났던. 기억나요?"

상대는 술집에 있는 듯했다. 음악과 사람들 목소리가 시끄러웠지만 흥분한 남자의 대답이 모든 것을 집어삼켰다.

"맞아요. 왜 전화도 없었어요? 날 잊어버린 거예요?"

핸드폰 너머로 다시 남자의 흥분한 목소리가 들려왔다.

"농담으로 한 말이에요. 주위가 시끄러운데, 술 마셔요?"

수화기 너머가 곧 조용해졌다. 곧이어 복도를 울리는 목소리가 들려왔다.

"그냥 생각나서 전화해봤어요. 친구들이랑 있는 거면 오늘은 못 만나겠다, 그렇죠?"

강력하게 부정하는 남자의 목소리.

"그럼 우리 지금 만날래요? 제가 그리로 가도 되는데, 차가 어디가 잘못되었는지 꿈쩍을 안 해요. 혹시 차에 대해 잘 알아요?"

여자는 교묘한 말장난으로 남자를 흥분시켰고, 남자는 발정난 늘소 같은 콧바람을 내뿜었다. 남자가 이곳으로 올 것은 의심할 여지가 없어 보였다. 주소를 알려준 여자는 보고 싶다는 말과 함께 전화를 끊었다.

이로써 천만 원의 대가로 두 가지를 끝냈다. 이제 세 가지 일이 남았다.

"다시 한 번 말할 테니 잘 들어. 우선 가명을 쓰고 이 노란 머리 남자에게 접근해서 하룻밤을 같이 보내야 해."

상우는 글리터 매니큐어가 반짝이는 승혜의 손가락을 하나 접으며 말했다. 승혜는 우식이 보내온 사진을 보자 흥미가 돋는다는 표정을 지었다.

"이 남자 이름이 뭔데?"

"네가 알아내도록 해."

"칫. 그런데 밤을 같이 보낸다는 게 무슨 뜻이야? 진짜 잠만 자라는 거야, 아니면 따먹으란 거야?"

"……후자야."

"후자? 그게 뭔데?"

상우가 모자에 눌린 머리를 긁으며 신경질적으로 대답했다.

"자라고! 섹스! 나중에 네가 불러내면 자다가도 일어나 뛰쳐나올 정도로 찐하게."

"아, 후자가 섹스라는 뜻이구나. 한자인가? 알겠어."

"……이제 두 번째야. 내가 알려주는 시간과 장소로 차를 끌고 와서 이 남자를 다시 불러내. 넌 혼자여야 하고, 이 사람도 반드시 혼자 와야 해. 알겠니?"

"응."

"세 번째야. 남자를 불러내면 바로 거기를 떠나. 다른 데로 빠질 생각은 꿈도 꾸지 말고 바로 집으로 가."

상우는 승혜가 또다시 질문을 하기 전에 얼른 다음 단계로 넘어갔다.

"그리고 네 번째. 집으로 돌아가서 잠들지 말고 기다리다 보면 새벽 세 시쯤에 이 남자한테서 전화가 올 거야. 전화를 받으면 아무 말도 해서는 안 돼. 그냥 조용히 있다가 상대방이 전화를 끊으면 너도 끊고 자면 돼. 어려운 거 없지?"

"그렇지만 이 남자가 뭘 물어보면 어떡해? '왜 아무 말도 없으세요?' 이렇게."

"그럴 일은 없어. 이제 마지막 다섯 번째야."

손가락이 모두 접힌 승혜는 이제 주먹을 쥐고 있었다.

"가장 중요한 거야. 절대로 잊어선 안 돼."

커져가는 풀벌레 울음소리가 차갑게 내려앉은 밤공기와 어우러져 고즈넉한 분위기를 자아냈다. 하지만 승혜는 고민에 사로잡혀 있느라 밤의 여운을 즐길 새가 없었다.

'다섯 번째가 뭐였지. 네 가지였나? 아닌데, 분명 손가락이 다 접혔는데.'

승혜는 자기 자신에 대해 잘 알고 있는 여자였다. 한번 잊어버린 것은 여간해서는 다시 기억나지 않는다. 애써 골치 아플 필요가 없다고 생각한 승혜는 전화기를 꺼내들었다. 통화 버튼을 누르기 직전 부드러운 변호사의 목소리가 귀를 간질였다.

"마지막 다섯 번째야. 절대로 나한테 연락을 해서는 안 돼."

승혜는 핸드폰을 집어 넣고 다시 담배와 라이터를 꺼냈다. 불을 붙이고 한 모금 깊숙이 빨아들였다.

아무리 생각해봐도 하룻밤의 노동으로 천만 원은 과했다. 게다가 이 시간에 이런 곳에 그 남자를 불러내야 하는 이유도 알 수 없었다. 잠시 고민해봤지만 승혜는 결국 자기에겐 그런 것을 짐작할 머리가 없다는 결론을 내렸다. 대신 승혜는 다른 것을 떠올렸다. 젊고 기운 넘치는 남자와 보낸 며칠 전의 뜨거운 밤. 그날 침대에서 있었던 일을 떠올리며 승혜는 다시 기분 좋게 필터를 빨아들였다.

그 순간, 어둠에 적응한 승혜의 눈이 무언가를 찾아냈다. 그것은 산등성이에 걸린 그림자 속에, 불이 들어오지 않는 가로등 밑에 조용히 숨어 있었다. 소스라치게 놀란 승혜는 담배를 바닥에 던져버리고 차에 올랐다. 그러고는 아주 빠른 속도로 도로를 벗어났다.

남자는 택시 문을 쾅 하고 닫았다.

할증요금을 놓고 실랑이가 있었다. 하지만 곧 남자는 얼마 후면 요금 따위로 다툴 필요가 없게 될 거라는 생각에 결국 추가요금을 지불했다. 기사는 창밖으로 침을 탁 뱉고는 택시를 몰아 멀어져갔다.

"수미 씨, 어디 계신 거예요? 어두워서 찾기가 힘드네요. 수미 씨-!"

어둠 속에서 여자를 찾아 두리번거리던 남자는 결국 핸드폰을 꺼냈다. 전화번호를 찾아 통화 버튼을 누르려는 그 순간, 엄청난 충격이 골반과 옆구리를 강타했다. 남자의 몸은 허리가 꺾인 채 공중으로 날아올랐다가 둔탁한 소리를 내며 바닥으로 떨어졌다. 남자는 그 충격으로 코뼈가 부러지고 이마가 찢어졌다. 비뚤어진 코에서는 피가 수돗물처럼 흘러나왔다.

가라앉은 밤공기 사이로 어디선가 엔진 소리가 들려왔다. 바닥에 누운 채 낑낑거리던 남자는 힘을 짜내 소리가 나는 방향으로 고개를 돌렸다. 그러나 눈부신 헤드라이트 빛에 아무것도 보이지 않았다. 곧 자동차 문이 열리는 소리가 나고 누군가가 눈앞으로 다가왔다. 그 순간 남자는 자신의 운명을 감지했다.

'이 밤이 끝나기 전에 나는 죽는다.'

상우는 조심스럽게 시동을 켰다. 묵직하고 낮은 엔진 소리와 함께 미동이 온몸을 타고 흘렀다. 저만치 핸드폰 불빛이 보였다. 거리는 어림잡아 육칠십 미터. 여자를 찾아 두리번거리는 놈을 향해 액셀을 밟았다. 계기판의 숫자가 빠른 속도로 올라갔다. 마지막 순간, 상우는 무의식적으로 눈을 감으면서 브레이크를 밟았다. 타이어가 아스팔트 바닥을 긁는 소리가 찢어질 듯이 났다.

끼이익, 쿵!

커다란 충격이 온몸을 휘감았다.

상우는 핸들에 얼굴을 묻은 채 침묵했다. 짧지 않은 시간이 지난 후에야 상우는 고개를 들었다. 멀리 주영이 쓰러져 있었다. 상우는 문을 열고 차에서 내려 주영에게 걸어갔다.

주영은 눈물과 피가 한데 범벅이 된 얼굴로 내팽개쳐져 있었다. 팔다리가 제각각 다른 방향으로 휘어진 게 마치 실이 떨어진 마리오네트 같았다. 상우가 한 발 내딛자 주영의 어깨가 움찔거리며 작은 경련을 일으켰다.

상우가 물었다.

"아프니?"

주영의 고개가 부들부들 떨리며 아스팔트를 긁었다.

"이제 곧 편안하게 해줄게."

"……주세요."

몸을 돌리려던 상우는 쓰러져 있는 주영에게 다가갔다. 가까이에서 본 주영은 더욱 처참했다.

"뭐라고?"

"살려…… 달라……고요."

짧은 부탁을 하는 도중에도 주영은 두 번이나 핏물을 토해냈다. 갈비뼈가 부러져 폐를 찌른 모양이었다.

"살고 싶은가 보구나?"

주영이 세차게 고개를 끄덕였다. 상우는 무심한 눈으로 그런 주영을 내려다봤다.

"그런데 왜 그런 짓을 했어?"

주영이 마른 수건을 억지로 쥐어짜내는 듯 힘겹게 말했다.

"돈은…… 됐으니낀…… 저는…… 형…… 살려……."

"아니, 아니. 지금 돈 이야기를 하는 게 아니야. 곧 죽을 너한테 그게 무슨 필요가 있겠어. 내가 묻고 싶은 건……."

상우는 잠시 말을 끊고 인상을 찌푸렸다. 생각할수록 분노가 치밀어 올랐다.

"승혜한테 왜 그런 말을 했냐고."

주영의 눈이 찢어지는 게 아닌가 싶을 정도로 커졌다. 그는 깨달았다. 수미라는 여자가 승혜임을, 그녀의 접근이 계산된 만남이었음을, 이 모든 일의 배후에 상우가 있었음을.

주영은 입을 뻐끔거렸지만 가는 바람소리만 새어나왔다.

상우는 트렁크에서 테이프와 대형 봉지를 꺼내들었다. 봉지를 들어 주영의 머리에 씌우려는데 주영이 온몸을 꿈틀대며 반항하기 시작했다. 상우는 주영의 가슴팍을 구둣발로 힘껏 눌러 밟았다. 갈비뼈가 부러진 몸은 나약했다. 잔뜩 힘을 준 다리가 무안할 정도로 스펀지마냥 부드럽게 빨려들어 갔다. 처절한 비명이 터져나왔다. 상우는 열린 입을 재빨리 테이프로 감아 막았다. 소리가 사라지자 상우의 손이 바빠지기 시작했다. 검은 봉지를 주영의 머리에서부터 씌우고 다리 쪽에서 매듭을 지어 묶었다. 매듭 끝은 테이프로 빈틈없이 막았다. 같은 작업을 반대 방향으로 번갈아가며 몇 번이고 반복했다.

상우는 차에 올라타 액셀 위에 올려둔 발에 천천히 힘을 가했다. 잠시 뒤 덜컹 하며 차체가 가볍게 들썩였다. 이번에는 후진으로 다시 한 번.

상우는 차에서 내려 검은 봉지를 살폈다. 다행히 터지거나 찢어진 곳은 없었다. 지금 상우가 궁금한 것은 한 가지뿐이었다.

"주영아, 죽었니? 아직 살아 있으면 대답 좀 해봐."

대답은 없었다.

✣

어느새 짙은 비구름이 모여들어 달을 가렸다.

상우는 검은 봉지를 둘러메고 트렁크에 옮겨 실었다. 그러고 나서 차 앞으로 돌아가 주영과 부딪힌 부분을 확인했다. 범퍼는 중간 부분이 움푹 들어가 있었다. 하지만 밤이니 남들이 쉽게 알아보기는 어려울 것이었다.

상우는 바닥 어딘가에 떨어져 있을 주영의 핸드폰을 찾기 시작했다. 핸드폰은 꽤 멀리 떨어진 풀밭까지 날아가 있었다. 액정이 갈래갈래 깨져 있었지만 아주 망가지지는 않은 것 같았다. 상우는 핸드폰을 산등성이 쪽 풀숲에 숨겼다. 도로 진입로에서부터 불이 켜진 일곱 번째 가로등. 그 맞은편의 서행 표지

판. 그 밑의 손바닥만 한 돌덩이 아래.

'늦어도 세 시까지는 여기 다시 돌아와야 해.'

차에 올라탄 상우는 시간을 확인했다. 12시 41분. 남은 시간이 많지 않았다. 상우는 잇몸을 뚫어버릴 듯 어금니를 악물고 핸들을 잡았다.

벤츠는 톨게이트를 빠져나와 한적한 국도를 달렸다. 도로는 어둡고 조용했다. 지나다니는 차도 없었다. 상우는 백미러를 흘깃 바라봤다. 누군가 따라오지 않는다는 사실을 몇 번이나 확인했지만 긴장감은 여전히 도망자의 등 뒤에 붙어 있었다.

그때 백미러에 무언가 일렁이는 것이 보였다. 어두워서 형체가 잘 보이지 않았다. 상우는 눈을 가늘게 뜨고 거울을 살폈다. 마침내 그것이 뚜렷하게 눈에 들어왔다.

여기저기 터지고 뭉개져 피투성이가 된 주영의 얼굴이었다.

요란한 브레이크 소리와 함께 상우는 차를 세웠다. 문을 열고 내리자마자 도랑가에 얼굴을 파묻고 속을 게워냈다. 위산을 한 컵은 뱉어낸 것 같았다. 입꼬리를 타고 흘러들어오는 눈물이 목을 축였다. 등 뒤에서 비웃음이 들려왔다.

"지금 꼴사납게 우는 거예요?"

"입 다물어, 임주영!"

"그런다고 내가 다시 살아나는 것도 아닌데요, 뭐."

"……."

두 손을 바닥에 대고 한참 엎드려 있던 상우는 천천히 입을 닦고 일어섰다. 조심스레 뒷좌석을 살폈지만 역시 아무도 없었다. 상우는 다시 운전석에 올라앉았다. 초콜릿을 꺼내 입안에 던져 넣고 초콜릿이 녹는 동안 의자에 기대 눈을 감고 마음을 가라앉혔다. 잠시 뒤 상우는 다시 페달에 발을 올렸다.

좁은 지방도로를 달리는 동안 주위에는 한결같은 적막함이 이어졌다. 상우는 고개를 앞으로 숙이고 주위를 살폈지만 위치를 가늠할 수 없었다. 마지막 인가는 이미 등 뒤로 사라진 지 오래였다. 주소를 몰라 내비게이션을 찍을 수도 없었다. 머릿속에 희미하게 남아 있는 기억만이 상우가 더듬을 수 있는 유일한 지도였다. 상우는 점점 초조해졌다. 길을 잘못 든 것이 아닌가 하는 불안을 세 번쯤 가라앉혔을 때, 마침내 호수가 나타났다.

둘레만 오백 미터. 웬만한 낚시터의 몇 배는 되는 크기였다. 하지만 삼 년 전 어느 낚시꾼이 보기 드문 대어를 낚아 올린 후로는 아무도 이곳에서 낚싯대를 던지지 않았다. 대어의 정체는 어떤 여자의 시체였다.

상우는 누구보다도 그 사건을 잘 알고 있었다.

부인을 살해하고 유기한 혐의로 체포된 남자는 1심에서 징역 20년을 선고받은 뒤 상우에게 변호를 의뢰해왔다. 그는 불륜을 따지던 부인을 목 졸라 살해해 이 호수에 유기했다는 사실을 상우에게 남김없이 고백했다.

남자의 증언과 증거를 철저하게 검토하고 사건 및 유기현장을 답사한 뒤 무혐의로 몰고 가기에는 승산이 없음을 깨달은 상우는 대신 수사와 구속 과정에서의 불합리를 파고들었다. 그리고 판사 앞에서는 남자가 초범이라는 사실과 함께 음주로 인한 심신미약 상태였으며 진심 어린 후회를 하고 있다는 것 등 감형에 필요한 공식들을 줄줄이 읊었다. '이 자리의 누구도 다섯 살 난 딸로부터 아버지를 빼앗아 갈 권리는 없다.'라는 말로 감정에 호소하는 것도 잊지 않았다.

대법원까지 가는 긴 싸움 끝에 남자는 한 자릿수로 감형을 받았고, 얼마 뒤에는 상당한 보석금을 내고 풀려났다. 상우는 그 대가로 삼억을 받았다.

그리고 상우는 지금 다시 이 호수에 와 있었다. 흐르지 않는 거대한 물. 거기에 낚시꾼들도 사라졌으니 삼 년 전보다 더 완벽한 조건을 갖춘 셈이었다.

상우는 호수를 끼고 있는 밭 깊숙한 곳에 차를 세운 뒤 헤드라이트를 끄고 주위를 살폈다. 사방이 도로를 따라 탁 트여 있었지만 움직이는 것은 아무것도 없었다.

차에서 내린 상우는 트렁크를 열고 검은 봉지를 꺼내 어깨에 멨다. 호숫가로 가는 동안 봉지는 수십 번도 넘게 출렁거렸다. 그러나 밀봉 상태가 양호했는지 끈적거리는 액체는 한 방울도 밖으로 새어나오지 않았다.

적당한 장소에 도착한 상우는 장갑을 끼고 봉지를 차례대로 제거했다. 다섯 번째 밀봉을 풀자 역겨운 냄새가 코를 찔렀다.

입을 막아놓은 테이프가 헐거워지면서 흘러나온 피가 족히 일 리터는 되어 보였다. 시체를 보자 다시 구토가 치밀었지만 상우는 가까스로 속을 가라앉혔다.

상우는 다시 주위를 살펴 아무도 없음을 확인하고는 핸드폰 조명으로 주영의 치아 상태를 확인했다. 가만히 입안을 살피던 상우는 느닷없이 구둣발로 주영의 잇몸을 내리찍었다. 주영의 이는 뽑히기는커녕 흔들리지도 않았다. 결국 상우는 주변에서 머리만 한 돌을 찾아들고 주영의 잇몸을 강하게 내려쳤다.

퍽, 퍽, 퍽!

몇 번을 반복하자 앞니 몇 개가 부러졌다. 상우는 엉망이 된 주영의 입안에 손을 집어 넣어 덜렁거리는 어금니 몇 개를 뽑아냈다. 이제 만약 경찰이 시체를 발견하더라도 치과진료기록을 참고하기는 어려울 것이었다.

상우는 주영의 시체를 돌아 눕혔다. 청바지 뒷주머니에서 반쯤 빈 디스 한 갑과 일회용 플라스틱 라이터를 꺼냈다. 다음에는 재킷 안주머니에서 지갑을 꺼냈다. 상우는 그것들을 한데 모아 옆으로 치웠다.

다음으로 상우는 기름통을 들고 주영의 손가락과 얼굴, 노란 머리 곳곳에 기름을 듬뿍 뿌리고 지포라이터로 불을 붙였다. 순식간에 불길이 피어올랐다. 주영의 얼굴이 지글지글 소리를 내며 타들어갔다.

참다못한 주영이 눈을 떴다. 그러고는 피곤이 묻어나는 목소리로 물었다.

"이렇게까지 해야 하는 겁니까?"

'……다 네가 자초한 일이야.'

상우는 불길이 어느 정도 잦아들 때까지 기다렸다가 흙을 덮어 남은 불씨를 껐다.

상우는 차로 돌아가 테이프와 봉지, 삽과 아령을 꺼내왔다. 주영의 가죽 재킷을 벗기고 아령들을 테이프로 감아 주영의 몸에 고정시킨 뒤 그 위에 다시 재킷을 입혔다. 상우는 몸무게가 불은 시체를 다시 검은 봉지 안으로 밀어 넣었다. 그리고 남은 봉지 예닐곱 장 전부를 사용해 시체를 담고 테이프로 봉했다.

두툼해진 검은 봉지를 발로 몇 번 밀어내자 경사진 비탈을 따라 그대로 굴러서 호수로 떨어졌다. 작은 물보라가 일렁였지만 곧 호수는 아무 일도 없었다는 듯 잔잔한 모습으로 돌아왔다. 상우는 꼼짝없이 서서 몇 분간 수면을 지켜봤다.

마지막으로 상우는 삽을 들고 땅을 파내 주영의 소지품들과 집에서 가져온 자신의 옷가지를 던져 넣었다. 그러고는 기름통이 거의 비워질 때까지 구덩이 안으로 부어넣었다. 남은 기름으로는 면장갑을 적신 뒤 장갑에 불을 붙여 구덩이에 던져 넣고 기름통과 지포라이터까지 마저 던졌다. 상우는 불길이 어느 정도 사그라질 때까지 지켜보다가 주변의 흙으로 구덩이를 메웠다. 이제 소각할 수 있는 오늘밤의 증거는 더 이상 없었다.

상우가 다시 살해 현장에 도착한 것은 예정했던 세 시에서 삼십 분은 지나서였다. 상우는 서행 표지판 아래서 핸드폰을 찾아들고 우식이 알아낸 비밀번호로 핸드폰의 잠금을 풀었다. 그사이 주영의 친구들로부터 메시지가 와 있었다. 친구들에게 여자를 만나러 간다고 잔뜩 자랑을 해놨는지 온갖 추잡한 메시지들이 가득했다. 그러나 정작 상우의 신경을 긁는 것은 승혜로부터 온 네 통의 부재중 전화였다. 가장 최근에 온 것은 겨우 이십 분 전이었다.

상우는 불안감을 안고 승혜에게 전화를 걸었다. 승혜는 기다렸다는 듯 바로 전화를 받았다.

상우가 말했다.

"……."

승혜가 대답했다.

"……."

두 사람은 약속된 침묵으로 일관했다.

이 조용한 통화는 실종 당일 새벽 세 시까지 주영이 살아 있었다는 사실과 그의 전화기가 이 지역의 기지국에서 한 발자국도 벗어나지 않았다는 두 가지 사실을 증명하기 위한 것이었다. 나중에 승혜에게 몇 가지 조작된 진술을 부탁하게 되겠지만 문제될 것은 없었다.

'열흘이나 보름쯤 있다가 실종신고가 접수될 거야. 하지만 이십대, 그것도 남자의 실종 따위는 경찰의 눈에 들어오지 않겠지. 석 달이 지나고 나서야 통화기록을 조사해 승혜를 불러낼 테지만, 경찰이 바보가 아니라면 승혜가 제정신으로 살아가는 여자가 아니라는 것쯤은 한눈에 알아볼 수 있을 거야. 기억력이 모자라니까 왔다 갔다 하는 진술은 신빙성을 잃을 거고, 중요한 부분은 돈으로 입을 막으면 돼. 그거면 완벽해.'

그것이 계획이었다. 그런데 계획에 없던 일이 일어났다.

"주영 씨?"

승혜의 목소리는 가늘게 떨렸다. 상우는 대답하지 않았다.

"주영 씨, 거기 있어요?"

이제 승혜는 거의 울먹거리는 소리를 내고 있었다.

"대답 좀 해봐요, 제발. 별일 없는 거 맞죠?"

당황한 상우는 주영의 목소리를 흉내 내 짧게 "응."이라고 대답하고 전화를 끊었다.

상우는 전화기에서 지문을 거칠게 닦아낸 뒤 개천으로 힘껏 던졌다.

'빌어먹을, 빌어먹을!'

화가 머리끝까지 받쳤다. 승혜의 행동은 전혀 예상하지 못한 것이었다.

'왜? 대체 무엇 때문에? 낌새를 챈 건가? 아니면 정말로 놈이 걱정돼서?'

이유는 알 수 없었지만 한 가지는 분명했다. 승혜는 상우의 통제를 벗어나려 하고 있었다.

'일단 다음 주 공판이 끝나는 대로 당장 일본으로 보내버려야겠어. 아니면…….'

상우는 집 앞에 차를 세웠다.

차에서 내리자마자 보닛 위로 빗방울이 떨어지기 시작했다. 집으로 뛰어 들어가려던 상우는 문득 자신이 서 있는 곳이 어디인지 깨달았다. 고요하다 못해 적막하기까지 한 새벽길은 그날과 무서울 정도로 닮아 있었다. 상우는 무심코 손목을 들었다. 하지만 시계는 그 자리에 없었다.

"4시 7분입니다."

느닷없이 들려온 목소리에 상우는 비명을 지를 뻔했다.

비대한 그림자 하나가 상우를 향해 느릿하게 걸어왔다. 주먹으로 입을 막은 채 가만히 바라보자 곧 금테 안경과 곱슬머리가 눈에 들어왔다. 우식은 무릎까지 오는 얇은 바바리코트를 걸친 채 먹다 만 소보로 빵과 작은 우유팩을 손에 들고 있었다.

"어디 갔다 오시는 길입니까?"

"당신이야말로 대체 어디서 나타난 겁니까? 이젠 나까지 미행하는 겁니까? 그런 부탁은 드린 적이 없을 텐데요."

심기가 불편해진 상우는 신경질적으로 대답했다.

"미행은 무슨. 사모님한테 붙어 있으라고 해놓고는 벌써 잊어버리셨어요? 그리고 제가 마음먹고 미행하면 어디 눈치라도 챌 수 있는 줄 아십니까."

"알았어요. 이제 됐으니깐 돌아가도록 하세요."

상우는 손을 휘휘 내저으며 꺼지라는 의미를 전했다.

"그럼 사모님 건 보고는……."

"다음에 합시다. 지금은 쉬고 싶네요."

"많이 피곤해 보이십니다. 어디 멀리라도 다녀오시나 봐요. 차는 또 왜 이렇게……."

우식이 곁눈질로 벤츠를 힐끗거렸다. 상우는 재빨리 몸으로 범퍼를 가렸지만 우식은 이미 희미한 미소를 짓고 있었다.

"괜찮으세요?"

"뭐가 말입니까?"

"아까부터 안절부절못하시는 것 같아서 말입니다."

"당신이 상관할 바가 아닙니다. 댁은 그저 내가 시킨 일만 하면 되는 겁니다. 그리고 지금 내가 부탁하는 건 이만 사라져달라는 겁니다. 아시겠습니까?"

우식이 어깨를 들썩이며 키득거렸다.

"거, 알았으니 그만 좀 보채십쇼. 그럼 가기 전에 한 말씀 드리고 사라지겠습니다."

"그딴 거 필요 없으니 그냥 돌아가세요."

"전직 형사로서 말씀 드리는 거니까 들어서 나쁠 건 없을 겁니다."

형사라는 단어가 신경을 자극했다. 상우는 가만히 우식의 다음 말을 기다렸다.

"차 안에서 쭉 지켜보다가 든 생각인데, 여기서 서성이는 선생이 어떻게 보이는 줄 아십니까?"

"어떻게 보이던가요?"

"그게 꼭……."

우식은 폴리스 라인이 있었던 곳을 힐끔 보더니 말했다.

"범죄 현장으로 돌아온 범인 같습니다."

상우는 개소리 말라며 버럭 화를 내려 했지만 입이 떨어지지 않았다. 상우는 대꾸도 않고 도망치듯 자리를 피했다. 등 뒤에서 우식이 경박한 웃음소리를 내고 있었지만 귀를 닫고 무시했다. 집으로 향하는 몇 걸음이 마치 천 리처럼 느껴졌다. 상우는 현관문을 잠그고 문고리를 단단히 채웠다. 그러고 나서 뒤꿈치를 들고 침실로 올라가 커튼을 살짝 열어 창밖을 내다봤다. 우식은 빗물에 머리가 젖어 들어가는 것을 아랑곳하지 않고 벤츠의 범퍼를 살피고 있었다. 덩치에 걸맞지 않게 신중한 움직임이었다.

"이제 들어오는 거야? 몇 신데?"

인기척에 잠을 깬 재가 웅얼거리며 물었다.

"세 시야."

"진짜? 네 시는 된 줄 알았는데. 밖에 비 와?"

"응. 나는 조금 이따 누울 테니 좀 더 자."

재는 대답을 하는 둥 마는 둥 다시 잠에 빠져들었다.

상우는 잠옷으로 갈아입고 침대에 누웠다. 눈을 감았지만 잠이 오지 않았다.

+

잠에 들어보려는 온갖 노력은 모두 수포로 돌아갔다. 찢어지는 듯한 브레이크 소리, 피투성이가 된 주영의 얼굴, 타오르는 불꽃과 지글거리는 소리들이 계속해서 귓가와 눈앞을 떠나지 않았다. 거기다 풀리지 않는 의문들이 머릿속을 어지럽혔다. 결국 상우는 재가 깨지 않도록 조심스럽게 침대에서 일어나 아래층으로 내려갔다. 소파에 앉은 상우는 생각에 잠겼다.

'정리를 해보자. 시체가 언제까지나 호수 바닥에 가라앉아 있기는 어려울 거야. 하지만 두 달은 그대로 있어줘야 해. 주택가의 CCTV 기록 보관기간이 일반적으로 두 달이니까. 그 후에는 경찰도 정황증거에 의존할 수밖에 없어. 주영이 적어도 세 시 무렵까지 살아 있었다는 사실은 통화기록이 증명해줄 것이고, 내가 어젯밤 세 시에 집에 있었다는 건 재가 증언해줄 거야. 문제는…….'

승혜. 승혜는 주영에게 네 번이나 전화를 걸었고, 상우가 전화를 걸었을 때는 약속을 어기고 말을 걸었다. 게다가 그 목소리는 상우가 지금껏 그녀에게서 한 번도 들어보지 못한 종류의 것이었다. 그녀가 주영의 실종 혹은 사망 소식을 듣게 된다면 어떤 반응을 보일까.

'그리고…….'

우식. 집 앞에서 있었던 우식의 행동은 이해할 수 없었다. 어물쩍 아내를 감시해 달라고 둘러대기는 했지만 그가 그 시간에 굳이 자신에게 다가와 말을 걸 이유는 없었다. 게다가 차의 범퍼를 살피는 것이 마치 무언가를 직감하고 파헤치려 한다는 듯한 느낌이 들었다. 그를 고용한 것이 잘못된 선택이었다는 생각이 자꾸만 머릿속을 괴롭혔다.

'지금도 밖에서 차를 살피고 있을까?'

상우는 창가로 다가가 커튼 사이로 밖을 내다봤다. 우식은 이미 사라지고 없었다. 문득 날이 밝아진 것을 느끼고 시계를 보니 어느새 여섯 시를 가리키고 있었다.

'천천히 생각하자. 우선 저 범퍼를 수리하는 게 먼저야.'

생각을 정리하고 나자 커피 생각이 간절했다. 상우는 주방으로 갔다. 커피를 찾아 식탁과 서랍장을 뒤졌지만 어디에도 없었다.

"찬장도 살펴봤어?"

재가 하품을 하면서 계단을 내려왔다. 하늘색 파자마의 한쪽 목깃이 안으로 구겨져 있었다.

"왜 벌써 일어났어. 나 때문에 깬 거야?"

상우는 재의 파자마 목깃을 손으로 빼내주었다.

"빗소리 때문에. 자기 전에는 안 왔는데."

"세 시쯤부터 내렸어. 어제 내가 들어올 때쯤."

"그랬어? 기억에 없는데."

"어제 새벽에 내가 들어오자마자 말했잖아. 잠결이라 기억을 못하나 보네."

"그런가……. 참, 당신 밥 먹어야지? 커피보다는 밥을 먹어. 얼굴이 많이 상했어."

"오 킬로 정도 빠진 것 같아. 이번 사건만 끝나면 도로 찔 테니까 걱정할 거 없어. 그리고……."

상우는 찬장에서 커피를 꺼내며 말을 이었다.

"어제 새벽에 차사고가 났어."

얼른 가벼운 사고였을 뿐이라고 덧붙였지만 재는 창백해진 얼굴로 언제, 어디서, 어떻게, 왜 사고가 난 것인지 연이어 물어 왔다.

"집에 다 와서 공원 앞 가로수를 들이받았어. 깜빡 졸았나 봐. 다친 데는 없지만 이따 경준이한테 들러야 할 것 같아. 범퍼가 나갔어."

재의 얼굴에 그늘이 졌다.

"여보, 많이 힘들면 이번 사건은 이제 그만……."

"이제 그만 뭐? 이제 와서 그만두라고?"

"아니…… 당신이 너무……."

"지금 내가 손을 떼면 어떻게 될 것 같아? 변호사 박상우의 인생은 끝장이야. 아무도 나에게 일을 맡기려 하지 않을 거라고."

"하지만 지금 당신 모습이……."

"모습이 어떤데?"

"……타고 남은 잿더미 같아."

"날 그렇게 불러줘서 참 고마워."

"……."

날이 선 말투에 재는 입을 닫았다. 아무래도 신경이 너무 곤두서 있었다. 상우는 재에게 다가가 뒤에서 어깨를 감싸 안았다.

"미안해. 화내서."

"……괜찮아. 사과할 것까지는 없어."

"이해해줘. 너무 힘들어. 신경 쓸 일도 많고 압박감도 심해. 가장 힘든 건 아무에게도 얘기할 수 없다는 거야. 힘들다는 말을 입 밖으로 내는 순간 동료들은 날 나약한 놈으로 취급할 거야. 그런 인상이 한번 심어지고 나면 이쪽에서 사장되는 건 시간문제야."

재가 손을 올려 상우의 머리를 쓰다듬었다.

"알아, 당신 힘든 거."

"이제 와 그만둘 수는 없어."

"그런 말 더 이상 하지 않을게……. 그것 말고 별다른 일은 없는 거지?"

"응."

"혹시 다른 걱정거리 있으면 나한테 털어놔. 혼자 앓으면 병돼."

상우는 잔잔하게 일렁이는 갈등을 느꼈다.

'내가 사람을 죽였어. 그리고 병호에게 뒤집어씌웠어. 내가 죽인 살인사건의 변호를 맡았고, 진실이 드러나려 할 때마다 가장 먼저 달려가 짓밟았어. 그런데 목격자가 나타났어. 그놈이 돈을 요구했어. 얼마냐고? 우리의 행복을 송두리째 뒤흔들 정도라고만 말해둘게. 그래서 또 죽였어. 차로 치고 타이어로 짓이겨 불에 태운 다음 물에 던졌어. 몇 시간 전에 일어난 일이야. 왜 그랬냐고? 누가 이런 직업을, 이런 집을, 이런 삶을, 그리고 당신을 포기할 수 있겠어. 하지만 이 이야기를 어떻게 꺼내야 당신이 놀라지 않을까?'

상우는 재의 어깨를 밀어내며 말했다.

"다른 건 없어. 그리고 바로 출근 준비를 해야 할 것 같아."

"토요일인데? 게다가 벌써? 이제 겨우 여섯 시 조금 넘었어."

"주말 동안에도 처리해야 할 일이 산더미야. 그리고 동네 사람들한테 저 꼴이 된 차를 보여주고 싶지는 않아. 찌그러진 범퍼를 보면 있지도 않은 일로 소설을 오백 페이지도 넘게 써낼 사람들이야."

재는 안타까웠지만 이해한다는 듯 고개를 끄덕였다.

아침 일곱 시. 경준의 정비소는 아직 닫혀 있었다. 상우는 굳게 닫힌 철문 앞에 차를 세워놓고 카시트를 뒤로 눕혔다.

새벽부터 내리기 시작한 빗방울이 제법 굵어져 있었다. 사방으로 튀는 빗방울이 창문을 탁하게 가렸다. 빗줄기가 사정없이 자동차 보닛을 때릴수록 차 안의 적막함은 오히려 더해갔다. 누구도 자신을 볼 수 없는 고립 속에 몸을 움츠리고 있자니 상우는 지금껏 느껴보지 못했던 안온함 속에 몸을 파묻을 수 있었다. 상우는 늘어지도록 긴 하품을 하고 잠에 빠져들었다.

꿈을 꿨다. 느리고 평화로운 꿈이었다. 새 지저귀는 소리가 들려왔고 옅은 풀내음이 떠다녔다. 따뜻한 바람이 불었다. 부드러운 모래를 깔아둔 놀이터에는 열 명도 넘는 아이들이 정신없이 뛰어놀았다. 하지만 상우는 한눈에 자신의 아이를 찾을 수 있었다. 재의 눈망울과 자신의 입꼬리를 꼭 빼닮은 여자아이. 아이는 광택이 나는 앙증맞은 갈색 구두와 하얀 레이스가 달린 옅은 하늘색 원피스를 입고 있었다.

아이가 아빠를 발견하고 작은 보폭으로 부지런히 달려왔다. 그러다가 모서리가 들린 보도블록에 작은 발이 걸려 넘어졌다. 그 모습을 지켜보는 상우의 마음은 찢어지는 것만 같았다.

"괜찮아요, 아빠."

아이는 혼자 일어나 고사리 같은 손을 털어내고 달려와 상우의 품에 안겼다. 작은 머리에서는 재에게서 나는 것과 똑같은 향기가 피어올랐다.

상우는 아이를 안아들고 다시 놀이터로 갔다. 그네를 탄 아이의 등을 밀어주었고 미끄럼틀을 타고 내려오는 아이를 받아주었다. 시소가 들썩일 때마다 아이의 조그만 입에서는 깔깔대는 웃음이 흘러나왔다.

시간이 얼마나 지났을까. 청량했던 하늘에 어느새 비구름이 몰려오고 있었다.

아이가 상우의 눈을 바라보며 말했다.

"아빠, 시간이 다 됐어요."

"무슨 말이니. 시간이 다 됐다니."

"이젠 돌아가야 해요. 영원히 여기에 있을 수는 없어요."

상우는 금방이라도 눈물이 날 것 같았다.

"하지만 아빠는……. 같이 가줄 거지, 아빠랑?"

아이는 고개를 가로저었다. 검은 구름이 놀이터에 비를 뿌리기 시작했다. 아이의 하늘색 원피스에 동그란 빗방울 자국이 하나둘씩 번졌다.

"감기 걸리면 우리 둘 다 엄마한테 크게 혼날 거야. 어서 차에 타자."

상우가 작은 손을 잡아끌었지만, 아이는 완강히 버티고 서서 움직이지 않았다.

"차에 타기가 싫은 거니?"

아이는 그렇다고 대답했다.

"왜 그런지 말해줄 수 있을까?"

아이가 초롱초롱한 눈망울로 또박또박 대답했다.

"차 안에는 죽은 사람이 타고 있잖아요."

상우는 입을 다물 수 없었다.

"그게 대체 무슨 소리니?"

"그 아저씨가 그랬어요. 아빠가 사람을 둘이나 죽였다고."

상우는 이성을 잃고 버럭 소리를 질렀다.

"아니야! 난 아무도 죽이지 않았어. 누구야! 도대체 누가 그런 못된 이야기를 한 거니!"

"지금 창밖에서 아빠를 노려보고 있는 아저씨요."

상우가 고개를 돌리자 운전석 창문에 달라붙어 차 안을 들여다보는 검은 그림자가 보였다. 앳된 얼굴에 검은 모자를 눌러 쓴 남자였다.

"없는 줄 알았더니 여기 숨어 있었네."

상우는 진저리를 치며 눈을 떴다. 눈앞이 잘 보이지 않았다. 두 손으로 눈을 비비며 시야를 가다듬는데 운전석 창문 너머로 정말 인기척이 느껴졌다. 상우는 숨을 멈췄다. 곧이어 노크 소리가 들렸다.

똑똑.

'무시해. 비가 보닛을 때리는 소리야.'

똑똑, 똑똑.

더 크고 선명한 소리가 상우를 흔들었다. 상우는 결국 부들거리는 손을 뻗어 창문을 내렸다.

"여기서 뭐해. 나 기다리고 있었어?"

경준이었다. 상우는 맥이 탁 풀려 안도의 한숨을 내쉬었다.

'이 자식의 얼굴이 이렇게나 반가웠던 적이 있었나.'

상우는 그 얼굴이 그렇게나 반갑고 보기 좋을 수 없었다.

경준의 우의를 보기 전까지는.

"범퍼가 이렇게 들어갔을 정도면 큰 사고였겠는데? 다친 곳은 없어?"

경준은 허리를 굽히고 범퍼를 살폈다. 이 정도 파손이면 복원은 어려우니 교체를 해야 할 것 같다고 말했다. 경준이 자차 보험 처리를 권유했지만, 상우는 단호하게 거절했다.

경준이 의아한 표정으로 말했다.

"이 정도 고급차는 범퍼 교체비용이 만만치가 않아."

"돈은 문제가 아냐."

"무슨 특별한 이유라도 있어?"

"보험사에 알려서 시끄러워지는 건 되도록 피하고 싶어. 지금 내가 어떤 사건을 맡고 있는지 알잖아."

경준은 잘 모르겠다는 표정으로 뒤돌아 정비소 한쪽 벽에 우의를 걸었다. 옷걸이에는 방금 경준이 입고 있던 것만큼이나 기름때 묻은 우의가 하나 더 걸려 있었다.

상우는 혼란스러움을 느꼈다. 가로등 불빛 아래서 카모무늬로 착각한 우의는 사실 기름때가 탄 녹색이었다. 경준과 주영. 둘 중 한 명은 분명히 그날 새벽에 저 우의를 입고 그곳을 지나갔다. 그런데 만약 그 자리에 있었던 사람이 주영이 아니라면?

문득 끔찍한 생각이 들었다.

'그날 그 자리에 있었던 사람이 주영이었다면, 죽은 한민수를 그렇게 무심히 지나쳤을까?'

사진, 주영, 민수, 경준. 그리고 이곳에 있는 두 벌의 우의. 제각각 널브러져 있던 파편들이 한데로 모아지려는 찰나 낡은 차 한 대가 거친 엔진 소리를 내며 정비소로 들어섰다. 차문이 열리며 상우가 불과 몇 시간 전에 들었던 고약한 웃음소리가 들려왔다.

"거참. 비 한번 아주 지랄맞게도 내리네, 허허."

최우식이었다. 그는 밤을 샌 듯 노곤한 얼굴로 곱슬머리를 손으로 털어내며 경준에게 몇 가지 주문을 했다. 에어컨 필터와 깜박이는 독서등 교체, 헐거워진 핸드브레이크 체크. 전부 다 개소리였다. 주행거리가 십오만은 훌쩍 넘었을 법한 차에 그 정도 문제도 없다면 그게 더 문제였다.

상우는 불안함을 느꼈다. 우식이 이곳에 찾아온 이유를 도무지 짐작할 수 없었다. 흔들리는 상우의 시선을 뒤로하고 우식은 상우의 차 범퍼를 바라보며 지껄였다.

"아니, 이 비싼 차에 범퍼가 어쩌다가 이렇게 나갔을까."

안타깝다는 표정으로 혀를 차는 연기가 일품이었다. 몇 시간 전까지 세심하게 그 범퍼를 살피던 사람의 말이라고는 믿기 어려울 정도였다.

입을 꾹 닫은 상우를 대신해 경준이 대답했다.

"가로수를 들이받았다고 하더군요."

우식이 작게 웅얼거렸다.

"그게 아닌 것 같은데."

"확실할 겁니다. 차주가 직접 그렇게 말했으니."

경준이 턱으로 상우를 가리켰다.

"아이고, 벤츠 차주시구나. 마음이 찢어지시겠습니다그려."

우식이 능청스럽게 악수를 청했지만 상우는 그 손을 잡지 않은 채 적대감을 담은 눈으로 우식을 노려봤다. 우식은 겸연쩍다는 듯이 곱슬머리를 쓸어 넘기고는 경준에게 물었다.

"여기에 노란 머리 직원 한 명이 더 있지 않았던가? 그 청년이 보이질 않네."

상우는 당장 우식의 입을 틀어막고 차에 올라타 깔아뭉개버리고 싶었다. 누가 저 몸뚱이를 트렁크 뒤에 매달아만 준다면 부산까지도 다녀올 수 있을 것 같았다.

"주영이랑 아는 사이십니까? 오늘은 지각인가 봅니다. 뭐 자주 있는 일이에요."

"싹싹하니 참 괜찮은 청년이었는데. 안타깝게 됐네."

"아마 점심때쯤이면 나올 겁니다."

우식은 말없이 빙그레 웃기만 했다.

✢

"너 이 새끼 뭐 하는 개수작이야!"

경준이 사무실로 들어가자마자 상우는 우식의 멱살을 잡고 사무실 뒤편으로 잡아끌었다.

"나라고, 콜록, 차 고치지 말라는 법 있소. 똥차 몰고 다닐수록 정비도 자주 해줘야 하나뿐인 목숨도 지키는 거 아뇨."

"개소리!"

"또 선생이 부탁한 일도 아직 다 안 끝났고."

우식은 억센 손으로 상우가 잡은 멱살을 풀어내고는 목을 쓸어만졌다.

"시킨 일이라면 다 끝났을 텐데."

"주영이란 친구 따라붙은 거? 그럼요. 완벽하게 끝냈습죠. 마음에 듭디까?"

우식의 입이 주영이란 이름을 뱉어내자 상우는 소스라치게 놀랐다. 황급히 사무실 창문을 살폈지만 다행히 경준은 캐비닛에 얼굴을 파묻고 있었다.

"자랑이나 하려고 여기까지 찾아온 거라면 이제 충분히 알겠으니까 어서 내 눈앞에서 사라지세요."

"아직 끝난 게 아닐 텐데요."

"아직 뭐가 더 남았습니까?"

"사모님 감시."

그제야 상우는 새벽에 우식이 다가와 꺼냈던 말을 생각해냈다. 상우는 우식에게 어서 보고하고 사라지라고 윽박질렀다.

"길게 말을 할까요, 짧게 말을 할까요?"

"짧게."

우식이 쩝 소리를 내며 머리를 긁적였다.

"어차피 길게 이야기하게 될 것 같은데 그냥 처음부터……."

"짧게!"

"사모님이 바람이 났던데요."

순간 상우는 휘청거렸다. 몸이 기울어 차갑고 찐득한 뭔가를 짚고서 겨우 몸을 지탱했다. 우식이 그 모습을 신기한 듯 구경했다.

"설마 모르고 있었던 겁니까? 난 또 다 알고 시키는 건 줄 알았더니만."

알고 있었다. 예상하고 있었고 의심하고 있었다. 하지만 저 입술을 통해서 확인받게 될 줄은 조금도 예상하지 못했다.

"방금 한 말, 책임질 수 있습니까?"

"나도 한가한 사람은 아니오. 확실하지 않으면 말을 하지 않습니다."

"잘못 봤을 수도 있잖아요. 밤이라서 얼굴을 알아보기가……."

"9179. 회색 SUV. 모텔로 들어갑디다. 세 시간 대실에 이만 원하는."

상우는 끝내 바닥에 주저앉았다. 바닥의 습기가 장난스럽게 엉덩이를 간질였다.

우식이 은행나무길에 도착한 것은 어젯밤 열 시 반쯤이었다고 했다. 구석에 차를 대고 시동을 끈 지 얼마 지나지 않아 아내가 차를 몰고 나갔다. SUV는 인적 드문 길을 찾아 이십 분을 이동해 싸구려 모텔로 들어갔다. 두 시간 후 아내의 차가 다시 모텔 밖으로 모습을 드러냈고 조수석에 앉아 있는 상대를 확인할 수 있었다. 그는 삼십대 중반에 훤칠하게 잘생겼고…….

"지금 장난하는 겁니까! 어서 그 엿 같은 새끼의 이름을 말하세요!"

상우는 벌떡 일어나 외쳤다. 우식은 어깨를 으쓱거리며 그 이후로 사모님을 따라붙느라 남자는 놓쳤다고 했다. 이름은 당장 모르지만 인상착의는 눈 감고도 그릴 수 있을 만큼 확실하게 봐두었으며 사진도…….

"이봐요, 최우식 씨. 뇌까지 살이 쪄서 머리가 안 돌아가는 겁니까? 이게 무슨 몽타주 그리는 일인 줄 아세요? 다시 한 번 말하지만 난 그 개새끼의 이름이 필요하단 말입니다. 이름을 알아야 그놈의 신상정보, 계좌잔고랑 범행기록까지 모조리 조회해볼 수 있는 겁니다. 아시겠습니까?"

우식은 기분이 상한 듯 가래침을 바닥에 탁 뱉었다. 그러더니 상우가 말릴 틈도 없이 정비소 사무실로 들어갔다. 그가 다시 사무실 문을 열고 나왔을 때는 명함 한 장을 손에 쥐고 있었다. 우식은 명함을 보고 또박또박 읽었다.

"이. 경. 준."

"지금 뭐하는 겁니까?"

상우가 얼이 빠진 얼굴로 물었다.

"이경준이라고 했습니다. 지난밤에 선생 부인과 모텔에서 떡을 친 개새끼 이름 말입니다. 내가 여기 왜 왔겠습니까? 당신도 이름을 알아야 뒤를 캘 수 있다 하지 않았습니까? 방금 전에 한 말도 기억 못할 정도면 이거 큰일인데."

우식은 코트에서 사진봉투를 꺼내 상우의 가슴팍에 던졌다.

스물하고도 한 장이었다. 진회색 SUV가 모텔로 들어가는 사진이 여섯 장. 모자를 깊게 눌러쓴 남자가 좌우를 살피며 같은 입구로 들어서는 사진이 다섯 장. 그리고 두 사람이 나란히 앉은 회색 SUV가 모텔 앞에서 신호를 기다리는 동안 찍힌 사진이 열 장. 상우는 떨리는 손으로 사진을 한 장 한 장 넘겼다.

마지막 장을 넘긴 뒤 갑작스럽게 한기를 느낀 상우는 자기도 모르게 어깨를 움츠렸다. 어깨를 으쓱이며 고개를 숙이자 비뚤어진 넥타이가 눈에 들어왔다. 어째선지 매듭이 풀린 넥타이가 상우의 신경을 잡아끌었다. 상우는 느릿한 동작으로 넥타이를 고쳐 맸다. 옆에서 우식이 어처구니없다는 듯 쳐다봤다.

상우는 넥타이를 고쳐 맨 뒤 사진을 품속에 넣었다. 그러고는 말없이 몇 분간 벽에 기대 서 있었다. 그러나 우식은 연신 하품을 하면서도 자리를 뜨지 않았다.

"아직도…… 볼일이 남았습니까?"

"어젯밤에는 어디를 갔다가 그렇게 늦게 돌아온 겁니까?"

우식이 기다렸다는 듯이 물었다.

"당신이 그게 왜 궁금합니까?"

우식이 잇몸을 드러내며 히죽거렸다. 누렇게 변색된 치아가 마치 금니처럼 보일 지경이었다.

그때 경준이 다가와 우식에게 필터와 독서등을 교체했다고 말했다. 경준이 핸드 브레이크는 어떻게 할 건지 묻자 우식은 손을 저으며 "곧 새 차로 바꿀 것 같으니까 내버려두세요."라고 말하고는 요금을 지불한 뒤 차를 타고 사라졌다.

"너는 거기 왜 그러고 서 있어?"

경준이 의아한 얼굴로 상우에게 물었다. 상우는 멍하니 경준의 얼굴을 바라봤다.

"이리 들어와. 작성할 게 있어."

경준은 몇 가지 서류를 들고 와 상우에게 서명을 요구했다.

"방금 공업사에 연락해 봤는데, 주말을 끼고 있어서 다음 주 수요일은 돼야 범퍼 교체를 끝낼 수 있다나 봐. 차는 내가 맡겼다가 그날 찾아오는 걸로 할게. 수리비가 만만치 않을 텐데, 정말 보험 처리 안 해도 되겠어?"

수요일. 그날은 공판이 있는 날이었다. 상우는 경준이 손가락으로 가리키는 밑줄에 사인을 휘갈기며 지나가듯 물었다.

"그건 신경 쓰지 마. 그것보다는 네 이야기를 듣고 싶은데."

"뭘?"

"네 애인. 요즘 서로 잘 지내고 있는 거야?"

경준이 희미한 미소를 지었다.

"그럼. 어제도 만났는걸."

수요일 오전.

법원 밖에 진을 친 기자들의 간절한 바람과는 다르게 공판은 조용한 분위기 속에서 진행되었다. 법원은 청원경찰의 수를 이전보다 배로 늘렸다. 병호가 칼춤을 추더라도 이번에는 완벽하게 제압해내겠다는 의지의 표명이었다. 방청석 역시 고요했다. 하지만 전에 못지않게 붐볐다. 상우의 재판 비공개 신청이 헌법 제109조의 사유에 해당하지 않는다는 이유로 기각된 탓이었다. 그러나 재판장을 채운 수많은 사람들의 시선에도 불구하고 병호는 상우와 함께 내내 연습해왔던 연기를 차분하게 펼쳐나갔다. 상우가 미리 준비된 질문을 하고 나면 병호는 더듬거렸지만 잘 훈련된 답변을 뱉어냈다.

병호는 자신이 그날 새벽에 아무도 죽이지 않았다고 말했다. 상우의 집 앞에서 처음 보는 사람을 만났고, 그가 병호에게 병을 건넸다고 했다. 병호의 옷에 피를 묻히고 검은 모자를 건넨 사람 역시 그였다. 얼굴을 가린 하얀 마스크 탓에 그 사람이 누구인지는 알 수 없다고 했다. 거기에 상우는 거짓말탐지기 조사 결과를 재판석에 건네며 신빙성을 더했다.

호연은 주인공만이 아니었다. 증인석에 오른 김종걸은 우리 병호는 절대로 사람을 죽일 아이가 아니라고 열변을 토해냈다. 막판에는 주먹으로 가슴을 치며 울먹이기까지 했다. 어찌나 감동적이었는지 지켜보던 상우도 코끝이 찡해질 정도였다.

정민교도 훌륭했다. 인터뷰로 나간 자신의 진술은 기자들의 강압적인 분위기에 의해 강요된 진술이었다고 주장했다. 병호가 흥분돼 보였다는 당시의 증언은 단지 과로와 야근으로 인한 착각이었을 뿐이며, 그날의 피고인은 평소와 다름없는 유순한 상태였다고 말했다. 또한 인터뷰를 악의적으로 편집한 보도는 회사 법무팀이 대응 중이며, 지금 이 자리에서의 진술만이 진실이라고 했다. 난항을 겪고 있던 국방부와의 계약이 마침 성사된 것에 대해서는 한마디도 하지 않았다.

그러나 연극을 준비한 것은 상우만이 아니었다. 성냥개비 검사는 권위 있는 정신과 의사를 참고인으로 섭외했다. 검사가 다운증후군, 낮은 지능, 인지부조화, 그로 인해 일반인들에 비해 확연히 떨어지는 거짓말탐지기의 신뢰성으로 운을 띄우자, 이마가 정수리까지 올라간 박사는 일부 다운증후군 환자들의 폭력적 증상을 들먹이며 답을 했다. 거기에 '확신할 수는 없지만, 아마 피고인이 죽인 게 맞는 것 같다.'라고 말하면 될 것을 이십여 분에 걸쳐 장황하게 이야기함으로써 상우의 인내심을 자극했다. 신경이 날카롭게 서 있던 상우가 마침내 참지 못하고 폭발했다.

“재판장님, 이의를 신청합니다. 참고인은 지금 당해 사건의 피고인이 아닌, 같은 장애를 가진 환자군 소수의 일탈 가능성을 지나치게 일반화시키는 오류를 범하고 있습니다.”

검사가 기다렸다는 듯이 달려들었다.

“변호인은 피고인 개인의 폭력성에 대해 논하고 싶은가 봅니다. 좋습니다. 그럼 어디 지난 공판 때 있었던 일에 대해 이야기해볼까요? 아니, 먼저 변호인의 이마에 난 상처를 언급하는 게 좋을 것 같군요.”

상우는 입을 쩍 벌렸다. 어떻게 알아냈는지 검사는 삼 년 전 병호가 상우에게 선물한 흉터를 거론했다. 당시 상우를 진료했던 의사의 소견서를 첨부하며 다름 아닌 변호인의 이마에 난 흉터야말로 피고인의 폭력성을 증명하는 것이라고 강력하게 주장했다. 상우는 재판장 안의 모든 사람들이 자신의 눈썹 위를 바라보는 것을 느꼈다.

상우가 뒤늦게 참고인으로 준비한 의사 두 명을 내세워 검사의 논리를 방어했지만 이미 엎질러진 물이었다.

법원을 나서자 기자들이 하이에나처럼 몰려들었다. 이들의 관심사가 무엇인지 잘 알고 있는 상우는 한 손으로 이마를 가린 채 차에 뛰어들었다. 조금 있자니 사무장이 기자들을 물리치고 운전석에 앉아 차를 출발시켰다.

'젠장, 빌어먹을. 제기랄!'

상우는 머리를 감싸며 고개를 푹 숙였다. 상우는 회사 앞 분수대에 도착할 때까지 감은 눈을 한 번도 뜨지 않았다. 핸드폰이 울리지 않았더라면 사무장이 차 밖으로 끌어낼 때까지 그랬을 것이다. 핸드폰을 보니 지욱현이었다. 상우는 어금니를 질끈 깨물었다.

"수고가 많으셨습니다."

"감사합니다. 마침 회사에 도착한지라 전화 끊도록 하겠습니다."

"의원님이 걱정이 많으십니다."

상우가 빠져나가려 하자 욱현이 올가미를 던졌다.

"무슨 걱정 말씀이십니까."

"변호사님 실력이야 잘 아십니다만, 병호 군의 사건을 맡기에 약점이 있지 않았나 하고 걱정하고 계십니다."

"병호의 폭력성에 대한 검사의 주장은 저희 참고인들로 충분히 해명했습니다만."

"언론인이라는 작자들이 하는 짓거리를 변호사님도 잘 아시지 않습니까. 당장 내일 일면으로 보도될 텐데, 그건 저희가 바라는 바가 아닙니다."

"그래서 선수를 쳐 변호인 자진사퇴로 대신 일면을 채우시겠다?"

"그런 말씀은 드리지 않았습니다."

"……알겠습니다."

전화는 한동안 끊어진 것처럼 조용했다. 너무 순종적인 태도에 욱현은 잠시 할 말을 잊은 것 같았다.

"이상이십니까? 다른 할 말은 더 없는지?"

상우는 예의를 잊어버리기로 했다.

"무슨 뜻인지 알겠다는 겁니다! 변호인은 접니다. 의뢰인이 입맛대로 변호인에게 일일이 주문하기 시작하고 변호사가 그것에만 신경 쓰기 시작하면 사건을 망칠 수밖에 없습니다. 지면 고스란히 책임을 지는 것도 저고, 이 사건을 승소로 이끄는 것도 변호인인 제가 할 일입니다. 지금 제게 필요한 것은 과도한 관심과 지시사항이 아니라 믿고 기다리는 인내입니다. 아시겠습니까?!"

"……"

"……라고 의원님께 전해주시겠습니까?"

잠시 말이 없던 욱현이 대답했다.

"잘 알겠습니다. 전해드리도록 하겠습니다."

전화를 끊고 나자 상우는 덜컥 겁이 들었다. 운전석에 앉은 사무장도 경악스러운 얼굴로 백미러를 바라보고 있었다. 상우는 당장 사무장의 멱살을 붙잡고 "꿈이라고 말해. 어서!"라며 다그치고 싶었다.

'무슨 짓을 한 거지. 변호사가 교체되면 난 끝장이야.'

지금이라도 당장 함상진을 찾아가 사정하고 싶었다. 하지만 이미 뱉어낸 말이었다.

'그래. 뭘 했어도 함상진의 마음을 바꿀 수는 없었어. 차라리 이렇게라도 하는 게 좋은 선택이야. 어차피 더 잃을 것도 없잖아?'

상우는 멈칫했다. 아직 아니었다. 아직 확인할 것이 남아 있었다.

✣

정훈에게 보고를 마친 상우는 연수에게 참고인 진술과 관련해 의사를 만나러 병원에 간다고 둘러대고는 회사를 나섰다.

택시는 한적한 주택가 골목에 변호사를 뱉어냈다. 경준의 카센터와는 직선거리로 이백 미터 남짓. 상우는 거미줄처럼 얽힌 골목 사이사이를 헤집으며 막다른 골목을 세 번 마주하고 나서야 경준의 정비소 뒤편에 있는 낡은 연립주택 건물을 찾아냈다.

상우는 건물로 들어가 무작정 계단을 올랐다. 발길이 멈춘 곳은 3층과 4층 사이의 복도였다. 복도 구석에는 주황색 세발자전거가 있었고, 낡은 창틀에는 손바닥만 한 거미줄이 쳐져 있었다.

상우는 힘을 주어 녹슨 창문을 열었다. 열린 폭은 겨우 한 뼘 남짓. 안에서는 밖을 훤히 볼 수 있지만 외부에서는 누구도 창틀 뒤에 숨은 상우를 찾아내지 못할 것이었다.

상우는 열린 창문 사이로 정비소를 바라봤다. 주영의 부재 탓에 경준은 혼자서 어느 때보다 분주히 움직이고 있었다. 정비소 공터에는 차량 두 대가 나란히 주차되어 있었다. 한 대는 경준의 마티즈였고, 나머지 한 대는 자신의 벤츠였다. 범퍼는 말끔했다.

상우는 재에게 전화했다.

"여보? 공판은 잘 끝났어?"

"물론이지. 뭐 하고 있었어?"

"병원에 가려고 준비하고 있었어."

"병원에는 왜?"

"우리 아이가 공주님일지 왕자님일지 이번 주에는 말해줄 수 있을 것 같다고 의사선생님이 말씀하셨거든."

재의 목소리는 숨길 수 없는 흥분으로 들떠 있었다.

"그런 멋진 순간은 나와 함께해야지. 병원은 하루만 미루고 내 부탁 좀 들어줄 수 있을까?"

"뭔데?"

"경준이한테 연락이 왔어. 오늘 차가 도착했다는데, 두 시쯤 나 대신 들러서 받아줄래? 내가 직접 가고 싶지만 오후에 바로 병호의 담당의사랑 미팅이 있어서."

"그냥 한동안 내 차 타면 안 돼?"

"차를 애먼 곳에 세워두고 싶지 않아서 그래. 해줄 수 있지?"

잠시 정적이 흘렀다. 그사이 상우의 심장이 마흔 번은 뛴 것 같았다.

"알겠어."

"고마워."

이제 할 일은 시간이 흘러 준비된 판 위로 등장인물이 모여들기를 기다리는 것뿐이었다.

재가 도착한 것은 두 시에서 십 분이 지나서였다. 바람에 나풀거리는 흰색 치마에 굽이 없는 플랫슈즈를 신었고, 하늘색 린넨 셔츠는 팔을 접어 올려 입었다. 그 모습은 거미줄 친 좁은 창틀 사이로 보기에도 정말 아름다워 보였다. 낡은 주택의 계단까지 그녀의 향기가 풍겨오는 듯했다.

경준은 택시에서 내린 재를 웃으며 맞이했고, 재는 가벼운 미소로 반가움을 표시했다. 옆으로 한껏 벌어진 경준의 입술이 쉴 새 없이 움직였지만 목소리는 상우에게까지 들리지는 않았다.

두 사람은 차가 주차된 공터 쪽으로 다가왔다. 이제 상우와의 거리는 마흔 걸음 남짓. 재는 범퍼를 확인하고 경준으로부터 열쇠를 넘겨받아 운전석의 문을 열었다. 재가 고개와 허리를 숙이고 차 안으로 들어가려던 그때 경준이 그녀의 팔을 낚아챘다. 그러고는 가느다란 허리에 팔을 두르며 입맞춤을 했다. 순식간에 일어난 일이었다. 두 사람의 키스는 깊고 길었다. 차가운 계단에 주저앉기 전에 상우가 마지막으로 본 모습은 재의 엉덩이로 향하던 경준의 손이었다.

억만 년 같은 시간이 지나고 나서야 귀에 익은 벤츠의 시동 소리가 들렸다. 눈물은 흐르지 않았다. 하지만 손가락 하나 움직일 수 없었다.

이제는 인정해야만 했다.

달콤했던 날들은 모두 끝났다.

"여기까지."

재는 입술을 떼며 엉덩이로 다가오는 경준의 손을 밀어냈다.

"아쉬운데."

"오늘이 마지막이야."

"오늘의 마지막이란 말이지?"

남자의 손이 다시 장난스럽게 엉덩이로 향했지만 여자는 단호하게 그 손길을 거부했다. 경준은 당황했다.

"어째서지? 난 우리 관계가 좀더 오래 지속될 줄 알았는데."

재는 차분한 목소리로 대답했다.

"그만. 이제 각자가 있던 자리로 돌아갈 때야. 이미 몇 번이나 말을 하려고 했어."

재는 경준을 차마 바라보지 못한 채 말을 이었다.

"끝내야 할 시간이 온 거야."

"난 우리가 참 좋은 시간을 보내고 있었다고 생각했는데."

"맞아. 다만 기한이 정해져 있었던 것뿐이야."

경준은 그녀의 말에 조금도 동의할 수가 없었다.

'너만 원한다면 우리는 영원히 이런 시간을 함께할 수 있어. 왜 기한을 정해야 하는 거지? 사실은 가난한 내 인생에 기겁해서 도망치는 것 아냐?'

경준은 분노가 치밀어 올랐다. 따지는 말이 목구멍까지 차올랐지만 눌러 막고 다른 말을 꺼냈다.

"상우에게 돌아가는 건 아니지?"

"……."

"아니지? 아니라고 대답해줘. 그럴 수는 없어."

"그 사람은 내 남편이고, 내 아이의 아빠야. 내가 돌아갈 유일한 사람이야."

재는 늦었지만 부끄럽지 않은 엄마가 되고 싶다고 했다. 이제부터라도 좋은 부인이 되고 싶다고도 말했다. 그녀는 경준과의 시간을 여행이라고 표현했다. 그리고 끝이 없는 여행은 없다는 말로 경준의 심장에 말뚝을 박았다.

"벌써 다 잊은 거야? 그 자식은……."

"그렇게 부르지 마."

결국 경준은 악에 받쳐 소리를 질렀다.

"안 돼! 그 자식은 안 돼. 넌 다 잊었는지 몰라도 난 아직 똑똑히 기억해. 상우에게 여자가 생긴 것 같다며 네가 울면서 날 찾아온 그날. 그 자식의 차. 그래 여기, 이 차에서 풍기던 향수 냄새와 벨트에 걸린 주황색 머리카락을 난 잊지 않았어. 운전석 페달 밑에 고개를 숙이고 들어가서 휴지에 말린 콘돔을 네 눈에 안 보이게 치워준 건 나였고, 네가 아무도 없는 집 안에서 쓰러졌을 때 널 차에 태워 병원으로 데려간 것도 나였어. 그때 널 위로해주던 사람이 누구였지?"

"……미안해."

"너희 집 앞에서 사람이 죽었을 때, 매정하게 널 혼자 내버려두고 출근했던 상우 대신 네 곁을 지켜준 사람이 누구였는지도 대답해봐. 그런데도 넌 박상우, 박상우! 네가 그날 왜 쓰러졌는지 벌써 다 잊은 거야? 정신도 차리지 못한 널 남겨두고 그 자식이 도착하기 전에 병실에서 도망쳐 나와야만 했던 그때 내 기분이 어땠는지 알아? 그런데도 나는 널 떠나지 않았어. 왜? 난 그 자식과 다르니까! 널 사랑하니까! 더 말해줄까?"

그러나 경준은 더 이상 입을 열 수 없었다. 재가 고개를 숙이고 작은 어깨를 들썩이고 있었다.

'내가 무슨 짓을……. 이래서는 그 자식과 다를 게 뭐야.'

어린 시절과 지금 재와 두 번의 시간을 함께하는 동안 단 한 순간도 교만하지 않은 사랑을 했다. 잘난 것 없는 인생에 그녀가 있어 빛나던 시간이었다. 그렇지만 이번에도 어김없이 이별이 눈앞까지 다가와 있었다. 그리고 이번에도 경준은 아무것도 할 수 없었다.

'아냐, 난 달라. 네가 날 필요로 하는 모든 순간에 곁에 있어줄게. 우리 아이에게 누구보다 좋은 아빠가 되어줄 수 있어. 우린 행복할 수 있어. 내가 널 얼마나 사랑하는지 넌 상상도 못할 거야. 네가 아주 잠시만 내가 되어볼 수 있다면 이 모든 것을 알 수 있을 텐데.'

수백 마디의 말이 경준의 입안에서 맴돌았지만 한마디도 입 밖으로 나오질 않았다.

경준은 재의 가녀린 어깨에 손을 뻗었다. 그러나 그녀는 그 손을 피해 뒤로 물러섰다. 그 순간 경준은 재와의 시간이 영영 끝났음을 깨달았다.

경준은 내밀었던 손으로 얼굴을 가리고 나지막하게 물었다.

"우리가 다시……."

재는 단호하리만치 고개를 두 번 젓고는 뒤돌아 떠났다. 돌아왔던 그날처럼, 아무런 예고 없이, 꿈처럼.

경준은 아스라이 멀어져가는 그녀를 잡지 못했다. 상우의 차를 타고 떠나가는 뒷모습이 시야에서 사라지고서도 한동안 눈을 떼지 못했다.

그녀는 왜 떠나야만 했을까.

경준은 알고 있었다. 재는 돌아가야 할 곳이 있기 때문에 떠나야 했다. 돌아갈 곳이 없었더라면 그들의 여행은 끝나지 않았을 것이다.

경준은 이제 자신이 해야 할 일을 알고 있었다.

경준은 핸드폰을 꺼내 상우에게 전화를 걸었다. 그러나 상우는 받지 않았다. 경준은 그제야 오늘 공판이 있다는 사실을 떠올렸다. 핸드폰을 내려놓고 스패너를 집어 드는데 갑자기 상우가 조금 전 재가 돌아섰던 그 길로 터벅터벅 걸어 들어왔다. 예상치 못한 등장에 경준은 깜짝 놀랐다.

"니가 여긴 어쩐 일이야?"

"왜? 여긴 차 없이 오면 안 되는 곳이야?"

"그런 게 아니라, 지금 이 시간엔 법원에 있을 줄 알았거든. 공판이 있다고 들었는데."

"누가 그래?"

"뉴스에서 본 것 같아서."

"이미 마쳤어."

상우는 사무실로 들어가 소형 냉장고에서 맥주캔을 꺼내 경준의 허락도 없이 벌컥벌컥 들이켰다. 경준은 문에 어깨를 기댄 채 자신의 모범생 친구가 대낮부터 셔츠를 풀어헤치고 입가로 맥주 거품을 흘리는 드문 모습을 구경했다.

"마침 잘됐어. 그렇지 않아도 할 얘기가 있었는데."

"우연이네. 나도 할 말이 있는데."

"주영이가 사라졌어. 지난주 금요일 밤 이후로 연락이 닿지 않아. 이런 적은 한 번도 없었는데."

"그것 참 안됐네."

"안됐다니 무슨 뜻이야?"

"알 게 뭐야."

상우는 시원하게 트림을 하고는 알루미늄 캔을 구겨 쓰레기

통에 던졌다. 캔은 쓰레기통 모서리를 맞고 바닥에 떨어졌다. 상우는 입을 열어 느릿하게 말했다.

"그럼 이제 내 이야기를 할게."

"처음엔 아닐 거라고 생각했는데, 시간이 지날수록 점점 의심을 지울 수가 없어."

"내 말을 자르지 마. 그리고 무슨 의심을 말하는 거야. 알아듣게 말해."

"주영이가 살해되었을 거라는 의심."

상우는 등 뒤가 찌릿했다. 하지만 내색하지 않았다.

"정말 그렇게 생각하고 있다면 나한테 말하지 말고 경찰에 신고부터 해. 왜 내가 너의 망상을 들어줘야 하지?"

"니가 죽인 것 같거든."

상우는 정신이 번쩍 들었다.

"그게 대체 무슨 소리야. 내가 왜?"

"주영이가 사진을 들고 널 협박했으니까."

이쯤 되면 더 이상 우연이 아니었다. 상우는 조심스럽게 말을 꺼냈다.

"……그 녀석이 얘기했어?"

경준이 한심스럽게 쳐다봤다.

"아직도 모르겠어? 네 사진을 찍은 건 주영이가 아니라 바로 나야."

"뭐라고……?"

경준이 캔을 주워 쓰레기통에 넣으며 이야기를 시작했다.

"지난 석 달 동안 집, 오피스텔, 한강 둔치 할 것 없이 밤마다 널 쫓아 다녔어. 네가 술집 여자를 품에 안고 재를 기만하는 걸 처음 봤을 때만 해도 내 눈을 의심했지만, 잘못된 건 내 눈이 아니라 니 대가리였지. 결국 내가 내린 결론은 재는 너 같은 놈에겐 과분하다는 거야. 난 그녀가 널 떠나 더 행복한 삶을 살기를 원했어. 그러기 위해 그녀의 마음을 돌릴 만큼 확실한 증거가 필요했던 거야. 그날도 처음엔 네가 그 여자를 집으로 데리고 들어가는 것만 찍어도 성공이라 생각했어. 아니라고 말하지는 마. 몇 번이나 봐왔고 지금까지 참으면서 기회만 노리고 있었던 거니까."

경준은 이를 갈며 이야기를 계속했다.

"재가 친구들과 여행을 떠난다는 건 미리 알고 있었어. 당연히 네가 그 여자를 데려올 거라고 예상했지. 하지만 네가 다시 차 안으로 들어간 뒤 한참이 지나도록 아무도 나오지 않더군. 그래서 일을 만들어보기로 결심한 거야. 하지만 내가 직접 할 수는 없는 거잖아? 만만한 게 주영이라 전화를 해봤지만 안 받더라고. 그래서 민수를 불러냈어. 그 녀석이 널 깨워서 적당히 시비를 거는 동안 사진만 찍었으면 될 일이었는데……."

"그럼 주영이 녀석은 왜 끌어들인 거야?"

"카페? 원래는 내가 직접 널 만나려고 했어. 그렇지만 확신을 할 수 없었지."

"무슨 확신?"

"내가 널 마주하고 돈을 요구할 수 있을까. 또……."

"재가 이 사실을 알고 난 뒤에도 이전처럼 널 만나줄까?"

경준이 입을 벌렸다.

"……언제부터 알고 있었어?"

"내가 묻고 싶은 말이야. 너희는 언제부터야?"

"글쎄…… 언제부터라고 말해야 할까. 재가 날 찾아와서 너한테 여자가 생긴 것 같다며 울던 날? 다른 여자의 머리카락과 질척거리는 콘돔을 재에게 보여주지 않기 위해 청소를 해준다는 핑계로 네 차에 기어들어가기 시작한 날? 아니면 창녀 생일 선물로 사둔 목걸이랑 카드를 테이블에 올려두고 출근하는 바람에 재가 배를 잡고 쓰러져 병원으로 실려갔던 날?"

"……!"

상우는 충격을 받았다.

'재가 알고 있었다니. 그런데 왜 아무 말도 안 했을까?'

"왜? 창녀라는 말이 귀에 거슬려? 너의 그녀라고 불러줄까?"

"닥쳐, 이경준. 걘 나한테 아무 의미도 없는 노리개일 뿐이야."

"재한테도 그렇게 말해주지 그랬어. 서로 섹스만 하는 사이일 뿐이라고."

"경고하는데, 더 이상 비꼬지 않는 게 좋을 거야."

"왜? 주영이처럼 나도 죽이려고? 네 차 범퍼, 그래서 파손된 것 맞지?"

"……맞아. 그리고 널 몇 번이고 차로 밟아 짓이겼을 거야."

상우는 담담하게 주영의 죽음을 시인했다. 그 모습에 경준이 스패너를 쥔 손을 부르르 떨었다. 상우가 보기에도 '저 머리통을 부숴버릴까.' 고민하는 게 역력했다. 그러나 경준은 스패너를 바닥에 내던지는 것으로 화를 삭였다.

한동안 씩씩대던 경준이 흥분을 가라앉히고는 문득 얇은 미소를 지으며 물었다.

"너는 왜 안 물어봐?"

"뭘?"

"네가 진짜로 궁금해하고 있는 거."

입안이 텁텁해진 상우는 다시 맥주를 들이켜려고 했지만 손에는 아무것도 없었다.

"……두 사람."

"잤냐고? 아니."

상우는 자기도 모르게 안도의 한숨을 내쉬었다.

"그게 그렇게 궁금했어?"

경준의 얼굴에는 묘한 승리감이 배어 있었다.

"재는 임신을 했어. 그런데 섹스를 한다고? 넌 나보다 재를 모르는군. 역시 넌 속물이야. 너 같은 놈들은 똥물에 뒹굴면서도 남의 자그마한 흠은 용납할 수가 없지. 넌 내가 본 것 중에서도 제일 한심한 새끼야."

"그러는 넌? 너도 결국은 돈이나 원하는 속물 아니야?"

경준의 이마가 씰룩거렸다.

"돈? 우선은 그렇다고 해두지."

"그래. 나는 속물이고, 너는 돈에 환장한 녀석이야. 좋아, 십 원 한 장 빠지지 않은 십억을 곧 네 눈앞에 준비해주지."

"이거 너무 순순한데. 이봐, 박상우. 엉뚱한 생각은 하지 않는 게 좋을 거야."

"엉뚱한 생각이라니. 오히려 나한테 고맙다는 말이라도 해야 하는 거 아닌가? 내가 두 명이나 죽여준 덕에 돈을 나누지 않아도 되니까."

"무슨 소리. 네가 나한테 고마워해야지."

경준은 캐비닛 구석을 뒤져 회색 걸레로 싼 물건을 건넸다. 물건을 건네받은 상우는 조심스럽게 걸레를 펼쳤다. 그 안에는 눈에 익은 물건이 들어 있었다.

"이걸 왜 네가……."

"경찰은 돈을 주지 않잖아."

상우는 탁한 눈동자로 시계를 바라봤다. 금색 롤렉스. 정교한 자태의 은침은 4시 11분에 멈춰 있었다. 이때는 알지 못했다. 일 분 뒤에 어떤 일이 일어나게 될지를. 자신의 인생이 어떻게 변하게 될지를. 다시 이때로 돌아갈 수 있다면 지금과는 많은 것들이 달라지겠지만, 아무리 간절하게 바라도 시간을 돌릴 수는 없었다.

두 사람은 입을 열지 않았지만 이제부터 할 이야기가 어떤 것인지 말하지 않아도 알고 있었다.

"재는……."

"그녀가 선택할 일이야."

"착각하지 마! 난 그녀의 남편이야!"

상우가 기가 차다는 듯 소리를 질렀다.

"넌 그녀를 가장 힘들게 하는 사람이야."

경준도 지지 않고 대꾸했다.

"그러는 넌 재를 위해서 뭘 해줄 수 있지?"

"너보다는 많은 걸 해줄 수 있어."

"고작 정비소나 하는 네가? 변호사인 나보다?"

경준이 끈적거리는 웃음을 지었다.

"말은 똑바로 해야지. 박상우, 넌 살인자야. 변호사가 아니라. 안 그래?"

✣

택시는 번화가 교차로에서 발이 묶였다. 꼬리를 무는 차들을 바라보던 상우는 눈을 감고 이경준이라는 남자에 대해 생각했다. 상우는 자기최면에 빠져들었다.

'나는 이경준이다. 작고 낡은 정비소 사장이자 암울한 삶의 주인 이경준. 난 박상우가 죽도록 밉다. 그 새끼가 빌어먹게 잘나가는 변호사여서도 아니고, 바쁜 와중에도 한 달에 두 번씩 찾아와 건들거리다가 사라지는 게 눈꼴셔서도 아니다. 내게 소중한 사람을 가졌음에도 아끼는 법을 모르기 때문이다. 그놈을 파멸시킬 방법이 지금 내 손에 있다. 이것으로 내가 진정 바라는 게 무엇일까? 돈 몇 푼 뜯어내는 것?'

상우는 한 가지 사실을 떠올렸다. 이경준이라는 남자는 추락하는 비행기에서 마지막 남은 낙하산 하나를 망설임 없이 재에게 양보할 녀석이다. 그의 목적은 돈이 아니다. 돈은 재의 행복을 위한 수단일 뿐이다. 하지만 박상우의 파멸은 이경준에게는 또 다른 기회로 이어진다.

이 모든 사실이 상우에게 한 가지 결론을 내리게 만들고 있었다. 더불어 사거리에 멈춰 섰던 택시의 행선지도 명확해졌다.

다시 찾은 우식의 사무실은 비어 있었다. 문을 두드려보기도 하고 철문에 귀를 대보기도 했지만 인기척은 느껴지지 않았다. 상우는 헛걸음에 힘이 빠졌지만 곧 그를 만날 수 있을 거라 생각하며 사무실로 향했다.

사무실에 들어섰을 때, 상우는 자신의 방 안쪽에서 남자의 목소리가 새어나오는 것을 들었다. 상우가 연수에게 물었다.

"손님이 와 계셨네요. 왜 연락하지 않았어요?"

"오랜 친구인데 그냥 기다리시겠다고……. 번거롭게 연락할 거 없다고 하셔서요."

불길함이 엄습했다. 문고리를 돌렸을 때 상우는 자신의 느낌이 맞아떨어졌다는 것을 깨달았다. 문 안쪽에서는 최우식이 거만하게 다리를 꼬고 통화에 한창 열을 올리고 있었다. 방금 전까지 찾아다녔던 사람이었건만, 지금 이 자리에서 이런 식으로의 만남은 상우가 원했던 것이 아니었다. 당장이라도 질펀한 엉덩이를 걷어차 쫓아내고 싶었지만 인내심을 발휘해 맞은편 자리에 엉덩이를 깔고 앉았다.

우식은 사무실의 주인을 보고서 까딱 손인사만 건네더니 다시 통화에 집중했다. 그는 목소리를 애써 죽이려들지 않았다. 덕분에 상우는 그가 하는 말을 정확히 알아들을 수 있었다.

"그쪽을 포함해서 잠수부는 두 명만 있으면 됩니다. 호수가 넓기는 해도, 수심은 그리 깊지 않으니까 내일 아침부터 시작하면 해 지기 전에는 싹 훑을 수 있을 겁니다. 물론 찾는 것만 건져내면 일은 끝나는 거고요, 하하하. 그래도 일당은 전부 지급됩니다. 걱정 붙들어 매십시오. 그럼 내일 새벽에 장비 챙겨 현장에서 보는 걸로 합시다."

전화를 끊은 우식이 능글맞은 얼굴로 상우를 바라봤다.

"아이고, 오셨습니까?"

"지금…… 뭐 하는 겁니까? 호수는 뭐고 잠수부는 또 뭡니까?"

상우의 눈가가 파르르 떨렸다.

"다 알고 있으면서 왜 이러시나. 재미없게."

우식이 귀찮은 것은 딱 질색이라는 표정을 지었다.

"무슨 일인지는 모르겠지만…… 난 정말로 모르겠지만…….

만약 이게 이번 일과 관련된 거라면 우리 약속했었잖아요. 비밀유지, 무덤까지……."

눈앞이 아득해졌다. 이성, 냉정, 차분함이 요구되는 순간이었지만 모조리 자취를 찾아볼 수 없었다. 여태껏 변호사를 먹여 살렸던 입이 한심스러울 정도로 머뭇거렸다.

"안 그래도 그것 때문에 찾아온 건데."

우식이 두툼한 봉투를 꺼내 테이블 위에 툭 던졌다.

"이번 일은 제가 실패한 셈치고 선금의 두 배 넣었습니다. 선생께는 참 면목 없게 됐습니다그려, 허허허."

우식은 조금도 미안해하지 않는 표정으로 말했다.

"안 돼, 이럴 수는 없어……. 당신이 내게 이래서는 안 돼."

"변호사란 작자가 살인을 저지르는 세상인데, 나라고 안 될 거는 또 뭐가 있겠습니까."

"당신이 나한테 이럴 수는 없는 거야!"

상우는 실성한 사람처럼 우식의 손모가지를 낚아챘다. 그러나 우식은 그 손을 가볍게 뿌리치고는 소파에 몸을 기댔다.

"선생, 그 멍청한 계획 뒤에 평생 숨어 살 수 있을 거라 생각한 겁니까?"

우식이 살찐 손가락으로 턱을 매만지며 보따리를 풀었다.

그는 지난 나흘에 걸쳐 그날 밤 상우의 행방을 쫓았다고 했다. 형사 시절에 만들어둔 연줄은 이렇게 쓰는 거라며 거드름을 피웠다. 그들에게 찔러준 돈이 얼마인지 모른다는 엄살도 잊지 않았다.

처음에는 어려울 게 없었다. 회사를 나와서 폐도로에 들어설 때까지는 CCTV만 차례대로 따라가면 됐으니까. 문제는 다시 폐도로에서 나와 모습을 드러내기까지 공백의 시간 동안 있었던 일이었다.

"벤츠가 들어가고 삼십 분 있다가 따라 들어간 외제차는 금방 나왔는데, 그다음에 도착한 택시에서 내린 사람은 도대체 어디로 간 걸까요?"

우식은 그곳에서 생긴 지 얼마 안 된 타이어 자국과 빗물에 쓸려가고 남은 핏자국을 발견했다고 했다. 그리고 스키드마크와 상우의 벤츠 타이어가 일치하는 것을 우연이라고 주장할 필요는 없다는 말로 상우의 입을 미리 틀어막았다.

차가 톨게이트를 빠져나가면서부터 행방이 묘연해졌다. 그때부터는 인내와의 싸움이었다. 우식은 상우의 차가 다시 톨게이트에 모습을 드러낸 시각과 범행에 걸린 예상시간을 계산해 가능성 있는 모든 국도와 지방도의 CCTV를 확인했다고 했다. 그리고 마침내 상우의 마지막 행방을 찾아냈다. 여주로 가는 길목에서 옆으로 빠진 지방도 CCTV에서였다.

이야기가 그 부분에 다다르자 우식은 잠시 말을 멈추고 짜릿한 성취감을 되새김질했다.

"거기서부터는 술술 풀렸죠. 그길로 이십 분 정도 더 들어가면 제법 큰 호수가 있어요. 우리 변호사님도 잘 알고 계시죠?"

"제가 그걸 어떻게 안단 말입니까."

우식은 몸을 앞으로 기울이고 상우의 눈동자를 가만히 바라봤다. 두 사람의 눈 사이는 두 뼘 정도에 지나지 않았다.

"옛날이야기 하나 해드릴까 싶은데……."

우식이 뜬금없는 소리를 했다.

"듣고 싶지 않습니다."

우식은 아랑곳하지 않고 이야기를 시작했다.

"몇 년 전에 어떤 여자가 절 찾아왔습니다. 남편이 불륜을 저지르고 있는 것 같으니까 조사를 해달라는 거였는데, 저야 당연히 사진이며 통화기록까지 말끔하게 정리해서 넘겨줬죠. 제 실력 잘 아시지 않습니까. 근데 이 여자가 멍청하게 변호사가 아니라 남편이 사장으로 있는 회사를 찾아간 겁니다. 직원들 다 보는 앞에서 사진을 뿌리며 난리를 피운 거죠. 남자는 그 자리에서 여자를 개 패듯이 때렸고, 나는, 여기 이 다리 저는 거 보이시죠? 그놈이 고용한 새끼들이 이 지경으로 만들어놨거든."

"지금 무슨 소리를 하시는 겁니까?"

"그러지 말고 잘 들어보쇼. 내가 병원에 누워서 TV를 보는데, 그 남편 이름이 나오더라 이겁니다. 부인을 살해한 혐의로 체포됐다는 거예요. 이 짐승만도 못한 새끼가 그러고도 화가 안 풀려서 여자를 죽여버린 거지. 검사 나리가 징역 20년을 구형하려고 잔뜩 벼르고 있다는 얘기를 들었는데, 그게 일이 좀 꼬여버렸어요. 이놈이 비싼 변호사를 선임하더니 말을 바꾸기 시작한 겁니다. 결국 어떻게 됐는지 아세요?"

"대체 내가 그걸 어떻게 압니까?"

우식이 날카롭게 뜬 눈으로 상우를 노려봤다.

"그거, 니가 풀어줬잖아요. 이 씹새끼야."

뒤늦은 깨달음에 상우는 턱이 덜덜 떨렸다. 삼 년 전 남자에게서 보수로 받았던 삼억의 대가가 지금 눈앞에서 자신을 위협하고 있었다.

"여주로 가는 길목에서 지방도로 빠졌을 때 딱 감이 왔지. 그때 그 호수로 가고 있구나."

상우가 탁자를 쾅 내리쳤다.

"아니, 난 모릅니다. 나는 그런 거 몰라요! 제기랄, 대체 무슨 말을 하고 싶은 겁니까!"

우식이 금테 안경을 고쳐 쓰며 나지막하게 말했다.

"어이, 박상우. 그만 정신 차려. 발뺌하면 될 거라고 착각하고 있나 본데, 내일 호수에서 시체만 찾아내면 끝이야. 제 딴에는 머리 쓴다고 썼겠지만, 너도 결국 살인에 있어선 초짜에 머저리야. 그 새끼처럼 호수에 처넣을 게 아니라 땅에 파묻었어야지. 뭐 진짜로 똑똑했더라면 이런 일이 일어나지도 않았겠지만."

"당신 미쳤군. 망상에 빠져 제정신이 아니야."

우식은 미간을 잔뜩 찡그리고는 한숨을 내쉬었다. 그러고는 담뱃갑을 꺼내 얇은 비닐포장을 뜯어 한 개비를 입에 물었다. 상우는 자리에서 벌떡 일어나 손가락으로 문을 가리키며 성을

냈다.

"지금 뭐하자는 겁니까! 당장 내 사무실에서 나가주세요!"

우식은 나가지 않았다. 오히려 상우를 빤히 바라보며 안주머니에서 라이터를 꺼내 담배에 불을 붙였다. 상우는 재차 소리를 질렀다.

"지금 당장 나가는 게 좋을 거야! 그렇지 않으면 경비를 불러……."

상우는 말을 끝내지 못한 채 그대로 털썩 주저앉았다. 우식이 들고 있는 라이터. 흙이 묻은 지포라이터에는 선명한 글씨가 음각되어 있었다.

'박상우 병장님의 전역을 축하합니다.'

우식은 고개를 뒤로 젖히고 하얀 연기를 허공으로 내뿜었다.

"지금 호수에서 오는 길인데, 아주 정성스럽게도 묻어놨더구만. 아주 봉긋하게 산소를 만들어놨어. 범행 도구만 묻은 걸 보니 그 노란 머리의 시체는 아마 그 부근에서 호수로 떨어뜨린 거겠지?"

상우는 양손으로 얼굴을 감싸고 머리를 쥐어뜯었다. 쥐새끼를 쫓아내려고 뱀을 들인 셈이었다. 우식의 조소가 정수리에 꽂히는 게 느껴졌다. 상우는 이를 갈며 다짐했다.

'너는 꼭 땅에 파묻어주마.'

"왜 아무 말도 없으신가?"

우식이 기다림에 지쳐 하품을 했다. 상우는 고개를 들어 대답했다.

"그래서…… 어떻게 할 셈인데? 경찰에 신고? CCTV는 내가 그날 서울을 벗어났다는 사실만 증명할 뿐이야. 나랑 관련이 있다는 증거는 없어."

"그래서 수미에게 연락할 생각이야."

"수미?"

"아아, 승혜라고 불러야 알아듣나? 그날 술집에서 두 사람이 밤을 같이 보낸 것도 다 당신 계획이지?"

"뭐? 승혜는 어떻게……?"

"말했잖아. CCTV에 외제차가 찍혔다고."

눈앞이 깜깜해졌다. 모든 게 우식의 손바닥 위에서 놀아나고 있었다. 분노와 절망에 휩싸인 상우가 탁자 위의 서류를 우식의 멱살인 양 꽉 구겨 쥐었다.

"그녀가…… 순순히 입을 열지는 않을 거야."

"그래? 내가 보기에 그 여자는 돈이면 얼마든지 입을 열 여자로 보이던걸."

우식은 피우다 만 담배를 탁자에 문질러 끄고 자리에서 일어났다.

"오늘 할 이야기는 여기까지니까, 앞으로 어떻게 행동할지 잘 고민해보도록 해. 설마 다른 놈을 써서 내 입을 막으려는 생각이라면 포기하는 게 좋을 거야. 잘 봤잖아? 이 바닥에 있는 놈들이 어떤 놈들인지."

손잡이를 돌려 방을 나가려던 우식은 갑자기 할 말이 떠오른 듯 뒤로 돌아서 이죽거렸다.

"노란 머리가 왜 죽었을까 생각해봤는데……. 아무래도 그것 때문인 것 같아. 한민수. 그렇지?"

상우는 어금니를 꽉 깨물어 터져 나오려는 고함을 참았다.

"어차피 그것도 다 파헤쳐 낼 테니까 그전까지 실컷 발뺌해 두라고."

"대체…… 바라는 게 뭐야?"

"뭐, 이제는 돈이지."

"얼마를……?"

"그건 천천히 얘기하기로 하지. 기대하고 있으라고. 그런데 말이야, 박상우 너도 알고 보면 참 불쌍한 인간이야. 겉으로는 남부러울 것 없이 다 가진 것처럼 보이지만 실상은 그렇지가 않잖아. 온전하게 니 것이라고 할 수 있는 게 하나도 없어. 심지어는 니 부인까지도 말이야."

그 말이 결정타였다. 아슬아슬하게 유지되고 있던 이성의 끈이 괴성과 함께 끊어졌다. 상우는 손에 잡히는 물건들을 모조리 던지기 시작했다. 테이블이 뒤엎어지고 전화기와 키보드가 책장을 향해 날아갔다. 책장 유리가 깨지며 파편이 튀었다. 길길대며 방을 나서는 우식을 뒤로하고 연수가 파랗게 질린 얼굴로 뛰어 들어왔다.

"변호사님, 무슨 일이세요!"

“나가세요! 문 닫고 당장 나가요!”

“우선 진정부터…….”

“내 말 못 들었어요! 나가라고 말했습니다. 이젠 당신까지 나를 무시하는 겁니까!”

“하지만…….”

광기에 휩싸인 상우는 손에 잡히는 뭔가를 연수에게 내던지며 악을 썼다.

“나가! 당장 내 눈앞에서 사라지란 말이야!”

대리석 명패가 연수를 향해 날아갔다. 그녀는 비명을 지르며 눈을 감았다. 명패는 반쯤 열린 사무실 문 모서리를 맞고 바닥으로 떨어지며 두 조각이 났다. 연수는 그 자리에 쓰러져 기절했다. 상우는 그때서야 정신이 번쩍 들었다.

연수는 회계사 두 명에게 업혀 병원으로 옮겨졌다. 이제부터 소문에 불이 붙을 시간이었다. 사람들은 무슨 말로 수근거릴까? 젊은 변호사가 능력에 부친 사건을 맡았다가 중압감을 못 이겨내고 기어코 미쳐버렸다고? 아무렴 상관은 없었다. 소문 따위를 걱정하기엔 이미 오늘 하루 동안 충분히 만신창이가 되었으니까.

✢

“다 왔으니 잠은 집에 들어가서 주무세요.”

택시기사의 투박한 손이 상우를 거칠게 흔들어 깨웠다. 상우는 눈을 부비며 일어났다. 마음 같아서는 기사에게 돈을 내밀면서 이대로 한 시간만 더 있자고 말하고 싶었지만 이미 잠은 달아난 뒤였다.

집 안은 아무도 없이 고요했다. 날이 저물고 있었지만 상우는 불을 켜지 않고 거실 바닥에 뻗어 누웠다. 서서히 영역을 넓혀가는 어둠은 집 안 전체를 커다란 암실로 바꾸어 놓았다. 어둠 속에서 날카로워진 오감이 하루 동안의 기억을 쥐고 흔들었다.

한참을 그대로 누워 있던 상우는 무거운 몸을 일으켜 다시 외투를 걸쳤다. 집 밖으로 나와 정처 없이 길을 따라 걸었다. 호수공원을 가로질러 카페거리를 지날 때, 상우는 솜니움 앞에서 걸음을 멈추고 안을 바라봤다.

평일 저녁임에도 카페는 사람들로 붐볐다. 젊은 연인이 벽에 기대 서로의 손을 붙잡고 사랑을 속삭이고 있었다. 그 옆에는 젊은 엄마가 이제 막 걸음마를 시작한 아이에게 샤베트를 떠먹여 주고 있었다. 모두 행복한 얼굴들이었다. 그들을 물끄러미 쳐다보던 상우는 사람들이 입버릇처럼 '찌들었다'고 표현하는 일상에 소중한 많은 것들이 녹아 있다고 생각했다. 웃음, 적당한 건강, 저녁 식사를 즐길 여유 그리고 무엇보다 내일도 이런 삶이 기다리고 있을 거라는 당연한 기대. 지금의 상우가 어느 하나 가지지 못한 것들이었다.

상우는 문득 극심한 허기를 느끼고 창가 자리에 앉아 음식을 주문했다. 샐러드와 치즈케이크 두 조각, 그리고 진한 아메리카노 한 잔. 음식이 나오자 상우는 앞으로 고꾸라질 듯이 고개를 숙이고 위장을 채우기 시작했다. 치즈케이크를 밥처럼 떠먹으며 체면도 차리지 않고 게걸스럽게 접시를 비웠다. 샐러드 접시가 바닥을 보이고 나자 그제야 고개를 들었다. 나른했다. 포만감이 몸 전체로 퍼지기 시작했다.

배를 채운 지금 상우의 머릿속에 든 생각은 하나뿐이었다.

'좋아. 이제 한강 다리로 가서 뛰어내리는 거야.'

상우는 카페를 나서 택시를 타고 마포대교 부근에 도착했다. 보도를 따라 걸어 다리 중간쯤에 이르렀다. 상우는 난간에 팔을 걸치고 한강을 내려다봤다. 유람선 한 대가 물살을 가르며 지나가고 있었고, 검게 일렁이는 수면 저 너머로는 오리보트가 가지런히 떠 있는 선착장과 가로등이 내리비치는 산책로가 보였다.

결혼 전, 상우가 아직 고시를 준비하고 재는 취업을 준비하고 있을 때, 둘은 이따금씩 지하철을 타고 한강을 찾아 데이트를 즐기고는 했다. 둘이서 팔짱을 끼고 산책로를 걷다가 잔디밭에 돗자리를 깔고 앉아 석양을 바라보며 수다를 떨었다. 가진 것은 없었고 세상은 온통 가지고 싶은 것으로 가득했다. 두 사람의 대화에는 '만약'이라는 단어가 습관처럼 따라붙었다.

'만약 당신이 변호사가 된다면, 내가 원하는 학교에 취업된다면 얼마나 멋질까? 만약 우리에게도 차가 있다면? 그럼 지하철

막차 시간에 맞춰 헤어지지 않아도 될 텐데. 만약 우리가 같은 집에 산다면? 결혼을 하고 가정을 꾸린다면? 아이가 생긴다면? 그러면 우리는 얼마나 행복할까?'

지금은 그때 바라던 모든 것을 가지고 있었지만 행복은 깃털의 무게만큼도 늘지 않았다. 부족한 것들이 채워지기 무섭게 또 다른 바람으로 빈자리를 만들어 넣었다. 행복은 바람과 바람 사이의 아주 짧은 순간에만 존재했을 뿐이었고 곧 다시 허기에 시달렸다.

꿈만으로도 행복했던 시간들. 이제는 모래처럼 흘러 사라진 시간들.

'다시 그때로 돌아갈 수는 없겠지.'

상우는 씁쓸한 웃음을 머금으며 구두를 벗었다.

상우가 심호흡을 하고 몸을 앞으로 기울였을 때, 핸드폰이 울렸다. 핸드폰을 확인하니 재였다. 짧은 순간 고민했지만 상우는 결국 전화를 받았다.

"여보, 어디야? 지금 밖이야? 바람 소리가 들리는데."

재의 목소리는 무엇 때문인지 들떠 있었다.

"퇴근해서 집에 들렀다가 아무도 없기에 나왔어. 밖에서 저녁 먹으려고."

"왜 혼자 밥을 사 먹어. 나한테 연락을 하지. 당신이 이렇게 빨리 퇴근할 줄 알았으면 미리 연락할걸."

"나도 이 시간에 집에 오게 될 줄은 몰랐거든."

재가 묘한 분위기를 감지하고는 물었다.

"오늘 회사에서 무슨 일 있었어?"

"응. 비서 연수 씨가 쓰러져서 병원에 실려갔어."

"뭐? 어쩌다가? 이번 사건 때문에 너무 무리하다가 탈 난 거야?"

재가 진심 어린 목소리로 걱정했다.

"실은…… 사고가 있었어. 변호사 하나가 미쳐 날뛰었거든."

"어쩜, 그 사람은 왜 그랬대?"

"부인이 바람을 폈다나 봐."

재는 말을 잃고 조용해졌다. 상우는 전화기를 톡톡 치며 사라진 아내를 찾았다.

"여보세요? 들려, 여보?"

"……당신은 괜찮아? 어디 다친 데는 없는 거지?"

"나는 별일 없어. 괜찮아."

"다행이야……. 내일 아침에는 연수 씨 병문안을 가야 할까 봐."

이번에는 상우가 잠시 조용해졌다.

"그럴 필요는 없어. 당분간은 안정이 필요하대. 나중에 내가 들러볼 테니까 걱정 마."

"응……. 알겠어. 당신은 거기 계속 있을 거야? 이리로 올래? 실은 꼭 보여주고 싶은 게 있거든."

"……지금 어딘데?"

"정동이야. 얼른 와."

재는 정동의 한 카페 입구에서 기다리고 있었다. 그새 옷을 갈아입었는지 차림이 달랐다. 주름진 스커트는 무릎을 덮고 있었고 목과 소매가 늘어난 회색 티셔츠에는 곰돌이가 그려져 있었다. 재는 상우를 보자 반갑게 웃으며 다가왔다. 그녀가 상우의 팔짱을 끼며 말했다.

"좀 걸을까?"

둘은 덕수궁 돌담길을 따라 걸었다. 은은한 조명이 비추는 돌담길은 운치가 있었다. 선선한 바람이 불어와 재의 스커트 끝자락을 쥐고 나풀나풀 흔들었다. 지나다니는 사람들이 있었지만 돌담길은 조용했다. 조금만 집중한다면 심장의 두근거림도 들릴 것 같은 고적함이었다.

몇 분쯤 걸었을 때 앞서 걸어가는 노부부가 눈에 들어왔다. 그들은 서로 손을 잡고 팸플릿을 가리키며 무언가 얘기를 나누고 있었다. 상우는 자기도 모르게 그들의 모습을 부러운 눈으로 바라봤다. 느낌이 통했는지 재가 상우의 어깨에 살포시 기대며 말했다.

"우리도 저런 삶을 살게 될 거야."

상우는 가슴이 미어졌다. 재에게 아무런 대답도 해줄 수 없었다. 더 이상 노부부의 모습을 바라보지 않기 위해 재의 손을 이끌고 앞서나가려 했지만 그녀의 생각은 달랐다. 재는 상우에게 눈썹을 찡긋하며 상우의 머리를 헝클어뜨렸다.

"서두르지 마. 그러면 즐길 수 있는 것들을 놓치고 말 거야."

두 사람은 계속해서 천천히 걸음을 옮겼다. 돌담길의 끄트머리에 다다르자 두 사람은 약속이라도 한 듯 발걸음을 늦췄다. 앞선 노부부의 모습이 시야에서 조금씩 멀어지더니 이내 어둠 속으로 사라졌다. 재와 상우는 누가 먼저랄 것도 없이 뒤로 돌아 다시 돌담길을 걸었다.

나무와 흙 냄새가 코끝을 간질이고 이름 모를 풀벌레 소리가 귓가를 맴돌았다. 상우는 진심으로 오랜만에 평화로움을 느꼈다. 잠시나마 자신이 살인자라는 사실을 잊을 수 있었다. 줄기차게 등 뒤로 따라붙던 죄책감과 두려움으로부터도 해방되었다. 상우는 마음속으로 이 시간이 영원히 이어지기를 바랐다. 하지만 그 바람이 이루어지지 않을 것임을 알고 있었다. 지금 이 순간의 평안은 지금 이 순간에만 허락된 것이었다.

되돌아오는 돌담길이 중간쯤에 이르렀을 때 재가 걸음을 멈췄다. 재는 진지한 얼굴로 찬찬히 숨을 골랐다. 상우는 이제 곧 중요한 이야기가 나올 것을 직감했다.

"혹시 이 옷 기억나?"

예상치 못했던 물음에 상우는 당황했다.

"어…… 그러니까……."

"참, 십 년 전 우리 첫 데이트 날에 내가 입고 있었던 옷이잖아."

"아!"

그제야 상우는 재가 굳이 낡은 옷을 꺼내 입은 이유를 깨달았다. 그러고 보니 바로 이곳, 덕수궁 돌담길이 재와 처음으로 데이트를 한 곳이었다.

"맞아. 이제 기억나. 그때 당신이 저 앞에서 솜사탕을 들고 날 기다리고 있었지."

"그런 것까지는 기억하지 않아도 돼."

재는 입술을 오리처럼 내밀었다.

상우는 다시 많은 것들을 떠올렸다. 재가 다섯 살 적에 가족과 놀이공원에 갔을 때 처음으로 솜사탕을 보고 구름이라고 생각했다고 한 말, 그때부터 솜사탕과 사랑에 빠졌다고 한 말, 첫 번째 데이트 날 상우를 기다리는 동안 돌담길 앞에서 몰래 솜사탕을 사 먹고 있다가 상우에게 들킨 것까지.

"여보, 아니 상우 씨. 상우 씨는 십 년 후에 어떤 모습으로 살고 있을지 상상해본 적 있어?"

추억에 잠겨 있던 상우는 다시 예상치 못한 물음에 당황했다. 가까스로 꺼낸 대답은 자신이 생각하기에도 한심하기 그지없었다.

"……어떤 상황에서도 침착함을 잃지 않는 변호사."

"아니, 그런 거 말고."

"글쎄…… 당신은?"

"난……."

재는 잠시 말을 멈추고 조심스러운 손길로 배를 쓰다듬었다. 그녀의 배가 어쩐지 전보다 볼록해 보였다.

"십 년 전 이맘때쯤 난 미국에서 막 돌아왔어. 가진 거라고는 인문학 석사학위 한 장과 그런 것은 한국에서 조금도 쓸모없다는 것을 알고 난 후의 상실감뿐이었지. 모든 것이 불안했고 아무것에도 확신을 가질 수 없었어. 십 년은커녕 당장 다음날 어떤 일이 날 기다리고 있을지 생각하는 것조차 버거웠어. 그렇지만 그때 난 당신을 만났고 이제 십 년이 흘렀어. 지금의 난 다시 십 년이 흘렀을 때 어떤 삶이 날 기다리고 있을지 확실히 알 수 있을 것 같아."

재가 팔짱을 풀고 상우의 눈을 똑바로 바라봤다.

"십 년 후에 난 열 살이 된 딸아이의 엄마가 되어 있을 거야. 그리고 그때 우리 딸을 여기로 데려와서 말해줄 거야. 이곳 돌담길에서 네 아빠와 처음으로 사랑에 빠졌다고. 내 말이 무슨 뜻인지 알 수 있겠어?"

"그 말은…… 우리 아이가 딸이라는 거야?"

재가 얼굴 가득히 큰 웃음을 지었다.

"맞아. 아까 병원에 다녀왔어."

재는 가방에서 작은 초음파사진 한 장을 꺼냈다.

사진 속 아이는 손가락을 입에 물고 잠든 것처럼 보였다. 마치 행복한 꿈을 꾸고 있는 것 같았다. 꿈에 다녀갔던 꼬마 숙녀의 모습이 상우의 눈에 아른거렸다. 아내의 눈과 자신의 입꼬리를 닮은 사랑스러운 아이. 상우는 도저히 믿기 힘들다는 듯 사진과 아내를 몇 번이나 번갈아가며 쳐다봤다.

"어때? 나랑 닮은 것 같아?"

상우는 부들거리는 손으로 사진을 눈앞에 가져다 댔다. 그리고 떨리는 목소리로 대답했다.

"정말로⋯⋯ 꼭 닮았어. 당신을⋯⋯ 그리고 나를⋯⋯."

잠시 후 눈물 한 방울이 똑 소리를 내며 사진 위로 떨어졌다. 상우는 소리 없이 어깨를 들썩이며 흐느꼈고 재는 두 팔로 남편의 머리를 감싸 안았다. 상우의 머리 위에도 따뜻한 물방울이 떨어졌다.

"상우 씨, 미안해."

재가 무엇에 대해 사과하는지 상우는 묻지 않았다. 재도 상우가 왜 묻지 않는지 궁금해하지 않았다. 상우는 입을 열어 나야말로 미안하다고 말하려 했지만 말 대신 흐느낌만이 흘러나왔다. 상우는 재의 따뜻한 품에 얼굴을 파묻은 채 소리 없이 오열했다.

상우는 잠든 재의 얼굴을 바라보며 어떤 장면을 떠올렸다.

재가 테이블에서 작은 선물 가방을 발견한다. 케이스를 열어 목걸이를 확인하고 화사한 미소를 짓는다. 그러나 카드에서 다른 여자의 이름을 찾아낸다. 그녀는 배를 잡고 쓰러지지만 남편에게는 연락할 수 없다. 병원에 실려가 누운 자신에게 남편이라는 작자는 아무것도 모르고 이렇게 지껄인다.

"조심해야지. 임산부에게 스트레스가 얼마나 위험한데. 당신은 좀더 책임감을 가져야 해."

그녀가 대답한다.

"미안해. 이제 조심할게."

왜 그녀가 미안해해야 하지? 그녀가 뭘 조심해야 하지? 상우는 그날 재의 눈동자 안에서 반짝이던 유리가루를 기억했다. 그때는 그 눈물의 의미를 알지 못했다.

'재는 믿음을 가지고 있었기에 알면서도 아무런 말을 하지 않았던 거야. 내가 방황을 끝내고 다시 제자리로 돌아올 거라는 믿음.'

상우는 다시 낮에 아내의 부정을 목격했을 때의 충격과 배신감, 절망을 떠올렸다. 그러나 이제 그런 것은 아무 상관 없었다.

'재는 나에게 돌아왔어. 새로운 출발은 이렇게 묻어두고서도 얼마든지 가능한 거야. 그래, 이거면 된 거야.'

상우는 잠든 재의 머릿결을 쓰다듬었다. 재는 몸을 뒤척이며 쩝쩝 입맛 다시는 소리를 냈다. 이따금씩 미소를 짓는 입가에는 침이 살짝 묻어 있었다. 상우는 아마도 그녀가 꿈속에서 솜사탕을 먹고 있는 중일 거라고 생각했다. 상우는 미소를 지으며 휴지로 재의 입가를 닦아주었다.

'살인자의 삶에 이런 기적 같은 행복이 주어지다니…….'

재를 바라보던 상우는 자기도 모르게 그녀의 허리를 감싸 안

왔다.

"음…… 좋은 꿈 꾸고 있었는데."

"응…… 미안해."

"괜찮아. 다시 자자."

"재야…… 미안해."

"괜찮대두."

"재야…… 미안해…… 정말……."

재는 자신의 품에 얼굴을 묻은 상우를 바라봤다. 상우는 흐느끼고 있었다. 재는 아무 말 없이 상우를 감싸 안고 어깨를 두드렸다.

두 사람은 더 이상 아무 말도 하지 않았다. 하지만 어느 때보다도 많은 이야기를 나눈 밤이었다.

여섯 시 반. 상우는 간만의 꿀 같은 잠에서 깨어났다. 늘어지게 하품을 하는데 고소한 냄새가 코를 자극했다. 주방으로 내려가자 재가 파자마 차림으로 토스트를 기름에 튀겨내고 있었다. 재는 상우에게 잠시만 기다리라고 말하고는 이내 설탕을 뿌린 먹음직스러운 토스트 네 장과 딸기잼을 접시에 담아왔다.

"내가 이거 먹고 싶은 줄 어떻게 알았어?"

"우리 화해하고 다음날은 항상 토스트를 해달라고 했잖아."

재는 상우에게 눈을 찡긋거렸다. 상우는 마주 웃음을 지으며 토스트에 잼을 발랐다.

"내가 그랬었나."

"응. 그런데 왜 항상 토스트였어?"

상우는 입에 넣으려던 토스트를 내려놓고 잠시 대답을 망설였다.

"실은…… 신림동에서 공부할 때 내가 가장 좋아했던 음식이야. 다른 사람들은 가끔씩 특식으로 나오던 삼겹살을 가장 좋아했지만, 난 이 토스트가 나오는 날이면 전날 밤부터 설레곤 했어. 신림동에서 나와 집으로 옮긴 다음에는 한동안 먹지 못했지만."

재는 한 손으로 턱을 괴고 남편이 처음 하는 이야기를 흥미롭게 들었다.

"어느 날 친구 주선으로 소개팅을 나갔는데, 상대가 그동안 가장 맛있게 먹은 음식이 뭐냐고 물었어. 토스트라고 대답했는데 그 순간 갑자기 군침이 도는 거야. 그래서 돌아오는 길에 어머니께 전화해서 집에 가면 먹을 수 있게 토스트를 미리 만들어달라고 했어."

"지금은 어때? 그때 어머님이 해주신 거랑 비교해서 뭐가 더 맛있어?"

"몰라. 그날 결국은 토스트를 먹지 못했거든."

"왜?"

"전화를 끊고 고개를 돌렸는데, 꿈에 그리던 여자가 버스에 오르는 거야. 말을 걸고 싶었지만 일곱 정거장이나 지나치는 동안에도 도저히 용기가 나지 않았어. 결국은 동전을 꺼내면서 다짐했지. 앞면이 나오면 말을 걸고, 뒷면이 나오면 내리기로."

재는 입을 삐죽 내밀며 물었다.

"그래서, 결과는?"

"숫자."

"뒷면이네. 결국 그냥 내린 거야?"

"아니. 그때는 숫자가 앞면인 줄 알았어. 여자에게 다가가 어깨를 톡톡 치며 이렇게 말했지."

"뭐라고?"

"혹시 정재 아니니?"

재는 볼에 옅은 홍조를 띠며 수줍게 고개를 숙였다. 토스트 접시를 사이에 두고 설렘이 아스라하게 피어올랐다.

상우는 오랜만에 재의 배웅을 받으며 출근했다. 사무실에 도착해 문을 열자 놀랍게도 연수가 상우를 맞이했다. 검은 정장 치마에 프릴이 달린 하얀 블라우스를 단정하게 차려입은 그녀는 마치 아무 일도 없었던 것처럼 제자리에 앉아 있었다.

"연수 씨! 괜찮은 거예요? 어제는 제가 정말 넋이 나가서…… 아니, 미안해요."

"괜찮아요. 조금 놀랐을 뿐이에요."

"만약…… 고소를 하고 싶으시다면……."

"박상우 변호사님."

"네……."

"변호사님이 스트레스를 많이 받고 있었다는 것 알고 있어요. 그러니 변호사님은 한 가지만 약속해주시면 돼요."

"그게 뭐죠?"

"앞으로도 평소와 똑같이 저를 대해주시는 거요."

"……물론이에요. 앞으로, 앞으로도 평소처럼. 연수 씨, 정말 고마워요."

연수는 예전과 다름없는 상큼한 미소로 대답을 대신했다.

책상 앞에 앉은 상우는 들뜬 마음을 가라앉힐 수 없었다. 아내와의 관계는 빠른 속도로 좋아지고 있었고 연수는 그녀의 자리에 아무 일도 없었다는 듯 복귀했다. 한 사람이 누릴 수 있는 행복의 양이 정해져 있다면 오늘 하루 동안 다 쓴 것이 아닐까 싶은 걱정이 들 정도였다. 물론 아내와 연수 모두 내면의 상처를 치유하는 데 오랜 시간이 걸릴 것은 당연했다. 하지만 상우는 이 숙제를 해결할 수 있을 것이라 믿어 의심치 않았다.

그리고 그 믿음이 깨지는 데는 오랜 시간이 걸리지 않았다.

상우가 막 서류를 집어 들었을 때 한 통의 문자가 왔다.

화상을 입고 끔찍하게 불어터진 시체 사진. 그리고 그 밑에 단 두 글자.

빙고

어디선가 '탕' 하고 공이가 약실을 때리는 소리가 메아리쳤다. 세상이 모조리 깨지는 듯한 소리였다.

고개를 돌려 창밖을 바라보니 하늘에 짙은 먹구름이 끼어들고 있었다.

상우는 점심도 거른 채 창문 앞에 서서 내리는 비를 하염없이 바라봤다.

어젯밤부터 아침까지의 평화와 행복은 모조리 신기루처럼 사라졌다. 그리고 다시 살인자라는 현실이 등 뒤를 바짝 쫓아오고 있었다.

문득 바늘로 찌르는 듯이 머리가 아파왔다. 상우는 서랍을 열고 아스피린 세 알을 꺼내 물과 함께 삼켰다. 상우는 그대로 의자에 앉아 깍지 낀 손에 이마를 받치고 약효가 감돌기를 기다렸다.

짧지 않은 시간이 지난 뒤 상우는 스산한 표정으로 고개를 들었다. 상우는 핸드폰을 손에 들고 번호를 눌렀다. 신호가 연결되자 상우는 반쯤 쉰 목소리로 말했다.

"박상우 변호사입니다."

"무슨 일이십니까?"

"오늘 저녁에 의원님을 뵙고 싶습니다. 아주 중요한 일이라고 전해주시겠습니까?"

✣

저녁 8시. 상우는 마천루 3층에 앉아 있었다. 약속한 시간에서 이미 한 시간이 지났지만 상진에게도, 욱현에게도 아무런 연락이 없었다.

상우는 연신 물을 마시며 속을 달랬다. 시간이 지날수록 두려움이 자라났다. 마지막 수단이라 생각하고 상진에게 연락했지만, 이번에 일이 틀어진다면 주영이나 우식처럼 협박으로 끝나지만은 않을 것이었다. 하지만 방법이 없었다. 함상진은 자신을 이 진흙탕 속에서 건져낼 수 있는 유일한 남자였다. 그리고 상우가 믿을 것은 오직 자신이 함병호의 변호인이라는 사실 뿐이었다.

상진은 처음 약속했던 시간에서 두 시간이 지나서야 나타났다. 얼굴은 거무튀튀했고 퀭한 눈은 손가락 반 마디 정도 움푹 들어가 있었다. 상우는 상진이 자리에 앉기를 기다려 술을 한 잔 따른 다음 조심스럽게 입을 열었다.

"긴히 부탁드릴 게 있어서 자리를 마련했습니다."

"뭔가."

"병호 건은 아닙니다."

"그렇겠지. 자네가 고작 병호 안부나 전하자고 날 불러내지는 않았을 테니."

상우는 눈썹을 꿈틀거렸다. '고작 병호'라는 말이 어쩐지 심기를 긁었다. 상우 자신도 이제 곧 누군가의 아빠가 된다는 사실이 불편함을 만들어낸 것 같았다.

"……우선 어제의 결례를 사과드리고 싶습니다."

"아닐세. 우리 보좌관이 큰 실수를 했다지. 나에 대한 충심에서 비롯된 일이니 오해는 없길 바라네."

상우는 가소로움을 느꼈다. 상진은 저 지경에 저 몰골이 되어서도 아랫사람을 화살받이로 돌리고 있었다.

"다른 얘기할 것 없이 용건을 말하게. 무슨 일인가?"

"……."

상우는 잠시 망설이다가 가방에서 사진을 꺼냈다. 우식이 찍어온 것이었다. 신호등 앞에 멈춘 회색 SUV, 선명하게 찍힌 모텔 간판과 아내의 얼굴. 다시 봐도 가슴이 찢어질 것 같았지만 상우는 애써 덤덤하게 이야기를 시작했다.

"얼마 전부터 느낌이 이상해서 사람 하나를 고용했더니, 이걸 찍어오더군요."

상진은 사진을 이리저리 몇 번이나 돌려보더니 한참 만에 다시 말문을 열었다.

"내가 만나본다고 자네 부인이 마음을 돌릴지도 의문이고…… 어떻게 도와줘야 할지 난감하구만."

"사람을 빌려주셨으면 합니다."

놀란 상진이 딸꾹질을 했다.

"어찌 그런 일로 아내를……."

"아내가 아닙니다. 이 사진을 찍어온 자를 말하는 겁니다. 그는 지금 저를 협박하고 있습니다."

"무슨 협박 말인가."

"이번 사건으로 제가 언론에 노출되고 있는 지금, 이 사진을 뿌리겠다는 겁니다. 그게 싫다면 돈을 내놓으라는군요."

상진이 앓는 소리를 내며 사진을 내려놓았다.

"이자가 무슨 사진을 더 가지고 있고 또 얼마를 요구했는지는 모르겠지만, 지금 자네가 하는 생각은 너무 위험해. 적당히 쥐어주고 끝내는 편이 좋을 걸세. 자네 정도 변호사라면 돈이 큰 문제도 아니지 않은가?"

"약속을 지키는 협박범은 어디에도 없다는 걸 의원님도 잘 아시지 않습니까? 그때는 아내도, 병호도, 제가 지키고자 하는 것들을 모조리 잃게 되는 겁니다. 싹은 미연에 뿌리째 뽑아내야만 합니다."

변호사는 최후 변론을 끝내고 판결을 기다렸다.

상진은 눈을 내리깔고 손가락으로 연신 인중을 긁었다. 고민에 빠졌을 때 나오는 무의식적인 행동인 듯했다.

마침내 상진이 께름칙한 눈빛으로 상우를 바라보며 말했다.

"혹시 다른 뜻이 있는 건 아닌가? 나는 왠지 자네에게 다른 꿍꿍이가 있을 거라는 생각을 지울 수가 없네."

"그런 건 없습니다. 이건 저의 처음이자 마지막 부탁입니다."

"박 변호사, 자네 부탁은 내게 조언을 구하는 거였다고 생각하도록 하겠네. 그리고 내 조언은 그자를 한번 믿어보고, 요구하는 돈을 쥐어주라는 걸세."

패소였다. 상우가 무릎을 꿇고 더욱 진한 애절함을 담아 항소를 해봤지만 판결은 번복되지 않았다.

"이건 더 이상 우리 사이에서 나올 이야기가 아닌 것 같구만."

상진은 손바닥을 털며 매정하게 일어섰다. 고개를 숙인 상우의 귀에 미닫이문이 열리고 닫히는 소리가 들려왔다.

상우는 이를 갈았다. 낯뜨거운 사진까지 내밀면서 도박을 걸어봤지만 결국 실패로 끝나고 말았다. 상우는 술잔을 가득 채워 단숨에 비웠다. 이어서 다시 한 잔을 따라 마셨다. 온 세상이 박상우의 파멸을 기대하고 있었다. 그리고 자신은 그 기대에 확실하게 부응하는 중이었다.

상우가 막 세 번째 잔을 들이켜려 할 때 핸드폰이 울렸다.

"네, 변호사 박상우입니다."

"지욱현입니다."

"……무슨 일이십니까? 의원님은 방금 만나뵀는데요."

"지난번 일도 사과드릴 겸, 제가 가볍게 술이라도 대접할까 합니다. 지금 괜찮으시다면 그리로 가도록 하겠습니다."

상우는 전화를 끊고 핸드폰을 내려놓았다. 상우는 비로소 상진이 한 말의 의미를 알 수 있었다.

'이건 우리 사이에서 나올 이야기가 아니야.'

IV

고개를 들어 바라본 밤하늘은 무척이나 맑았다. 차갑게 내려앉은 산 공기도 더없이 청량했다. 소나무가 사방으로 빼곡히 들어서 있었고, 멀리서는 소쩍새가 울었다. 근방에 불빛이라고는 빨갛게 빛나는 교회 십자가가 전부였다. 그마저도 찍어놓은 점처럼 보이는 게 족히 칠, 팔 킬로미터는 떨어져 있음이 분명했다. 덕분에 밤하늘에 걸린 반쪽짜리 달을 구경하기에는 썩 괜찮은 분위기였다.

달이 기운 것으로 보아 아직 자정은 지나지 않았을 것 같았다. 시계를 확인해보면 될 일이었지만 양손은 등 뒤로 단단히 묶여 있었다.

"저기, 시간 좀 알 수 있을까요?"

우식은 무릎을 꿇은 채 가장 공손한 목소리로 물었다. 입을 벌릴 때마다 텅 빈 앞니 사이로 공기가 들락거렸다. 사각턱에 검은 선글라스를 낀 사내가 나무에 기대선 채 무미건조한 목소리로 말했다.

"10시 20분."

'그렇다면 아직 금요일 밤이군.'

우식은 기억을 되짚었다. 불과 세 시간 전, 우식은 사무실에서 퉁퉁 불은 라면으로 허기를 달래고 있었다. 그러던 중 상우로부터 연락이 왔다. 돈을 준비했으니 만나자는 용건이었다. 조용한 때에 사무실로 찾아가겠다고 했고, 우식은 그렇다면 지금이 좋겠다고 대답했다.

"얼마를 준비했기에 먼저 연락을 다 주셨을까?"

"깜짝 놀랄 겁니다."

전화를 끊은 지 삼십 초도 지나지 않아 세 명의 건장한 사내들이 문을 부술 듯이 열고 들이닥쳤다. 그들은 익숙한 솜씨로 우식의 입을 휴지로 채워 넣고 테이프로 막았다. 일방적인 구타가 시작된 것은 그다음이었다. 우식이 곤죽이 된 채 바닥에 늘어졌을 때 검은 선글라스가 다가와 우식의 눈앞에서 은색 나이프를 이리저리 흔들었다. 우식의 눈동자가 나이프 끝을 따라 좌우로 움직였다.

"얌전히 따라와."

구덩이가 제법 깊어졌다. 사내들의 무릎을 가리던 구덩이가 이제는 어깨춤을 가리고 있었다. 우식은 자신의 묏자리는 아닐 거라고 믿고 싶었지만, 삽질을 하던 사내 하나가 우식을 힐끗 보고는 중얼거렸다.

"이거 좀더 파야 되겠는데."

얼마 후 검은 선글라스가 날카로운 소리로 휘파람을 불자 사내들이 기어 나왔다. 준비가 끝났다. 이젠 우식이 들어가 묻힐 일만 남았다. 하지만 지금 당장은 아니었다. 이번 일을 꾸민 자가 아직 나타나지 않았다. 아직 한 번의 기회는 남아 있었다.

선글라스가 우식에게 다가와 손전등을 얼굴에 들이밀었다.

"이봐, 지금까지의 태도는 마음에 들었어. 그대로 유지해."

우식이 목이 부러져라 고개를 끄덕이자 선글라스가 이를 드러내며 웃음을 지었다. 그는 손전등 하나를 나무에 걸고는 나머지 두 사람을 이끌고 산 아래쪽으로 발걸음을 옮겼다. 우식은 사내들이 사라져간 방향에서 눈을 떼지 않았다. 하지만 시간이 지나도록 누구도 모습을 드러내지 않았다. 고개를 두리번거리던 우식은 설마 하는 마음으로 엉거주춤 한쪽 무릎을 세웠다.

"뭘 그렇게 두리번거립니까? 도망이라도 치시려고?"

목소리는 등 뒤에서 들려왔다. 인기척이 없었던 것으로 미루어보아 처음부터 그 자리에 있었던 모양이었다. 흙을 밟는 소리가 조금씩 가까워지더니 매끈한 손이 어깨를 짚었다.

"내가 깜짝 놀랄 거라고 했죠?"

우식은 떨리는 고개를 돌려 상우의 얼굴을 바라봤다.

"지금부터 몇 가지 질문을 할 겁니다. 대답에 따라서 많은 것들이 달라질 테니 성실하게 답변해주길 바랍니다. 내 말 무슨 뜻인지 알겠습니까?"

우식은 세차게 고개를 끄덕거렸다.

"당신이 알고 있는 걸 또 누가 알고 있습니까? 내가 임주영을 죽인 것, 그리고 아내가 이경준을 만났다는 것 말입니다."

"아무, 아무도 모릅니다. 저만 아는 사실입니다!"

우식은 더없이 비굴한 목소리로 강력하게 주장했다.

"그러면 승혜는 어디까지 압니까?"

"노란 머리의 실종이 변호사님과 관련되어 있다는 것만 말했습니다. 멍청하게 일을 그르칠까 봐 더 이상은 아무것도 알려주지 않았습니다."

상우는 우식의 말을 곧이곧대로 믿을 수 없었다. 눈앞의 위기를 모면하기 위해 거짓말을 하고 있을 가능성이 있었다. 상우의 심경을 눈치챈 우식이 얼른 말을 덧붙였다.

"내일, 내일 오후 두 시에 사무소에서 그 여자를 만나기로 했습니다! 제가 같이 간다면 크게 도움이 될 겁니다."

상우는 '오후 두 시, 사무소'라는 것만 기억하고 나머지는 잊어버렸다.

"시체는 어떻게 했습니까?"

"사진만 찍고 다시 호수에 던져 넣었습니다. 옮긴다 해도 보관할 장소가 마땅치 않아서요. 잠수부들 입막음도 단단히 신경 써두었습니다."

"시체를 다시 건져내서 파묻어야 할까요?"

"그러실 필요는 없습니다. 결코 떠오르지 않게 보강 작업을 해 두었으니 걱정하시지 않으셔도 됩니다."

"하지만 경찰들이 찾아낼 수도 있는 거 아닙니까? 당신이 찾아낸 것처럼."

"저야 변호사님이 관련되어 있을 거라고 미리 의심했기 때문에 변호사님 동선을 따라가면서 찾아낸 거지요. 아무것도 모르는 경찰들이 실종신고만 받고 찾아내려 해서는 거의 불가능에 가까울 겁니다."

상우는 만족스러운 웃음을 지었다. 마지막으로 우식이 찍은 사진들과 메모리가 어디 있는지 묻자 우식은 조금도 망설이지 않고 사무실 캐비닛의 비밀번호 여섯 자리를 알려주었다.

"수고했습니다."

상우가 우식의 어깨를 짚고 일어섰다.

"저기, 변호사님. 그럼 저는 이제……."

우식이 간절한 눈빛으로 상우를 올려다보았다. 상우는 그 얼굴을 향해 웃음을 지었다. 우식의 얼굴에 화색이 돌았다.

"감사합니다, 변호사님! 이 은혜 절대로 잊지 않고 이제부터 매일 사죄하는 마음으로 살겠습니다! 감사합니다!"

우식은 불편한 몸을 이끌며 연신 고마움을 전했다. 죽음 문턱까지 끌려갔다가 두 번이나 살아날 기회를 얻은 기쁨은 말로 형용할 수가 없었다. 이렇게 운이 좋은 삶은 또다시 없을 것 같았다.

상우는 나무에 걸린 손전등을 손에 옮겨들고 공중을 향해

원을 그렸다. 얼마 뒤 산 아래쪽에서 다시 사내들이 나타났다.

그들은 여전히 손에 삽을 들고 있었다.

우식은 깜짝 놀라 상우와 사내들을 번갈아보며 외쳤다.

"저기! 저기, 변호, 변호사님! 약속을, 약속이……!"

상우는 우식의 귓가에 입을 가져다 대고 싸늘한 목소리로 속삭였다.

"미안하지만…… 변덕이 지랄 같은 당신 마음이 또 언제 변할지 몰라. 가슴 졸이며 사는 건 사양하겠어."

상우는 바지 주머니에서 두툼한 봉투를 꺼냈다.

"당신한테 받았던 돈 그대로야. 이제 돌려주지."

상우는 봉투에서 꺼낸 지폐다발을 우식의 입안에 쑤셔 넣었다. 우식은 지폐를 뱉어내며 있는 힘을 다해 소리를 질렀다. 하지만 어느새 다가온 사내가 우식의 턱을 갈긴 뒤 테이프로 입을 막았다. 우식은 몸을 버둥거리며 계속해서 상우를 향해 고개를 돌렸다. 그의 두 눈은 절망과 공포에 빠져 있었다. 상우는 그런 우식을 향해 다시 미소를 지어주고는 발길을 돌렸다. 산을 내려가는 상우의 등 뒤로 얼마간 "읍! 으읍!" 하는 소리가 들려왔지만 그 소리는 삽자루와 두개골이 부딪히는 둔탁한 소리와 함께 잠잠해졌다.

얼마쯤 산길을 내려가자 검은 선글라스가 껌으로 풍선을 불며 상우를 기다리고 있었다.

"먼저 가시죠. 저희도 마무리 짓는 대로 내려가겠습니다."

"이번 일로 의원님께 큰 빚을 지고 말았군요."

선글라스가 씹던 껌을 퉤 하고 뱉었다. 그의 얼굴이 싸늘하게 식어 있었다.

"누구를 말씀하시는 건지 잘 모르겠습니다만."

"이런, 제가 실언을 한 것 같습니다."

선글라스가 다가와 상우의 양쪽 어깨에 묵직한 손을 올렸다.

"조심하시길 바랍니다."

"……잊지 않겠습니다."

상우는 뒷덜미에 서늘함을 느꼈다. 선글라스가 삽자루를 손에 쥐고 따라오는 모습이 눈앞에 아른거렸다. 상우는 빠르게 걸음을 옮기며 연신 뒤를 확인했다. 산길 구석에 주차해둔 벤츠와 그 뒤의 승합차가 시야에 들어올 때까지 심장의 떨림은 멈추지 않았다. 차에 올라 한동안 심호흡을 하고 나자 겨우 숨통이 트였다.

조금 전까지 상우는 두 명으로부터 위협을 받고 있었지만, 이제 막 한 명은 영원히 입을 닫았고 마지막 한 명만 남게 되었다. 아니, 정말 한 명이 확실한 걸까? 경준만 사라지고 나면 정말로 끝나는 걸까? 아무것도 확신할 수 없었다. 또 언제 어디서 누가 튀어나온다 하더라도 이상할 게 없을 만큼 실타래는 꼬여 있었다.

한 명의 변호사가 일생 동안 죽이는 사람의 숫자는 얼마나 될까? 분명한 사실은 이미 자기가 그 평균을 올려놓았다는 것이었다.

상우는 초콜릿을 씹으며 생각을 정리했다. 승혜는 내일 만나 우선 돈으로 입을 막을 수 있을 것이다. 문제는 경준이었다. 이제 모든 진실을 낱낱이 알고 있는 것은 경준뿐이었다. 경준의 경우에는 상진의 손을 빌릴 수 없었다. 오직 자신이 처리해야 할 문제였다. 상우는 망설이지 않고 바로 경준에게 전화했다.

"무슨 일이야, 이 시간에?"

"돈 받기 싫어?"

"생각보다 빠르네. 그 잘난 대가리를 일주일은 굴리다가 연락할 거라 생각했는데."

"어차피 끝내야 할 일이야. 질질 끌 필요는 없지."

"좋아. 언제 어디에서 볼까?"

"시간은 내일 밤 아홉 시. 주소는……."

상우가 내비게이션을 보며 '산'이라는 주소를 불러주자 경준은 어이가 없다는 듯 웃었다.

"제대로 된 주소 맞아? 넌 내가 그런 데로 나갈 만큼 멍청하다고 생각하는 거야?"

"그러면 우리가 손잡고 은행이라도 갈까?"

"……내가 그리로 가는 일은 없을 거야. 다시 정해."

"어디로? 밝고 시끄럽고 보는 눈이 많은 곳으로? 아니면 기록이 버젓이 남도록 계좌이체라도 해줄까? 십억을?"

경준은 대답이 없었다.

"뭘 그렇게 겁내는 거야? 내가 무서워?"

"내가 널 겁낸다고? 이거 기가 찰 노릇이네."

"네가 그 장소에 나오지 않겠다면 나도 어쩔 수 없어."

"어쩔 수 없다고? 야, 박상우. 너 단단히 착각하고 있는 모양인데, 칼자루는……."

"네 손에만 있다고 착각하지 마. 너도 결국은 눈앞에서 사람이 죽어가는 동안 카메라에 눈깔 붙이고 셔터만 누른 놈이니까. 그리고 그걸로 돈을 요구하고 있는 중이지. 재가 그 사실을 알게 되길 바라는 건 아니겠지?"

"너 단단히 미쳤구나. 네가 그런 소리를 했다가는 어떤 일이 벌어질지 알고나 있는 거야?"

상우는 조금도 위축되지 않고 대답했다.

"물론 알아. 넌 다시는 재를 볼 수 없어."

수화기는 잠잠했다. 하지만 상우는 경준의 얼굴이 분노로 구겨져 있다는 걸 충분히 짐작할 수 있었다.

"……좋아. 박상우, 딴마음 먹지 않는 게 좋을 거야."

경준은 이를 뿌득뿌득 갈며 전화를 끊었다.

상우는 시간을 확인했다. 10시 53분. 서두른다면 금요일 밤의 남은 몇 분 정도는 재와 함께 보낼 수 있을 것이다. 상우는 힘껏 액셀을 밟았다. 상우의 금요일 밤은 그렇게 끝나가고 있었다.

하지만 누군가의 금요일 밤은 아직 끝나지 않았다.

벤츠가 빠른 속도로 사라지자 도로 옆 후미진 곳에 숨어 있던 검은 세단 한 대가 시동을 걸고 상향등을 켰다. 세단은 산길을 올라가 승합차 뒤에 부드럽게 멈춰 섰다. 세단에서 내린 것은 왜소한 체구의 한 남자였다. 승합차 곁에 서 있던 세 명의 사내들은 그에게 허리를 깊숙이 숙여 인사했다. 그는 선글라스의 안내를 받아 산속으로 자리를 옮겼다. 네 사람이 발을 멈춘 곳에는 꽤 깊게 파인 구덩이가 하나 있었고, 그 안에는 한 남자가 죽은 듯이 웅크려 있었다.

욱현이 물었다.

"죽었나?"

그 말에 구덩이 안의 남자가 몸을 떨며 반응했다. 선글라스가 남자의 얼굴에 손전등을 비췄다. 우식의 모습은 엉망이었다. 셔츠는 온통 빨갛게 물들었고 왼쪽 귀는 절반 정도 떨어져 나가 있었다. 얼굴은 여기저기가 터지고 붓고 멍으로 가득했다.

사내 하나가 구덩이 안으로 들어가 우식의 입에서 테이프를 떼어냈다. 우식이 지폐와 핏물을 토해내며 기침을 해댔다. 욱현은 기침 소리가 잦아들기를 기다렸다가 낮은 목소리로 물었다.

"이봐, 네놈이 아주 재미있는 이야기를 했다면서?"

"……."

"박상우에 대해 알고 있는 걸 전부 말해봐. 하나도 빼먹지 말고."

우식이 힘겹게 숨을 몰아쉬며 물었다.

"그럼…… 살려주시는 겁니까?"

욱현이 사람 좋은 웃음을 지었다.

"이 새끼, 이거 아직 덜 맞았구만."

✢

토요일 오전 6시 42분.

상우는 눈을 떴다. 시야 한편에서 재가 걱정스러운 얼굴로 상우를 내려다보고 있었다.

"여보, 괜찮아? 무슨 안 좋은 꿈이라도 꾼 거야?"

"왜, 무슨 일 있었어?"

"당신이 앓는 소리에 걱정이 돼서 잠을 잘 수가 있어야지."

"……내가 앓는 소리를 냈어?"

"응, 요즘 자주 그러는 것 같아. 무슨 일 있는 거야?"

"아니. 피곤해서 그럴 거야. 별일 아니야."

상우는 재에게 미소를 지어주고는 침대에서 몸을 일으켰다.

"오늘도 회사에 나가봐야 할 것 같아. 준비할 테니 당신은 좀 더 자둬."

그러나 재는 나도 일으켜달라며 손을 내밀었다.

"당신은 좀더 자도 괜찮은데."

말은 그렇게 했지만 상우는 재의 그 사소한 몸동작이 그렇게

나 보기 좋을 수 없었다. 상우는 미소를 지으며 재가 내민 손을 포개 잡았다.

"내일은 일요일이니까 같이 공원에 나가자."

"어머? 일은 어떻게 하려고?"

"괜찮아. 하루쯤 쉰다고 어떻게 되지는 않아. 내일은 같이 산책도 하고 영화도 보고 외식도 하자. 솜사탕도 사줄게. 가장 커다랗고 예쁜 걸로."

재의 얼굴이 한껏 밝아졌다.

"신난다. 내일 입을 스웨터를 꺼내놔야겠어!"

"오월인데 스웨터는 덥지 않을까?"

"난 홀몸이 아니잖아. 항상 따뜻하게 입어야 한다고."

상우는 다시 미소를 지으며 고개를 끄덕였다.

"그래, 옳은 말이야. 그리고 이번 일만 끝나는 대로 여행을 떠나자. 몰디브나 프라하는 어때? 아, 당신이 예전부터 노래를 불렀던 산토리니가 좋겠다. 두 달쯤 휴가를 쓰고 파란 지붕 아래에서 바닷바람을 맞으며 하루를 보내는 거야."

"여보, 나는 그렇게까지 안 해도 괜찮아."

하지만 재는 웃음을 감추지 못했다. 상우는 재의 이마에 가볍게 입을 맞췄다.

"누구보다도 내가 원하는 일이야. 약속할게. 우리는 곧 산토리니에 가게 될 거야."

기분이 좋아진 재는 정체를 알 수 없는 콧노래를 흥얼거리며 남편에게 자신이 가장 좋아하는 하늘색 셔츠를 골라 입혔다. 서류가방을 들고 현관 앞까지 마중을 나오는 친절도 베풀었다. 마당을 반쯤 지났을 때 재는 문득 어떤 말을 하고 싶었는지 돌아오라며 손짓했다. 하지만 상우는 발걸음을 돌리지 않은 채 손을 흔들며 중얼거렸다.

"미안해, 여보. 이미 너무 멀리 왔어……."

오전 9시 13분.

텅 빈 회사에 도착한 상우는 마지막 싸움을 위한 준비에 들어갔다. 복사실에서 이면지들을 가져와 서류가방 바닥에 깔았다. 그 위로 지폐 크기로 자른 수백 장의 종이들을 열을 맞춰 넣었다. 맨 위 한 장씩은 오만 원 권으로 덮어 묶는 것도 잊지 않았다. 가방을 손에 들어보니 그럭저럭 십억이라는 단어가 주는 무게감과 맞아 떨어지는 것 같았다.

오후 1시 23분.

상우는 우식의 사무소 문을 열었다. 사무소는 전에도 깔끔한 편은 아니었지만 지금은 완전히 아수라장이었다. 바닥에는 라면 국물이 말라붙어 있었고, 의자는 다리 하나가 부러진 채 옆으로 누워 있었다. 그 옆에는 혈흔이 낭자했다. 상우는 어렵지 않게 어젯밤의 일을 떠올려볼 수 있었다.

상우는 집기들을 조심스럽게 피해가며 캐비닛 앞에 다다랐다. 그러고는 캐비닛 문의 잠금 장치에 손을 가져다 댔다.

'어?'

자물쇠는 이미 비밀번호가 맞춰져 있었다.

'멍청한 자식이 자물쇠 번호를 돌리는 걸 잊었나?'

상우는 의아해하며 캐비닛을 열었다. 캐비닛 안은 우식의 보물들로 가득했다. 누런 것은 누군가의 통화기록들이었고 알록달록한 것은 인화한 사진들이었다. 고무줄로 묶인 사진뭉치들은 얼추 봐도 수십 개에 달했다. 상우는 바닥에 엉덩이를 붙이고 사진들을 하나하나 확인했다.

그러나 한참을 살폈지만 재의 사진은 어디에도 없었다. 게다가 주영의 사진 역시 없었다. 상우는 혼란에 빠졌다.

'우식이 거짓말을 한 걸까? 아니야, 거짓말을 하는 것처럼 보이지는 않았어. 설마 동업자가…… 기각. 누군가를 믿을 놈이 아니야. 하지만 분명 번호를 아는 누군가가 다녀갔어. 설마 최우식 본인이 직접? 그놈은 분명 내가 보는 앞에서 죽었는데……. 가만, 내가 그 자식이 죽는 걸 직접 봤나?'

의문이 꼬리를 물었다. 상우는 두 가지 정황에 확신을 가질 수 없었다. 하나는 우식의 생사에 관한 것이었고, 나머지 하나는 캐비닛을 열어 사진을 가져간 자에 대한 것이었다. 우식의 생사는 오늘 안에 다시 확인할 수 있겠지만 사진의 행방은 달랐다. 상우는 혹시나 하는 마음에 허둥지둥 사무소 안을 뒤지기 시작했다. 서랍 안, 소파 밑, 먼지가 쌓인 선반 위, 골동품

TV 아래. 상우가 막 김치 쉰내가 진동하는 냉장고를 열었을 때, 복도에서 누군가 걸어오는 소리가 들렸다. 소스라치게 놀란 상우는 냉장고 문도 미처 닫지 못한 채 몸을 뒤로 돌렸다. 녹슨 철제문이 거친 마찰음을 내며 열렸다.

"아우, 이게 무슨 냄새야."

승혜였다.

승혜는 감지 않은 머리를 모자로 감추고 충혈된 눈을 미러 선글라스로 숨기고 있었다. 온몸에서 술 냄새가 풍기는 것으로 보아 이태원의 클럽에서 아침을 맞이한 것 같았다.

승혜는 가죽이 쩍 갈라진 소파에 앉아 상우를 차갑게 노려봤다.

"곰같이 생긴 사람은 어디 가고 오빠가 여기 있어?"

"몰라."

"여기는 왜 이 지경이야?"

"몰라."

"모른다는 말밖에 할 줄 몰라?"

"아니. 네가 만족할 만한 돈의 액수가 얼마쯤인지는 알지."

상우는 그 자리에서 승혜에게 거절하기 어려울 정도의 금액을 제안했다. 그리고 이번 일과 관련해서 그녀가 법적으로 완벽하게 안전한 상태임을 확인시켜주었다. 입술을 깨물고 있던 승혜는 표정을 바꿔 만족스러운 웃음을 지었다.

"오빠의 말이 틀리지 않기를 바라."

승혜의 발걸음 소리가 멀어지는 것을 들으며 상우는 시간을 확인했다. 2시 19분. 더 이상 이곳에 머무를 여유가 없었다. 아직 준비할 것이 남아 있었고, 경준보다 먼저 약속한 장소에 도착해 확인해야 할 것도 있었다.

오후 3시 53분.

차에 올라탄 상우는 종이봉투에서 전기충격기를 꺼내들었다. 용산 뒷골목을 한 시간도 넘게 돌아다닌 끝에 손에 넣은 것이었다. 매끄럽게 빠진 바디를 한 손으로 감아쥐고 가운데 있는 빨간색 버튼을 누르자 헤드 양 끝에 솟아난 단자 사이로 전류가 튀어 올랐다. 성능을 시험해보고 싶었지만 시간은 더 이상 그럴 여유가 없다고 말하고 있었다. 상우는 전기충격기를 다시 봉투에 넣은 뒤 페달을 밟았다.

오후 5시 8분.

상우는 빽빽한 소나무 사이로 난 비탈길을 올라 차를 세웠다. 해는 아직 충분했다. 차에서 내린 상우는 기억을 더듬어가며 구덩이의 흔적을 찾았다. 어렵지 않게 어젯밤 손전등을 걸어 두었던 나무를 찾아냈다. 그 아래로 아직 불그스름한 흙이 편평하게 다져져 있었다. 상우는 날카롭게 각이 진 돌덩이를 찾아들고 흙을 긁어냈다.

해가 저물 무렵까지 지면에서 서너 뼘 정도 파들어갔지만 아무것도 나타나지 않았다. 초조함과 불안감에 입술이 타들어 갔다. 상우는 돌을 머리 위로 들어 올려 미친 듯이 흙을 내리 찍었다.

그때 뭔가 둔탁한 소리와 함께 돌이 딱딱한 무언가에 부딪히는 느낌이 들었다. 상우는 돌덩이를 내던지고 양손을 이용해 흙을 긁어냈다. 곧 나무 잔뿌리 같은 것이 손끝에 걸렸다. 몇 번을 더듬고 나서야 그것이 곱슬거리는 머리카락이라는 것을 깨달았다. 곧이어 말랑거리는 귀도 만져졌다. 귀는 반쯤 떨어져 나가 있었다.

✢

상우는 손과 발로 흙을 밀어 덮어 땅을 다시 편평하게 다졌다. 작업을 마치고 나자 해는 이미 저물어 있었다. 차에 올라탄 상우는 생각에 잠겼다.

'우식은 죽었어. 하지만…….'

어젯밤 우식은 상우에게 분명히 아무에게도 털어놓지 않았다고 말했다. 그러나 상우는 우식이 죽는 순간을 확인하지 못한 것이 끝내 마음에 걸렸다. 자신이 현장을 떠난 시점과 우식이 죽은 시점 사이의 공백. 우식이 다른 누군가에게 캐비닛 번호를 알려줬다면 그사이임이 분명했다. 가능성이 있는 것은 검은 선글라스와 사내들. 그리고 그 뒤에 있는 것은 지욱현과 함상진이었다.

'하지만 그들이 왜……?'

상우는 불길한 예감에 사로잡혔다. 우식이 죽기 전에 단지 캐비닛 번호만 알려주었을 거라고 생각하기는 어려웠다. 적어도 임주영의 죽음이 한민수의 죽음과 관련되어 있다는 사실만이라도 알게 된다면 그들은 사건을 파헤치기 위해 자신을 노릴 것이 분명했다.

'만약 그렇다면……'

상우가 고민에 빠져 있을 때 앞에서 무언가 꿈틀거리는 것이 느껴졌다. 흙더미가 조금씩 들썩이더니 창백한 손이 불쑥 솟아올랐다. 이윽고 손의 주인이 구덩이 안에서 얼굴을 내밀었다. 움푹 들어간 눈, 얼굴을 뒤덮은 핏자국, 알이 깨진 안경과 흙이 묻어 축 처진 곱슬머리, 창백하다 못해 푸르뎅뎅한 얼굴. 최우식이 몸을 일으켜 상우를 노려봤다.

상우는 핸들을 꽉 움켜잡았다. 부들거리는 손으로 겨우 헤드라이트를 켰다. 불이 켜지자 백색의 불빛과 함께 우식의 모습이 흔적도 없이 사라졌다.

똑똑.

무언가가 창문을 두드렸다. 상우는 고개를 돌리지 않은 채 핸들에 얼굴을 파묻었다. 그러자 이번에는 차체가 덜컹거렸다. 트렁크 안쪽에서 차를 두드리는 소리와 함께 목소리가 들렸다.

"형…… 꺼내주세요……."

상우는 눈을 감은 채 양손으로 귀를 막고 그들을 향해 소리를 질렀다.

"돌아가! 다들 꺼져버리란 말이야!"

숨이 막혔다. 눈을 감고 귀를 막을수록 오직 한 사람 생각이 간절했다. 아침에 봤던 재의 얼굴이 떠올랐다. 그녀가 보고 싶었다. 그녀의 냄새가 그리웠다. 그녀가 아침에 하려고 했던 말이 무엇이었는지 궁금했다.

상우는 고개를 들고 있는 힘을 다해 페달을 밟았다. 속도계의 숫자가 무섭게 올라갔다. 포장도로에 들어서자 제한속도를 무시하고 달렸다. 눈에 보이는 모든 차들을 추월했고 신호등의 빨간 불빛도 신경 쓰지 않았다. 집 앞에 도착한 상우는 시동도 끄지 않은 채 집으로 뛰어 들어갔다.

거실은 조용하고 평화로웠다. 오디오에서 아내가 좋아하는 비발디가 흘러나왔다. 재는 소파 팔걸이에 등을 기대고 비스듬히 앉아 있었다.

"재야."

재는 대답이 없었다. 상우는 다시 한 번 그녀를 불렀다.

"재야……."

"쉿."

재는 고개를 돌리지 않은 채 검지를 들어 침묵을 부탁했다. 재의 두 눈은 손에 든 편지에 붙잡혀 있었다. 재는 차분한 목소리로 편지를 읽어 내려갔다.

"마침 내가 가장 좋아하는 부분이야. '앙드레 말로가 말하기를 오랫동안 꿈을 그려온 이는 마침내 그 꿈을 닮아간다고 했습니다. 당신은 지금 어떤 꿈을 꾸고 있나요? 저는 예나 지금이나 변함없이 당신이라는 꿈을 꾸고 있습니다. 당신만 내 곁에 있어준다면 나는 평생 동안 행복한 꿈을 꿀 수 있어요. 우리가 함께 늙어간다는 건 상상만으로도 행복한 삶일 거예요.' 어때, 기억나?"

상우는 기억하고 있었다. 자신이 재에게 건네준 편지였다.

"그거 알아? 당신이 내게 처음으로 결혼이라는 말을 꺼냈을 때는 덜컥 겁이 났어. 연애는 즐거웠지만 결혼은 또 다른 일이잖아. 성공이 확실한 변호사의 아내가 된다는 게 누군가에게는 꿈같은 일일지 몰라도 내게는 두려웠던 거야. 아직 스스로 아무것도 이루지 못한 삶을 결혼이라는 도피로 끝내고 싶지는 않았거든. 생각해보면 그때는 결혼하기에 그다지 좋았던 타이밍은 아니었어. 당신에게는 생각할 시간을 달라고 말했지만 사실 이미 마음은 정해져 있었던 거야. 사흘 동안 내가 한 일이라고는 어떤 말로 거절해야 할지를 고민한 것뿐이었어. 나흘째 되던 날 당신을 만났을 때 내가 준비했던 말은 '미안하지만 우린 여기까지인가 봐.'였어. 그 말과 함께 미련 없이 돌아서려고 수백 번을 다짐했고 거울 앞에 서서 연습도 했어. 잘 해낼 수 있을 거라고 믿었는데. 당신이 이 편지를 건네주기 전까지는……."

재의 눈동자가 반짝거렸다.

"편지를 읽고 났을 때 내 눈에 뭐가 보였는지 알아? 백발이 된 내 머리를 빗겨주는 당신의 모습이었어. 그걸 본 내가 어떻게 끝이라는 말을 할 수 있었겠어."

상우는 무릎을 꿇고 재의 얼굴을 올려다봤다. 손으로 그녀의 턱에 맺힌 이슬을 닦아주었다. 그리고 결코 할 수 없을 것 같았던 이야기를 담담하게 시작했다.

"당신에게 할 말이 있어. 내 이야기가 끝났을 때 당신은 날 경멸하게 될지도 몰라. 나는 지금 그게 너무 두려워……."

상우는 말을 멈추고 짧은 한숨을 내쉬었다.

"내가 사람을 죽였어. 병호가 아니라…… 내가 죽인 거야. 처음에는 사고였어. 그렇지만 너무 무서웠어. 이 삶을…… 당신을 잃게 될까 봐. 하면 안 될 짓이라는 걸 알면서도 여태……."

재가 상우를 와락 끌어안았다. 지금은 아무 말도 필요하지 않다는 듯 목에 두른 팔에 힘이 들어갔다. 상우는 입술을 다물고 그녀의 스웨터에서 올라오는 따뜻한 향기에 코를 파묻었다. 그가 지금껏 꿈꿔왔던 모든 것들이 지금 이 자리에 있었다. 사랑하는 아내와 배 속의 아이, 좋은 냄새와 커튼 사이로 들어오는 햇살…….

'햇살……?'

상우는 눈을 감고 입술을 깨물었다.

"재야…… 이거 혹시 꿈이니?"

재가 대답했다.

"미안해, 상우 씨……."

상우의 눈시울이 뜨거워졌다.

"어째서…… 좋은 일들은 꿈속에서만 일어나는 걸까……."

"우리가 교만했기 때문이야. 간절함을 잊고 만족만을 찾아왔던 거야. 겨울에 몸을 움츠리고 봄을 기다리다가도 막상 봄이 오고 나면 여름옷을 꺼내며 어서 다음 계절이 오기를 바랐던 거야. 생각해봐. 사는 게 사막이고 우리가 서로에게 물 한 컵이었다면 우리가 이렇게 됐을까."

재는 시의 한 구절을 인용했다. 상우는 아무런 말을 할 수 없었다. 그녀가 옳았다. 자신은 소중한 것들에 감사하는 법을 잊고 사랑하는 사람을 기만했다. 날카로웠던 죄책감은 빠르게 무뎌져 갔고 거짓말과 위선들로 자기를 합리화시키는 방법을 터득했다.

행복은 많은 것을 요구하지 않았다. 지난날 꿈꾸고 바라던 것을 손에 쥐고 난 다음에도 그때의 간절함을 잊지 않는 것. 그것이 전부였다.

그러나 상우는 간절함을 잊고 말았다. 이미 꿈꿔왔던 인생을 살고 있었음에도 권태를 느끼고 다른 것을 찾아 헤맸다. 은밀한 일탈과 전쟁 같은 섹스가 가져다주는 스릴감, 목이 부러질 듯 고개를 들고 바라보던 더 높은 층수의 인생. 방황을 거듭할수록 삶은 점점 더 불행해져갔다.

"……우리에게도 다시 봄이 올까?"

그녀의 입술이 열렸지만 상우는 대답을 들을 수 없었다.

상우는 눈을 찌르는 밝은 빛에 서서히 잠에서 깨어났다. 정면에서 경준의 마티즈가 헤드라이트를 깜박이고 있었다.

상우는 얼굴을 문질러 눈물자국을 닦아내고 시간을 확인했다. 9시 52분. 상우는 품을 한 번 더듬은 뒤 가방을 들고 차에서 내렸다. 그런 상우를 보고 경준 역시 차에서 내렸다.

"아홉 시라고 했을 텐데."

"난 두 시간 전부터 와 있었어. 보이지 않는 데서 기다리고 있었던 것뿐이지."

"구석에 숨어서 뭘 한 거야?"

"네놈에게 다른 꿍꿍이가 있는 건 아닌지 관찰하고 있었지. 너처럼 속이 시꺼먼 놈을 상대로 조심해서 나쁠 건 없잖아."

"영악해졌네, 이경준."

"다른 녀석들처럼 죽고 싶지는 않으니까."

상우는 경준에게 사진과 메모리를 내놓으라고 요구했다. 그러자 경준은 돈부터 확인해야겠다며 으름장을 놓았다. 상우는 어쩔 수 없이 가방을 경준의 발치를 향해 던졌다. 그러나 경준은 다가오지 않은 채 의심 어린 눈빛으로 바라보기만 했다.

"확실히 담은 거 맞아? 가방이 작아 보이는데."

"십억을 구경해본 적도 없으면서 헛소리하지 마."

경준은 조심스럽게 가방으로 다가갔다. 경준은 상우에게서 눈을 떼지 않은 채 손을 움직여 가방을 열었다. 딸각거리는 소리와 함께 누런 지폐들이 모습을 드러냈다. 경준의 얼굴에 화색이 돌았다. 그러나 그 표정은 오래가지 않았다. 헤드라이트 불빛으로 돈다발을 확인하던 경준의 얼굴이 순식간에 일그러졌다.

"이 새끼가 지금 뭐하자는……!"

상우는 기다렸다는 듯이 경준에게 달려들어 허리춤에 전기충격기를 꽂아 넣었다.

경준이 괴성을 지르며 비틀거렸다. 그러나 성능이 시원찮았는지 경준은 기절하지 않았다.

'망할!'

상우는 전기충격기를 바닥에 내던지고 경준의 턱을 향해 주먹을 날렸다. 주먹을 맞은 경준이 상우와 함께 뒤엉켜 쓰러졌다.

상우는 경준의 가슴에 올라타 그의 얼굴 여기저기를 주먹으로 내리쳤다. 잠시 뒤 잘생겼던 얼굴은 더 이상 보이지 않았다. 남은 것은 처참하게 붓고 터진 남자의 얼굴이었다. 경준은 힘없이 널브러진 채 피로 물든 기침을 뱉어냈다.

상우는 경준의 가슴을 밀치고 일어났다. 경멸스럽다는 듯 경준을 내려다보던 상우는 갈지자로 비틀거리며 벤츠로 걸어갔다. 상우는 운전석에 올라앉아 심호흡을 했다.

막 페달을 밟으려는 순간, 핸드폰이 울렸다. 핸드폰에 뜬 이름은 함상진이었다. 상우는 길게 생각할 겨를도 없이 전화를 받았다.

"박상우입니다."

"날세. 자네는 전화를 몇 통이나 했는데 이제야 받는 건가."

"……죄송합니다. 핸드폰을 침실에 두고 볼일을 보느라 미처 확인하지 못했습니다."

말이 끝나기가 무섭게 핸드폰 너머로 귀에 익은 뻐꾸기 울음소리가 들려왔다.

"안 그래도 박 변호사를 만나려고 자네 집으로 찾아왔는데, 마침 자네도 집에 있었구만. 2층인가? 내가 올라가도록 하지."

"아닙니다, 의원님. 실은…… 오랜 친구를 만나느라 잠시 밖에 나와 있었습니다. 진즉에 말씀드리지 못해 죄송합니다."

몸이 싸했다. 우식의 사진을 가져간 배후로 함상진을 의심한 것이 불과 몇 시간 전이었다. 그런데 그가 지금 자신을 만나기 위해 집까지 찾아가 있었다. 하지만 다음 순간 상진이 꺼낸 말은 상우가 전혀 예상치 못했던 것이었다.

"경준이라는 친구 말인가?"

상우는 얼어붙었다.

"그래, 그 친구랑 이야기는 잘되고 있나?"

'……대체 이게 무슨 상황이지?'

상우는 갈피를 잡을 수 없었다. 지금 자신이 할 수 있는 것이라고는 고작 박자를 맞추는 것뿐이었다.

"……다행히 순조롭게 잘 진행되고 있는 중입니다."

"그럴 리가 있나. 아직 아무것도 모르고 있는 건 아니고? 혹시 자네가 그 훤칠한 친구에게 선수를 쳤다면 그럴 수도 있겠구만."

그 순간 상우는 모든 것을 깨달았다. 상우는 쌍욕을 하며 핸드폰을 내던졌다.

"이경준 이 개씨발새끼야!"

상우는 차문을 박차고 간신히 숨만 쉬고 있는 경준에게 다시 달려들었다. 발이 꼬이며 흙바닥에 넘어져 볼과 팔꿈치에 피가 났지만 그대로 기어가 경준의 가슴에 올라탔다.

"이 좆같은 새끼야! 대체 무슨 짓을 한 거야!"

광기에 휩싸인 주먹이 다시 경준의 얼굴로 향했다. 경준의 이가 부러지고 부어오른 입술이 다시 터지면서 주먹에 핏물이 묻어났지만 상우는 멈추지 않았다.

계속해서 주먹을 내리꽂던 상우의 눈에 아까 흙을 팔 때 사용했던 돌덩이가 들어왔다. 상우는 숨을 씩씩거리며 돌덩이를 양손으로 주워 올렸다. 날카롭게 각이 진 부분을 아래로 향한 채 경준의 눈을 노려봤다. 그때껏 용케 정신을 잃지 않고 있던 경준이 결국 두려움을 이기지 못하고 눈을 질끈 감았다.

상우는 숨을 크게 한 번 들이마시고는 찢어질 듯한 괴성과 함께 돌덩이를 내리찍었다.

기분 나쁜 이물질이 상우의 입안을 비집고 들어왔다.

+

열한 시간 전, 토요일 오전 10시 43분.

"방금 뭐라고 했나?"

"박상우가 사람을 죽였기 때문이라고 말씀드렸습니다."

욱현은 얼굴 가득 묻어나는 노곤함을 숨기지 못했다. 그의 몸에서는 땀내와 뒤섞인 흙냄새가 났다.

찌든 얼굴을 한 욱현이 상진의 집에 도착한 것은 오 분 전이었다. 그는 지난 새벽 최우식의 사무소와 경기도 부근의 한 호수를 차례로 들렀다가 오는 길이라고 했다. 상진이 욱현을 서재로 들이자마자 욱현은 상진에게 두 개의 사진뭉치를 내밀었다. 상진은 탁자 위에 어지럽게 놓인 조간신문들 사이에서 안경을 찾아들고 사진을 확인했다.

하나는 자신이 이틀 전 상우에게서 받아들고 확인했던 그 아내의 외도 장면이었다. 그리고 나머지 하나는 화상을 입고 물에 불어터진 시체였다. 욱현은 그를 임주영이라는 청년이라고 설명했다. 카센터에서 일하는 직원이며 지난주부터 실종 상태라는 말을 덧붙였다.

"박상우가 이 청년을 살해했다는 말인가?"

"네. 새벽에 최우식이 알려준 잠수부들을 불러 바로 시체를 건져 올렸습니다. 갈비와 허리뼈가 완전히 부서져 있었는데, 박상우가 이번 주 초 공업사에서 범퍼를 교체한 사실까지 이미 확인했습니다."

"그가 이 청년과 무슨 관계가 있다는 말인가? 원한이라도 있는 겐가?"

"두 사람 사이에는 특별한 관계가 없습니다. 다만 죽은 청년이 일했던 카센터의 사장 이경준이 박상우와 동창입니다. 의원님이 먼저 보신 사진에서 박상우의 아내와 함께 차에 타고 있는 남자가 바로 이경준입니다. 그리고 최우식이 말한 바에 따르면 주영이란 놈이 박상우와 관련된 어떤 중요한 사실을 알고 그를 협박했을 거라고 하더군요. 그러고 나서 박상우가 자신을 찾은 것 같다고 했습니다."

"그 중요한 사실이 뭔가?"

욱현은 잠시 숨을 골랐다.

"……박상우가 도련님 사건의 진범일 수 있다고 했습니다."

"……증거는?"

"아직 없습니다."

상진은 입술을 깨물었다. 증거는 없지만 이미 심증은 충분했다. 변호사를 교체하겠다고 했을 때의 불손한 행동, 최우식을 처리하기 위해 사람을 빌려달라고 애걸하던 모습, 무엇보다도 그의 주변에서 계속에서 이어지는 살인의 도미노.

주먹 쥔 상진의 손아귀에 힘이 잔뜩 들어갔다. 손톱이 손바닥을 깊게 파고들었다. 속이 부글부글 끓어올랐다. 당장 박상우를 찾아가 목을 졸라버리고 싶었지만 아직 때가 아니었다. 지금은 쥐새끼를 궁지로 몰아넣을 증거를 확보하는 것이 우선이었다.

"최우식 그놈은 이미 죽었나?"

"네, 하지만 그놈이 아는 것은 이미 다 털어놓았습니다. 이 이상 얻어낼 것은 없습니다."

상진은 생각에 잠겼다. 박상우의 집 앞에서 일어난 한민수의 죽음, 한민수의 죽음에 휘말린 병호, 병호의 변호를 맡은 박상우, 박상우의 아내 정재. 그 외도의 대상인 이경준, 경준의 카센터 직원인 임주영의 죽음, 임주영의 죽음을 조사하던 최우식, 최우식을 죽여달라고 찾아온 박상우. 거미줄처럼 복잡하게 얽힌 실타래 속에서 상진은 실마리를 찾아내야 했다.

"우선 경준이란 친구를 만나봐야겠군."

욱현이 알겠다는 듯 가볍게 고개를 숙이고 자리에서 일어났다. 욱현이 서재 문을 열고 나가려는데 마침 반대편에서 가정부가 노크를 하려다가 욱현을 마주치고는 깜짝 놀랐다. 욱현이 날카로운 목소리로 물었다.

"무슨 볼일입니까?"

가정부는 욱현의 눈치를 살피며 기어들어가는 목소리로 말했다.

"밖에 손님이 찾아오셔서요."

"지금 손님 받을 상황이 아니라는 것도 모르십니까?"

가정부가 난처한 표정을 지었다.

"저도 손님께 몇 번이나 말씀을 드렸는데, 이걸 보여드리면 마음이 변하실 거라고 워낙 고집을 부려서요."

욱현이 가정부의 손에서 종이봉투를 신경질적으로 낚아챘

다. 찌푸린 얼굴로 봉투 안을 들여다보던 욱현의 표정이 미묘하게 변했다. 그가 문을 닫고는 상진에게 말했다.

"의원님, 아무래도 제 발로 찾아온 것 같습니다."

경준을 주눅 들게 만든 것은 국회의원이라는 명성도, 직접 상진을 대면하게 되었다는 두려움도 아니었다. 이유는 냄새였다. 서재 안을 감도는 은은한 원목가구의 향기가 마치 범접할 수 없는 곳에 발을 들여놓았다는 기분이 들게 만들었다.

"이리 와 앉게."

경준은 쭈뼛거리며 발걸음을 옮겼다. 소파에 앉은 경준은 그제야 상진을 똑바로 바라봤다. 상진의 상태는 썩 좋아 보이지 않았다. TV에서 보았던 위풍당당하고 자신감 넘치는 모습은 온데간데없이 권력을 잃고 하루하루를 죽지 못해 살아가는 뒷방 늙은이가 앉아 있었다. 경준은 자신감을 얻어 목소리를 깔고 말문을 텄다.

"의원님은 저를 잘 모르시겠지만……."

"이름은 이경준이고 박상우 변호사와는 동창이며 카센터를 운영하고 있다고?"

"어떻게 알고 계신지는 모르겠지만, 그게 전부는 아닙니다."

"얼마 전에 죽은 임주영이라는 친구를 데리고 있었고, 박 변호사의 부인과는 내연관계라지?"

경준은 당장 자리에서 일어서고 싶은 충동을 느꼈다. 일이

크게 잘못될 것 같은 불길함이 엄습했다. 그러나 여기까지 발을 들여놓은 이상 돌아설 수는 없었다.

"다 알고 계신 것 같으니 따로 설명을 드리진 않겠습니다. 바로 본론으로 들어가자면…… 저는 의원님이 간절하게 원하실 만한 물건을 가지고 있습니다. 견본은 이미 확인하셨을 테니 제 말이 허풍이 아니라는 건 알고 계시리라 믿습니다."

"얼마를 원하나?"

"……십억입니다. 미리 말씀드리지만 단 한 푼도 양보하고 싶은 생각은 없습니다."

"그거면 되겠는가?"

"예?"

"십억이면 되겠냐고 물었네."

경준은 얼떨결에 고개를 끄덕였다.

상진이 수화기를 들고 번호 세 자리를 눌렀다.

"듣고 있나? 얼마쯤 걸리겠나? ……그래, 지금 나가면 얼추 맞겠구만."

상진은 수화기를 내려놓고 소파에 기대 눈을 감았다. 경준의 얼굴은 당황한 기색이 역력했다.

"설마 이걸로 다 끝난 겁니까?"

상진은 눈을 감은 채 대답했다.

"다른 볼일이 있나?"

"……아닙니다."

"그럼 나가보게."

"……알겠습니다. 아니, 잠깐. 한 가지 부탁드릴 것이 있습니다."

상진이 눈을 떴다.

"뭔가."

"제가 박상우와 해결해야 할 일이 있습니다. 움직이신다면 오늘밤 아홉 시 이후로 부탁드립니다."

경준이 서재를 나간 뒤 상진은 소파에서 일어나 오디오로 다가가 재생 버튼을 눌렀다. 레너드 번스타인이 지휘하는 뉴욕 필하모닉 오케스트라의 음악이 스피커를 통해 흘러나왔다. 상진은 소파로 돌아와 탁자 위의 조간신문 헤드카피를 바라봤다.

함상진. 멀어져 가는 대권의 꿈. 돌파구는 없는가?

상진은 소파에 기대 다시 눈을 감고 음악을 음미하며 중얼거렸다.

"십억. 모자란 아들놈 하나 빼내는 데는 큰돈이지. 그렇지만 그게 전부는 아니야."

서재를 나선 경준은 옆방에서 문을 열고 나오는 작달막한 키의 한 사내와 마주쳤다.

"이경준 씨로군요. 저는 지욱현이라고 합니다. 지금 돈을 준비하고 있으니 전달 장소로 제가 모시겠습니다."

욱현이 경준의 차키를 넘겨받았다.

한 시간이 넘게 도로를 달리는 동안 두 사람 사이에는 한 마디의 말도 오가지 않았다. 마티즈는 인적이 뜸한 도로에 들어서서야 멈췄다.

"좀 걸으셔야겠습니다."

차에서 내린 경준은 욱현을 따라 걸으며 한시도 긴장을 풀지 않고 주위를 경계했다. 아직 오후 한 시도 지나지 않았지만 도로에는 음산한 기운이 감돌았다.

앞장서서 걷던 욱현이 걸음을 멈췄다. 욱현은 몸을 돌려 경준에게 공손한 목소리로 물었다.

"그 사진들이 어디에서 난 건지 여쭤보아도 되겠습니까?"

"글쎄요……. 대답을 드리기가 곤란합니다만."

욱현은 알았다는 듯 고개를 끄덕이고는 두 번 묻지 않았다.

"우선 경준 씨께 고맙다는 말을 먼저 드리고 싶습니다. 그렇지 않아도 억울하리만치 곤란한 상황이었는데, 이렇게 저희를 도와주시다니 정말 감사할 따름입니다."

"아닙니다. 저도 제……."

"그렇지만 저희에게는 걱정거리가 하나 있습니다."

욱현이 경준의 말을 잘랐다. 분위기가 조금 전과는 달랐다. 경준은 침을 꿀꺽 삼킨 뒤 다시 입을 열었다.

"……걱정하실 필요는 없습니다. 제가 다시 찾아오는 일은 절대 없을 겁니다."

"먼저 그렇게 말씀해주시니 한결 믿음이 갑니다. 하지만 그렇지 못한 사람들도 더러 있더군요. 그들은 잊을 만하면 뻔뻔스럽게 다시 나타나 저희를 곤혹스럽게 만들곤 한답니다."

"저는…… 저는 그럴 일이 없을 겁니다."

"예, 물론입니다. 늙은이가 괜한 노파심에서 하는 말이니 크게 신경 쓰실 것은 없습니다. 그럼 나머지 사진들은 어디에?"

경준의 눈이 무의식적으로 왼쪽 안주머니를 향했다. 그 순간 욱현이 순식간에 다가와 경준의 멱살을 잡아 쥐었다. 어찌나 날렵했는지 반응조차 할 수 없었다. 경준은 욱현의 손을 뿌리치려 했지만, 스스로를 늙은이라 부르던 남자의 손아귀가 얼마나 단단한지 꿈쩍도 하지 않았다. 욱현은 멱살을 잡은 손을 자신의 코앞까지 끌어당겼다. 뜨거운 콧바람이 경준의 턱에 닿았다.

"잘 들어둬. 마음만 먹으면 너 같은 놈은 쥐도 새도 모르게 없앨 수 있어. 난 사람을 안 믿기 때문에 지금 당장이라도 그렇게 하고 싶지만, 이유가 있어서 널 살려두는 거다. 이번이 처음이자 마지막인 줄 알아. 다음에 또 얼쩡거린다면 그땐 지금처럼 끝나진 않아. 앞으로 네놈을 계속 두고 볼 테니 명심하도록 해."

욱현은 핏발 선 눈으로 경준의 눈을 노려보며 으르렁거렸다. 경준은 숨을 쉴 수 없어 캑캑댔다. 그러자 욱현은 경준의 멱살을 쥔 손을 풀고 경준의 안주머니를 뒤져 사진들을 꺼냈다.

"돈은 차에 실어두었습니다. 약속은 꼭 지켜주시길 당부 드립니다."

욱현은 인사와 함께 몸을 돌려 어느새 뒤편으로 다가온 검은 세단으로 다가가 뒷자리에 올라탔다. 조수석에서 검은 선글라스를 낀 사내가 창문을 내리고 경준을 향해 이를 드러내며 웃음을 지었다.

경준은 소름이 쫙 돋는 것을 느꼈다.

✥

토요일 오후 9시 32분.

내일 입을 스웨터를 고르고 있던 재는 초인종 소리를 들었다. 재는 '이 시간에 누굴까?' 하는 의아함을 느끼며 현관으로 나갔다. 문을 연 재는 의아함을 넘어 놀라움을 감출 수 없었다. 문 앞에는 함상진 의원과 그의 보좌관 그리고 지난번에 찾아왔던 두 명의 형사와 제복을 입은 경찰관 네 명이 서 있었다. 그중 한 명은 자신 또래의 여경이었다. 그들은 하나같이 굳은 표정을 하고 있었다.

고참 형사가 영장을 보임과 동시에 뒤에 서 있던 경찰들이 우르르 집 안으로 뛰어 들어왔다. 경찰 한 명이 검은 가방과 여러 가지 장치를 거실 탁자 위에 펼치고 빨갛고 노란 케이블들을 함상진 의원의 핸드폰에 연결했다. 그사이 다른 경찰들은 온 집안 구석구석을 쑤시고 다녔다. 재는 그들이 손에 꽉 쥐고 있는 것이 권총이라는 것을 알아차렸다. 두려움을 느낀 재가 핸드폰으로 상우에게 연락하려 할 때 곁에 있던 여경이 그녀의 손목을 잡아챘다. 재가 깜짝 놀라 여경의 눈을 바라봤다. 여경은 손에 힘을 풀지 않은 채 고개를 가로저었다.

재는 안면이 있는 고참 형사에게 어찌 된 일인지 사정을 물었지만, 그는 아무 말도 하지 않았다. 하는 수 없이 재는 소파에 앉아 핸드폰을 손에 든 상진에게 다가갔다.

"의원님, 제발 이 사람들을 멈추게 해주세요. 아니면 누구더러 이 상황을 설명이라도 좀 하게 해주세요, 네?"

그러나 상진는 굳은 얼굴로 핸드폰만 들여다보고 있었다. 재는 떨리는 눈으로 주위를 둘러봤다. 자신의 옆에 딱 붙어서 감시하고 있는 여경, 전화기 앞에서 알아들을 수 없는 말들을 속닥거리고 있는 경찰과 보좌관, 자기 집처럼 이 방 저 방을 뒤지는 경찰관들. 재는 환영받지 않은 사람들이 자신의 소중한 보금자리를 더럽히는 것을 더 이상 보고 있을 수 없었다.

"지금 뭐하는 짓들이에요! 다 나가세요. 모두 다 내 집에서 나가란 말이에요! 당장!"

집 안이 일순간 정적에 휩싸였다. 전화기를 만지던 경찰이 상진을 멀뚱멀뚱 쳐다봤다. 상진은 고참 형사에게 시선을 돌렸다. 형사는 어쩔 수 없다는 듯 재를 일층의 빈방으로 이끌었다.

"남편분이 지금 어디에 계신지 아십니까?"

"……아직 회사에 있을 거예요. 오늘은 늦게까지 할 일이 있다고 했어요."

"회사에 없다는 건 이미 확인이 끝났습니다. 어디로 갔을지 혹시 짐작 가는 바는 없습니까?"

"……몰라요. 대체 왜 상우 씨를 찾는 거죠? 그이가 무슨 일이라도 저질렀나요? 아니죠? 형사님, 별일 아닌 거죠?"

형사는 입을 다문 채 아무 말도 하지 않았다.

"말씀 좀 해주세요, 제발……."

형사의 입은 좀처럼 떨어지지 않았다. 재의 얼굴에는 불안이 가득 피어올랐다. 형사가 침묵을 지킬수록 재가 붙잡은 희망의 끈은 얇아져만 갔다. 마침내 형사가 입을 열었다.

"박상우 씨가 사람을 죽였습니다."

재는 터져 나오려는 비명을 손으로 막았다.

"……아니, 아니에요. 형사님, 그럴 리가 없어요. 그이는 그럴 사람이 아니에요. 분명 무슨 착오가 있었던 거예요. 닮은 사람이라든가, 아니면……."

"착오나 오해는 없었습니다. 확실한 일입니다."

재는 벽에 등을 기댄 채 미끄러지며 바닥에 주저앉았다.

"어째서 그이가…… 대체 왜…… 누구를……."

그 순간 재의 머릿속에 한 가지 의문이 떠올랐다.

'함상진 의원님이 왜 여기 와 있는 걸까?'

"형사님, 설마…… 병호가 관련된 일은 아니겠죠?"

형사는 대답 대신 사진을 품에서 꺼내 내밀었다.

"사진 속 인물이 남편분과 병호 군이 맞지요?"

사진을 바라보던 재는 경악을 금치 못했다.

"이 사진은 대체…… 누가 이런 사진을 찍은 거죠?"

"박상우 씨의 동창 이경준입니다. 카센터를 운영하고 있다더군요."

재는 입을 다물 수 없었다. 잠깐 사이 믿기 힘든 일들이 한꺼번에 닥쳐오고 있었다. 떠들썩했던 살인사건의 범인이 남편이었고, 병호는 누명을 쓰고 잡혀가 있었던 것이며, 그것을 증명하는 사진은 경준이 찍은 것이었다. 재는 두 손으로 머리카락을 움켜쥐었다. 재를 안쓰럽게 바라보던 형사는 여경을 불러 대신 그녀의 곁을 지키게 한 뒤 거실로 나왔다. 거실에서는 함상진이 핸드폰으로 전화를 걸고 있었다.

"전화를 안 받는군."

"그래도 계속 연락을 해보시기 바랍니다."

"……잠깐."

상진이 입에 검지를 갖다 대며 주위를 돌아봤다. 모두가 한순간 정적에 휩싸였다.

"날세. 자네는 전화를 몇 통이나 했는데 이제야 받는 건가."

그때 뻐꾸기 울음소리가 들려왔다. 사람들은 약속이라도 한 듯 말없이 함상진 곁에 모여들기 시작했다. 재를 지키고 있던 여경도 거실로 나와 그들 무리에 끼어들었다.

"안 그래도 박 변호사를 만나려고 자네 집으로 찾아왔는데,

마침 자네도 집에 있었구만. 2층인가? 내가 올라가도록 하지."

가방을 들여다보던 경찰이 네 손가락을 펼쳐들었다.

"경준이라는 친구 말인가? 그래, 그 친구랑 이야기는 잘되고 있나?"

경찰이 한 손가락을 접었다.

"그럴 리가 있나. 아직 아무것도 모르고 있는 건 아니고?"

다시 한 손가락을 접었다.

"혹시 자네가 그 훤칠한 친구에게 선수를 쳤다면 그럴 수도 있겠구만."

경찰이 다시 한 손가락을 접었다. 상진은 핸드폰을 내려놓으며 말했다.

"……끊겼네."

"잡았습니다!"

경찰이 어디론가 연락을 하더니 경기도 어딘가의 '산'이라는 주소와 함께 반경 2킬로미터라는 말을 내뱉었다. 그 말에 상진이 곁에 있던 욱현을 돌아봤다. 욱현은 상진에게 희미한 미소를 지었다.

방 안에 앉아 있던 재는 여경이 자리를 비운 틈을 타 핸드폰을 손에 들고 몰래 상우의 번호를 눌렀다. 재가 통화 버튼을 누르려 할 때 어느새 돌아온 여경이 재의 핸드폰을 빼앗았다. 그리고 여경의 뒤를 따라 들어온 고참 형사가 재에게 말했다.

"그러지 마십시오. 협조까지는 바라지 않겠지만 방해는 곤란

합니다."

재는 두 손을 가슴 앞에 모은 채 고개를 푹 숙였다. 자신이 할 수 있는 일은 아무것도 없었다.

목적지가 정해지자 거실에 있던 경찰들이 분주하게 움직였다. 고참 형사가 여경에게 재의 감시를 지시하고 문을 나가려 할 때 재가 형사의 손을 붙잡았다.

"저도, 저도 같이 데려가주세요."

"아니요, 집에 계시는 편이 좋겠습니다. 홀몸도 아니신데……."

형사가 재의 배를 바라보며 말했다. 그러나 재는 단호하게 말했다.

"가겠어요!"

세 대의 경찰차와 두 대의 구급차가 밤길 도로를 달렸다. 앞선 경찰차에는 함상진 의원과 그의 보좌관이 타고 있었고 바로 따르는 차에는 고참 형사와 여경과 함께 재가 타고 있었다.

시간이 흐를수록 불이 켜진 집은 모습을 감추었고 도로는 좁아지기 시작했다.

"주소가 정확한가요? 그이가 이런 곳에 왔을 리가 없어요."

"저희는 신호가 온 곳으로 갈 뿐입니다."

차들은 어느새 산길에 들어섰다. 울퉁불퉁한 길을 십여 분쯤 달렸을 때 모든 차들이 동시에 멈춰 섰다.

앞선 차에서 한 경찰관이 "저기 있다!"라는 짧은 외침과 함께 뛰쳐나갔다. 경찰차의 헤드라이트가 쓰러진 한 남자를 비추고 있었다. 재도 문을 열고 뛰쳐나가려 했지만 경찰차의 뒷자리는 안에서 문을 열 수 없었다. 게다가 여경이 재를 제지했다. 어쩔 수 없이 재는 유리를 통해 상우를 바라볼 수밖에 없었다.

멀리서 살피기에도 상우의 상태는 좋아 보이지 않았다. 주위를 둘러싼 경찰들이 무릎을 꿇고 그를 살피고 있었다. 주황색 응급베드를 든 구조대원 두 명이 창문 너머로 그녀를 스쳐지나갔다.

잠시 후 상황이 어느 정도 정리되었는지 고참 형사가 밖에서 차문을 열어주었다. 재는 문을 박차고 있는 힘을 다해 상우에게 달려갔다. 흙바닥에 신발이 벗겨졌지만 재는 아랑곳하지 않았다. 거친 숨을 몰아쉬며 사람들 사이를 헤집고 들어가자 응급베드에 누운 남자의 얼굴이 보였다.

"상우 씨! 괜찮아? 여보, 어디 다친 데……."

재는 말을 멈췄다. 비록 엉망이 되어 있었지만 재는 그 얼굴을 한눈에 알아볼 수 있었다. 경준이었다.

"경준아! 상우 씨는 어디 있어? 어디로 간 거야? 여기 있었던 것 맞지?"

부어오른 경준의 얼굴에 짧은 순간 실망과 슬픔이 스쳐 지나갔다.

"미안해……."

"상우 씨 어디 있냐고!"

"미안해……."

경준은 미안하다는 말만 되풀이했다. 재는 경준에게서 시선을 돌려 주위를 살폈다. 저만치 상우의 벤츠가 보였다. 재가 그곳으로 달려가려 할 때 경준이 재의 손목을 붙잡았다.

"재야…… 미안해. 이렇게 되기를 바랐던 건 아니었어."

재가 입술을 질끈 깨물며 경준을 내려다봤다. 그때 재의 핸드폰이 울렸다. 무언가를 느낀 재는 경준의 손을 뿌리치고 사람들이 드문 구석으로 가서 전화를 받았다.

"……상우 씨?"

"응……. 재야, 나야."

재가 간절하게 기다렸던 그 목소리였다. 서러움이 폭발하며 수백 마디의 말이 터져 나오려 했지만 재는 그 모든 말들을 꾹 눌러 담았다. 재는 목이 멘 소리로 물었다.

"상우 씨, 괜찮아? 지금 어디야? 내가 그리로 갈게. 나는 지금……."

"알아. 당신이 지금 어디에 있는지."

상우가 느리고 차분한 목소리로 말을 이었다.

"재야."

"응."

"울지 마."

"응……."

"언젠가…… 우리가 늦은 밤 정동진 모래사장에 들어갔을 때 당신이 내게 했던 질문 기억나?"

"응……. 어떻게 잊을 수가 있겠어."

재는 더 이상 울음을 감출 수 없었다. 어느새 낌새를 맡은 경찰들이 재의 등 뒤로 모여들었다. 사람들이 웅성거리는 소리에 재는 상우의 다음 말을 알아들을 수 없었다. 재는 전화기를 바짝 귀에다 붙이고 숨소리를 죽였다. 그러나 들리는 것은 아주 작은 신음뿐이었다. 그리고 잠시 뒤 툭 하고 무언가가 떨어지는 소리가 났다.

"상우 씨! 여보세요, 상우 씨!"

고참 형사가 다가와 재가 손에 든 핸드폰을 뺏어 들고 번호를 확인했다. 재는 그 자리에 주저앉아 울음을 터뜨렸다.

잠시 뒤 형사는 재를 이끌어 뒷좌석에 태운 다음 차를 출발시켰다. 한 대의 경찰차와 구급차가 그 뒤를 따라 산길을 내려왔다.

얼마쯤 달린 뒤 차들은 도로가의 한 모텔 앞에 멈췄다. 먼저 내린 경찰 두 명이 카운터에서 오십대 여자 주인과 몇 마디를 나누더니 형사에게 다가와 2층이라고 말했다. 형사는 고개를 돌려 재에게 물었다.

"……여기 계시겠습니까?"

멍하니 창문에 머리를 기대고 있던 재는 형사를 바라보며 가만히 고개를 가로저었다. 형사는 알겠다는 듯 고개를 끄덕이고는 차에서 내려 뒷문을 열어주었다.

재는 여경의 부축을 받으며 1층 계단 밑에 도착했다. 2층에 올라간 경찰들이 문을 두드리는 소리가 들렸다. 잠깐의 정적 후 마스터키로 문을 여는 소리와 함께 경찰들의 외침이 들려왔다.

그러고는 한동안 아무 소리도 나지 않았다.

시간이 얼마쯤 지났을까. 굳은 얼굴을 한 형사가 머뭇거리며 다가왔다.

"부인. 남편을 찾았습니다. 그런데…… 보지 않으셨으면 합니다."

"형사님, 그이는 제 남편이에요."

형사가 곤혹스러운 표정을 지었다. 그러나 그녀를 말릴 수 없다는 것을 깨닫고 재를 2층으로 안내했다.

21…… 22…… 23.

23호실의 반쯤 열린 문틈으로 어두운 표정을 한 경찰들의 모습이 눈에 들어왔다. 경찰들은 재를 보더니 고개를 숙이고 말없이 길을 터주었다.

화장실로 이어지는 바닥에는 핏방울이 떨어져 있었다. 한 걸음씩 내딛을 때마다 재는 발밑이 부서지는 듯한 느낌이 들었다. 가까스로 발을 내딛던 재는 마침내 욕실 안에 들어섰다.

상우는 아침에 출근할 때 입었던 하늘색 셔츠 차림으로 욕조에 기대 앉아 있었다.

"상우 씨."

상우는 대답하지 않았다.

"여보……."

재는 다시 한 번 떨리는 목소리로 남편을 불렀다.

"나 왔어……. 일어나. 이제 그만 집으로 돌아가야지."

재는 울먹거리며 상우를 불렀지만 그는 대답하는 법을 잊은 듯했다.

재의 눈에 차츰 다른 것들이 들어오기 시작했다. 수십 갈래로 갈라진 거울, 바닥에 흩뿌려진 핏방울, 붉게 물든 욕조 속으로 들어가 있는 왼손, 밖에서부터 줄을 빼온 유선전화기를 쥔 상우의 오른손. 그리고 상우의 입가에 옮게 걸린 평온한 미소.

재는 무릎을 꿇고 앉아 남편을 품에 안았다. 힘을 잃은 고개가 툭 하고 재의 품에 떨어졌다. 재는 덜덜 떨리는 손으로 잠든 남편의 머리를 쓸어 넘겼다.

재의 손에 미약한 온기가 느껴졌다. 재는 상기된 얼굴로 형사를 불렀다.

"형사님! 아직 이마가 따뜻해요! 지금 당장 병원으로 가야 해요. 구급차를 빨리…… 빨리요!"

재가 고함에 가까운 소리를 질렀지만 누구 하나 움직이지 않았다. 몇 번이나 더 재촉하고 나서야 형사가 무거운 입을 뗐다.

"남편은 이미 돌아가셨습니다. 아직 체온이 남아 있는 것뿐입니다."

형사가 차분히 설명했지만 재는 전혀 들으려 하지 않았다.

"아니에요. 여기 이마를 만져보세요. 참, 내 정신 좀 봐. 지혈부터 해야 하는데. 미안해, 여보. 잠시만."

상우의 왼손을 욕조에서 꺼낸 뒤 입고 있던 하얀 스웨터를 벗어 날카롭게 베인 상우의 손목 윗부분을 졸라 묶었다. 하얀 스웨터에 금세 빨간 핏물이 들기 시작했다.

재는 상우의 쓸린 볼에 손을 대고 타이르듯 말했다.

"상우 씨, 조금만 기다려. 1층까지만 내려가면 구급차가 있으니까 병원까지 금방 갈 수 있어. 그때까지 절대 잠들면 안 돼. 알았지? 내가 얼른 당신을 병원으로 데려갈게."

재는 상우의 한쪽 어깨를 파고들어 그를 부축하려 했다. 그러나 미끄러운 욕실바닥에 몇 번이나 무릎을 찧으며 일어서질 못했다. 재가 땀으로 범벅이 된 얼굴을 상우에게 돌려 간절하게 부탁했다.

"상우 씨, 당신이 조금만 도와주면 일어날 수 있을 것 같아. 자, 하나 둘 셋. 다시 하나 둘 셋……. 여보, 제발 조금만 도와줘. 제발……."

끊임없이 숫자를 세는 소리, 바닥에 무릎을 찧는 소리가 욕실 가득 울려 퍼졌지만 상우는 다리에 힘을 주지도, 눈을 뜨지도 않았다.

자꾸만 미끄러지는 상처 가득한 재의 맨발이 지켜보는 이들의 마음을 더욱 애처롭게 만들 뿐이었다.

✢

찢어진 손바닥이 불에 덴 것처럼 후끈거렸지만 나는 움직일 수 없었다. 그저 어깨를 떨며 눈물이 흙바닥으로 떨어지는 소리리를 들었다.

"왜 그랬어……. 대체 왜 그런 짓을 한 거야……."

경준이 눈을 뜨고 미약한 숨소리를 내며 대답했다.

"……니가 있는 동안에는 결코 재가 나에게 오지 않을 테니까."

나는 입안을 파고든 흙을 침과 함께 뱉어냈다. 돌을 한쪽으로 치우자 돌 모서리에 아슬아슬하게 긁힌 경준의 오른쪽 귀가 보였다. 나는 걸레처럼 너덜너덜해진 손바닥으로 경준의 가슴을 밀며 몸을 일으켰다.

경준이 움찔거리며 두려움이 가득한 눈으로 나를 올려다봤다. 두 번째 시도를 할 것이라고 생각하는 모양이었지만 내 문제는 더 이상 그가 아니었다. 나는 이제 무엇을 해야 할지 정확히 알고 있었다. 시간이 많지 않았다.

나는 경준의 주머니를 뒤져 차키를 꺼낸 다음 그의 얼굴을 내려다봤다. 처참하다는 말로는 부족할 정도로 엉망이 되어 있었다.

"얼굴은 정말 미안하게 됐어."

경준이 고개를 돌리며 코웃음을 쳤다.

"……네가 재에게 좋은 사람이기를 바랄게."

경준이 다시 고개를 돌려 나를 바라봤다. 나는 그를 물끄러미 바라보다가 몸을 돌려 경준의 차가 있는 곳으로 걸어갔다. 내가 벤츠를 지나 마티즈로 향하자 뭔가를 깨달은 듯 등 뒤에서 경준이 소리쳤다.

"야, 박상우. 너 어떡할 셈이야?"

나는 아무 대답도 하지 않고 걸음을 서둘렀다. 경준이 계속해서 내 이름을 불렀지만 나는 뒤를 돌아보지 않았다. 차문을 닫고 시동을 켜자 더 이상 아무 소리도 들리지 않았다.

나는 양손으로 핸들을 잡고 고개를 뻗어 그 흔한 별 하나 떠 있지 않은 밤하늘을 올려다봤다.

다시는 이 밤을 볼 수 없겠지.

나는 페달을 밟았다.

산비탈을 내려가 포장도로를 이십 분쯤 달렸을 때 멀리서 몇 대의 경찰차와 구급차가 달려오는 것이 보였다.

차들이 옆을 지나치는 순간 경찰차 뒷좌석에 앉은 재의 얼굴이 눈에 들어왔다. 나는 황급히 브레이크를 밟고 차에서 내려 뒤를 돌아봤다.

아주 잠시였지만 그녀와의 거리는 겨우 몇 미터에 지나지 않았다. 하얗게 질린 얼굴에는 근심이 가득했다. 가슴이 찢어질 것만 같았다. 재를 이대로 보내고 싶지 않았다. 차를 돌려 재를 따라가고 싶었다. 단 한 번만 더 그녀를 보고 싶었다. 하지만 그럴 수는 없다. 여태까지 내가 저지른 모든 잘못들을 직접 재에게 확인시켜주는 짓만큼은 할 수 없다.

차들은 멀어져 어느새 불빛이 보이지 않았다.

나는 다시 차에 올라 기어를 바꾸고 천천히 페달을 밟았다. 볼을 타고 흐르는 눈물이 데일 것처럼 뜨거웠다. 마음이 약해져 차를 돌리지 못하게 핸들을 잡은 양손에 힘을 꽉 주었다.

얼마쯤 달렸을 때 저만치 길가에 파란 불빛이 아른거렸다. 나는 눈물을 닦아내고 시선을 집중했다. 그러자 'MOTEL 산토리니'라는 낡고 촌스러운 간판이 눈에 들어왔다.

주차장에 차를 세우고 유리문을 열자 카운터 안쪽의 스피커에서 기계음이 울렸다. TV 드라마를 보고 있던 여주인이 카운터로 다가와 심드렁한 말투로 물었다.

"자고 갈 거요?"

"……잠을 잘 겁니다."

나는 작게 뚫린 구멍 사이로 돈을 내밀고 열쇠를 받았다.

23호실의 문을 열자 퀴퀴한 냄새가 났다. 나는 손에 잡히는 대로 조명 스위치를 켜고 곧장 화장실로 들어가 누렇게 때가 낀 욕조에 온수를 채웠다.

물이 차오르기를 기다리는데 거울에 비친 내 모습이 보였다. 셔츠 여기저기에 흙이 묻고 얼굴은 반쯤 쓸려 상처투성이가 되어 있었다.

재가 좋아하던 셔츠인데…….

경찰에게 조금이라도 생각이 있다면 재를 욕실 안으로 들여놓지는 않을 것이다. 하지만 재가 과연 경찰이 제지하는 것을 순순히 받아들일까? 나는 세면대로 다가가 물을 틀고 비누로 얼굴을 씻었다. 상처가 따끔거렸다. 하지만 재에게 지저분한 모습을 마지막으로 남겨줄 수는 없었다.

나는 수건으로 얼굴을 닦고 욕실을 나섰다. 주위를 돌아보니 테이블 위에 놓인 크리스털 재떨이가 보였다. 나는 재떨이를 들고 다시 욕실로 향했다. 그리고 다시 거울 앞에 서서 마지막이 될 내 모습을 바라봤다.

더 나은 선택을 할 수 있는 기회들이 매순간 내 곁을 스쳐 지나갔지만 나는 어리석게도 밤하늘의 별들만큼이나 많았던 기회들을 단 하나도 제대로 잡지 못했다. 후회라는 감정은 미안해서라도 찾아와서는 안 된다.

재떨이로 거울을 힘껏 내리치자 얼굴이 수십 조각으로 갈라졌다. 날카로운 파편 하나를 조심스럽게 떼어냈다. 그리고 조각을 왼쪽 손목에 댄 뒤 크게 숨을 들이마셨다.

고통과 함께 진득한 무언가가 손가락을 타고 흘러내리는 것이 느껴졌다. 나는 욕조에 기대앉아 손목을 욕조 속으로 집어넣었다. 따끔함, 따뜻함, 노곤함이 순서대로 찾아왔다.

그대로 눈을 감고 한 사람을 생각했다. 눈을 찡긋하는 매력적인 웃음이 떠올랐다. 기분이 상할 때면 오리처럼 삐죽이 내미는 입술이 그려졌다. 예나 지금이나 따뜻하기 그지없는 그 목소리가 귓가에 맴돌았다.

마지막으로 한 번만 더 그녀의 목소리를 듣고 싶었다. 나는 욕조를 짚고 몸을 일으켰다. 벌써 다리에 힘이 빠져 몸이 휘청거렸다. 양손으로 무릎을 짚고 겨우 방으로 나가 유선전화기를 허리춤에 끼고 다시 몸을 돌렸다. 욕실문 앞에 이르렀을 때 전깃줄이 팽팽해졌다. 어쩔 수 없이 전화기를 바닥에 내려놓고 재의 번호를 누른 후 수화기만 한 손에 든 채 기어서 욕조에 다가가 기댔다. 그 짧은 움직임에도 벌써 숨이 차올랐다.

손목을 다시 욕조에 담그자마자 그녀가 전화를 받았다. 꿈에도 그리던 따뜻한 목소리가 들렸다.

"……상우 씨?"

"응……. 재야, 나야."

수화기 너머로 그녀의 울음소리가 들려왔다. 그리고 작게 코를 마시는 소리가 들렸다. 나는 웃음을 짓지 않을 수 없었다.

"재야."

"응."

"울지 마."

"응……."

"언젠가…… 우리가 늦은 밤 정동진 모래사장에 들어갔을 때…… 당신이 내게 했던 질문 기억나?"

"응……. 어떻게 잊을 수가 있겠어."

"이제 대답할게……. 당신이…… 나를 더 나은 사람으로 만들어주기 때문이야……."

서서히 힘이 빠졌다. 턱을 움직이는 것도 힘에 부쳤다. 남은 시간이 길지 않았다. 나는 재에게 마지막이 될 말을 전했다.

"재야, 당신이 있어 멋진 인생이었어. 고마웠어. 잊지 않을게."

이 말을 하고 싶었지만 더 이상 혀에 힘이 들어가지 않았다. 시야가 탁해졌다. 마침내 아주 오랫동안 기다렸던 잠이 찾아오고 있었다. 이번 잠은 아주 긴 잠이 될 것만 같았다.

나는 천천히 눈을 감으며 생각했다.

눈을 뜨고 나면 내일 아침이 되어 있을 거야. 너무 오래 잠들어서는 안 돼. 내일은 재에게 솜사탕을 사줘야 하거든.

〈끝〉